Alfred Kirchmayr

Witz und Humor – Vitamine einer erotischen Kultur

Alfred Kirchmayr

Witz und Humor

Vitamine einer erotischen Kultur

Eine Annäherung

EDITION VA BENE

Der Verlag legt großen Wert darauf, daß seine Bücher der alten Rechtschreibung folgen. Die Entscheidung bezieht sich auf die Sinnwidrigkeit der meisten neuen Regeln und darauf, daß sie sich gegen die deutsche Sprache selbst richten.

Gedruckt mit Unterstützung des Bundesministeriums für Bildung, Wissenschaft und Kultur in Wien sowie der Kulturabeilung der Stadt Wien, Wissenschafts- und Forschungsförderung.

bm:bwk

WIEN KULTUR
StaDt+Wien

Die Deutsche Bibliothek – CIP-Einheitsaufnahme

Kirchmayr, Alfred
Witz und Humor – Vitamine einer erotischen Kultur / Alfred Kirchmayr. –

Wien ; Klosterneuburg : EDITION VA bENE, 2006.
(Eine Annäherung)
ISBN-10 3-85167-185-6
ISBN-13 978-3-85167-185-8

E-Mail: edition@vabene.at
Homepage: vabene.at

Umschlaggestaltung: Brigitte Schwaiger, Wien
Satz und Druckvorlage: B&R-Satzstudio, Graz
Druck: Druckerei Theiss GmbH, A-9431 St. Stefan
Produktion: adpl-solutions Druckdenker GmbH, Wien

Printed in Austria

ISBN-10 3-85167-185-6
ISBN-13 978-3-85167-185-8

INHALTSVERZEICHNIS

Einleitung

„Das Leben ist einfach schwierig.“
Helmut Qualtinger

Im denkwürdigen Jahr 1905 hat Sigmund Freud ein geniales – und bis heute viel zu wenig beachtetes – Buch veröffentlicht: „Der Witz und seine Beziehung zum Unbewußten“. Dieses Jubiläum nehme ich zum Anlaß, für die stärkere Beachtung der komischen Gesellen Witz und Humor zu werben.

Freuds Studie ist zweifellos ein „Viertausender“ im Flach- und Hügelland der Witzforschung.

Da fällt mir etwas Witziges ein: Der Züricher Psychoanalytiker und Pastor Oskar Pfister war ein begeisterter Bergsteiger, der den Wanderer Sigmund Freud in Wien öfters besucht hatte. Einst schenkte er ihm ein Silbermodell des Matterhorns im Maßstab 1:50 000. Freud, der sich selber als „heiteren Pessimisten“ bezeichnet hatte, bedankte sich in einem Brief vom 10. 5. 1909 und schrieb:

„Das Matterhorn deckt nun meine Briefschulden auf dem Schreibtisch ... Der Maßstab 1:50 000 mag ungefähr der sein, in dem das Schicksal unsere Wünsche erfüllt, und wir selbst unsere Vorsätze durchführen.“

Das ist ein ernüchternder, ironisch-humorvoller Vergleich, ein Versuch, sich mit den Enttäuschungen, die das Leben begleiten, zu versöhnen. Denn Witz und Humor leben von den Widersprüchen des Lebens, haben immer Enttäuschungen, Probleme und Konflikte zum Inhalt. Und die Entfaltung einer humorvollen Lebenseinstellung fördert trotz aller Misere in der großen Welt und in den kleinen Welten von uns Erdkrustenbewohnern den Sinn für befreiendes Lachen, für Kindlichkeit und Toleranz, Konfliktfähigkeit und Lebensfreude.

Dieses Buch versteht sich als *Sach- und Lachbuch* und nicht als akademische Studie. Mit vielen Witzen gewürzt, enthält es bescheidene und unsystematische Annäherungsversuche an ein Phänomen, das faktisch eine viel größere Bedeutung hat, als es Beachtung findet.

Henri Bergson schenkte der Öffentlichkeit 1900 einen erfrischenden Essay über „Das Lachen", das er als „spitzbübische Herausforderung" bezeichnet hat. Das Wort „spitzbübisch" veranlaßt mich zu einem Gedankensprung zum Ursprung meines Interesses am Witz:

Ich bin mitten im Zweiten Weltkrieg in einem mostviertler Dorfgasthaus geboren worden. In den späten vierziger und frühen fünfziger Jahren war das so: Am Sonntag nach der Messe saßen nur Männer an den sechs großen Tischen im Gastzimmer. In der Küche gab es einen Tisch für Frauen und Kinder. Ein Bild der Gesellschaft: Kinder, Kirche, Küche waren Frauensache. Wenn die Männer im Gastzimmer ordinäre Witze erzählten, wurden wir Kinder verjagt. Das erhöhte natürlich den Reiz. So stand ich oft, ein Ohr an die Gastzimmertür gedrückt, um etwas von diesem Geheimnisvoll-Verbotenen mitzubekommen. Ich glaube, daß damals mein Interesse am Witz, verbunden mit dem Sexuellen und dem Lachen, geweckt wurde.

Weiters führte meine Tätigkeit als Psychoanalytiker mit adlerianischem Akzent seit 1976 dazu, daß ich als therapeutischer „Menschenbummler" mit vielen allzumenschlichen Problemen, deren Entschärfung, Bewältigung oder Lösung zu tun habe. Probleme sind aber auch der Stoff für Witz und Humor – so komisch das klingen mag. Gäbe es keine Probleme, dann gäbe es keine Psychotherapeuten, keinen Witz und keinen Humor. Diese Erfahrung führte dazu, daß ich auch in den Therapien, soweit das möglich ist, mit diesen komischen Gesellen arbeite.

Die folgenden Essays sind der Betrachtung einer komplexen Skulptur in einer Modern Art Gallery vergleichbar. Das „Objekt" wird von verschiedenen Standpunkten, unter wechselnder Perspektive „ins Auge gefaßt" und beleuchtet. Das führt auch dazu, daß einige Witze und Phänomene in unterschiedlichen Kontexten wieder auftauchen.

Nach einem Gespräch mit dem Zeichenkünstler *Paul Flora* über Humor und Witz wird im 1. Kapitel der *Clown als „Symbolfigur des Humors"* und als „Gegenspieler" des genormten Verhaltens kurz beleuchtet. Die Kultivierung des „inneren Clowns" fördert die Versöhnung mit dem Scheitern und mit den Widersprüchen des Lebens. Sie dient auch der Entfaltung von Kindlichkeit und hat große psychohygienische Wirkung.

Es folgt eine Einführung in das weite und heitere *Land des Blödelns,* mit vielen Beispielen, vor allem aus dem Blödelclub um Hans Weigel. Ich werde auch versuchen, das Blödeln zu definieren, das sich als anarchischer Protest und als Regression im Dienste des Ichs erweist.

Im nächsten Kapitel werfe ich einen aufschlußreichen Blick in *die Welt des politischen Witzes.* Der Witz enthüllt, was Ideologien verbergen, und bewirkt Widerstand und befreiendes Lachen. Dies wird einerseits am Witz in der Hitlerzeit dargestellt, anderseits auch durch einen Blick in die aktuelle sozialpolitische Witzlandschaft.

Das 4. Kapitel widmet sich den *Lüsten und Enttäuschungen der Sexualität*, begleitet von Einsichten der modernen Sexualwissenschaften, die vor allem durch Sigmund Freuds Einblicke in die psychosexuelle Entwicklung vorangetrieben wurden. Ich habe versucht, die Teiltriebe der Sexualität durch viele Witze zur Sprache zu bringen. Auch die Sexualität bedarf, wie jedes menschliche Bedürfnis, einer erotischen Kultur, die sich im Zusammenspiel von Sinnlichkeit und Geistigkeit entfaltet.

Im 5. Kapitel wird der weithin aggressive Witz behandelt, der sich um das *„Himmel-Hölle-Spiel" der Partner-*

beziehungen rankt. Weil in intimen Beziehungen die stärksten Wünsche und Bedürfnisse geweckt werden, sind die Enttäuschungen besonders schmerzlich und kränkend. Die Versöhnung von Lust- und Realitätsprinzip verlangt enorme Reife, Frustrationstoleranz und Verständnis für die vielschichtigen Unterschiede zwischen Mann und Frau. Deshalb behandeln die Ehewitze vor allem Entwertung, Streit, Untreue, Enttäuschung und massive Todeswünsche.

Das Wesen des *jüdischen Witzes und Humors* wird im 6. Kapitel beleuchtet. Dieser ganz besondere Witz ist reich an Lebenswissen und Lebensweisheit. Er hat einen ausgeprägten Sinn für Selbstironie. Mit vielen köstlichen Beispielen gewürzt, habe ich versucht, wesentliche Themen, Wurzeln und die Atmosphäre dieses einzigartigen Witzes und seines Humors darzustellen.

Der *„große Humor“*, sein *Wesen* und seine *Verwandten im weiten Land des Komischen* werden im vorletzten Kapitel charakterisiert und beleuchtet – von vielen humorvollen Witzen und Szenen begleitet. Denn eine kurze Betrachtung der sehr unterschiedlichen Verwandten des Humors führt dazu, sein eigentliches Wesen besser zu verstehen. Die meisten Phänomene des Komischen sind nämlich mit mehr oder weniger starken Aggressionen verbunden. Und die Quelle des Humors im engeren Sinn ist unsere Liebesfähigkeit, trotz aller Bedrängnis, verbunden mit Selbstdistanz, Selbstironie und Lebensfreude. Freuds Einsichten in die psychische Dynamik des Humors erhellen sein großartiges Wesen besonders gut.

Schließlich versuche ich im letzten Kapitel, die wesentlichen *Einsichten von Sigmund Freuds genialem Witzbuch* mit der Absicht darzustellen, für die anregende und genußreiche Lektüre dieses Jubiläumsklassikers der Witzforschung zu werben. Im großen ersten Teil beschreibt Freud die Techniken des Witzes, mit zahlreichen und oft köstlichen Witzen gewürzt. Und weil Freud in seinen weiteren Betrachtungen wenige neue Beispiele anführt, habe ich zur Veranschaulichung entsprechende Witze eingefügt.

Ich wünsche Ihnen, geschätzte Leserin und geschätzter Leser, viel Spaß bei der gemütlichen Lektüre meiner bescheidenen Annäherungsversuche an diese komischen Gesellen – und hoffe, daß ihre Lachmuskeln ebenso angeregt werden wie ihr Sinn für Witz und Humor.

Wien, Winter 2005/6 *Alfred Kirchmayr*
Witzlandschaftspfleger

Paul Flora: „Ich bin kein Ministrant des Zeitgeistes." Ein Gespräch über Humor und Witz

„Kunst wischt den Staub des Alltags von den Augen."

Pablo Picasso

In den Therapien verwende ich gerne Kunstwerke, weil sie anregend, aufschlußreich und heilsam wirken können. So hat Paul Floras köstliche Zeichnung *„Marionette und Vogel"* eine junge Frau mit schweren neurotischen Störungen im psychotherapeutischen Prozeß angeregt, den „Verstrickungen" früher Bindungen ins Gesicht zu sehen und dadurch freier und lebendiger zu werden. Ich erzählte dies Paul Flora nach einer Vernissage und teilte es ihm später auch brieflich mit, als ich an diesem Buch zu schreiben begonnen hatte. Flora bedankte sich und schrieb: „Ich freue mich sehr, daß ich an Ihren therapeutischen Erfolgen offenbar einen kleinen Anteil habe, und ich bin gerne zu einem Gespräch bereit."

Paul Flora und sein Werk haben einen ausgeprägten Sinn für Ironie, Humor und Witz. Und diese Phänomene stehen der höchsten Kunst nahe, die man als Lebenskunst bezeichnet. Floras Kunst hat viel mit erotischer Kultur zu tun, also mit der Liebe zum Leben, verbunden mit einem nüchternen Wirklichkeitssinn und einem feinsinnigen und humanen Möglichkeitssinn.

Flora ist als „Zeichenkünstler" unterwegs auf unserem schönen Planeten und bringt ironisch und nuancenreich seine Eindrücke und Ansichten aufs Papier. Irgendwie ist er als „Staubwedel" unterwegs, ohne allzu viel Staub aufzuwirbeln. Er hat Biß, ohne dabei sehr bissig zu sein.

Er hebt nie den „moralischen Zeigefinger“, er stellt dar, ironisch, selten spöttisch, was der Fall ist. Er ist ein „lebensfroher, humorvoller Zeitgenosse“, ein „heiterer Skeptiker“, erfüllt von „respektloser Distanz“ gegenüber allem Großtuerischen. Er wirkt wie ein verwurzelter Komödiant, der freundlich-ironisch-humorvoll mit viel Sinn für die Licht- und Schattenspiele des Lebens die Welt, die Menschen und ihre Seelenlandschaften darstellt.

In seinem Werk spricht viel feinsinniger Humor und stiller Witz. Er betrachtet die Dinge des Lebens und die Menschen mit Gelassenheit und Scharfblick. Manchmal von intelligenter Spottlust begleitet, meist mit ironisch-heiterer Gelassenheit, stellt er die Widersprüche und leidvollen Gegebenheiten des Lebens dar. Dieser Malerpoet hat viel Sinn für Menschenwürde und Allzumenschliches, und wenig Respekt vor Ideologien und Mächtigen. Zeitgenossen haben ihn als „pessimistischen Idealisten“ beschrieben, der sich nie als besserwisserischer Kommentator der Zeitereignisse hervortut.

Seine vielen politischen Karikaturen in der prominenten Zeitung „Die Zeit“ sind Parabeln auf das ewig gleiche Weltgeschehen und viel mehr als bloß Pointen zur Tagespolitik. Immer verrät er Sinn für Scherze, Spiel, Satire, Ironie und Humor.

Als Zeichner erzählt, fabuliert, träumt, spottet, lacht und schwärmt er, nicht ohne verhaltene Melancholie und Wehmut. Der Schalk sitzt ihm im Auge und im Kopf. Er ist ein großer Erzähler und läßt die Dinge in einem ungewöhnlichen Licht erscheinen.

Viele Unzulänglichkeiten zwischen Tragik und Komik nehmen fabulierend Gestalt an: So etwa, wenn Flora die UNO als „hilflosen Verkehrsregler“ darstellt, oder „Napoleon“ ganz winzig, Spießer als „Revolutionäre“, und einen „Mißglückten Schlittschuhlauf“ als Eisloch im See, oder den Menschen als „Ratlosen Besitzer einer großen Kugel“.

In unserem Gespräch über *Humor und Humoristen* betonte Flora die Sensibilität für Leiden und Unrecht, weniger die Versöhntheit mit den Widersprüchen, Dummheiten und Eitelkeiten des Lebens, besonders der Obrigkeit. „Mit Lustigkeit hat Humor nicht viel zu tun“, sagt Flora: „Lustige Menschen gehen mir auf die Nerven“, weil sie meistens sehr oberflächlich sind. Humor setzt voraus, daß man die Menschen und die Welt ernst nimmt, das Schöne und das Grausliche.

Humoristen bestehen aus einer „Mischung aus Boshaftigkeit, Ärger und Sensibilität, und sie haben eine satirische Ader“. Sie sind meistens „ernsthafte bis depressive und traurige Leute“, die an den „Dummheiten und Eitelkeiten der Menschen leiden“. Flora versteht sich nicht als Weltverbesserer. Er hat Augen im Kopf, aber keine Ideologien.

Den Grund für die Entstehung von Humor sieht Flora vor allem im „Naturell“ und in den Anregungen durch wichtige Bezugspersonen. Über Humor zu philosophieren ist nicht sein Metier, er ist ein intuitiver Kopf, „ein instinktiver Mensch“: „Ich bin ein gutmütiger Misanthrop.“ Er tut gerne etwas für konkrete Menschen, aber sein Glaube an den Fortschritt der Menschheit ist gering: „Der Mensch ist, wie der Mensch ist, ein Irrläufer der Evolution.“

Mit der *Textsorte Witz* hat Flora kaum gute Erfahrungen gemacht. Den jüdischen Witz schätzt er sehr: „Der ist der beste.“ Guter Witz bedarf der Bildung, und diese fehle weithin in den üblichen Witzkulturen. Witzbolde findet er „schrecklich!“ Offenbar hat der väterliche Witz – im Sinne von Witz haben – seinen Sohn inspiriert. Denn der Achtjährige hat folgenden köstlichen Witz erfunden:

Ein Verbrecher wird von einem Polizisten verfolgt. Plötzlich bleibt der Verbrecher stehen und sagt zum Polizisten: „Bitte, folgen Sie mir etwas unauffälliger!“

Die Entfaltung einer humanen und erotischen Kultur setzt viel Sinn für Spiel, für Phantasie und Sensibilität, Kindlichkeit und Erwachsenheit voraus, viel Sinn für konkrete Menschen und die Natur. Gefährdet wird diese Kultur durch Dummheit und den jeweiligen Zeitgeist.

Floras Zeichnungen mit dem Namen „Die Weitergabe der Dummheit“ drückt das voll Ironie und mit ein wenig Bitterkeit aus.

Was tut Flora? „Ich schau mir die Menschen an und bringe das zu Papier, was ich so sehe. Ich zeichne vor allem zur eigenen Unterhaltung und amüsiere mich dabei.“ Und: „Wenn man viel geben kann, gibt einem das sehr viel!“ Ihm geht es in einer Hinsicht wie Picasso, der gesagt hat: „Ich suche nicht, ich finde!“ Und Flora – das ist ein wesentliches Element seines Humors – ist dem Schicksal dankbar dafür, daß er im Zeichnen viel Vergnügen findet und vielen Menschen dadurch auch Anregungen geben und Freude machen kann.

Floras erste veröffentlichte Zeichnung, so meine ich, könnte fast als Motto über seinem Werk stehen: „Ermüdeter Fliegentöter“. Bis heute ist er allerdings ein unermüdlicher „Fliegentöter“, denn die „Fliegen“ kommen immer wieder in neuen Scharen heran. Im Vergleich zu seinem wichtigen frühen Lehrer, dem tiefen Pessimisten und makabren Satiriker Alfred Kubin, ist Flora vergleichsweise gemütlich, freundlich und humorvoll.

Mit viel Witz, Sinn für Komik und Ironie macht Flora als Zeichner, was Erich Kästner als Schriftsteller getan hat: „Ich gehe durch die Gärten der Gefühle, die leer sind, und bepflanze sie mit Witzen.“ Denn Flora ist bei all seiner Skepsis ein „gelassener, weltoffener Freund des Lebens“ (Karl Markus Gauß), und diese Eigenschaft macht sein ironisch-humorvolles Werk für viele Menschen so wohltuend.

1. Der Clown – Symbolfigur des Humors

„Es ist leicht, das Leben schwer zu nehmen.
Und es ist schwer, das Leben leicht zu nehmen."
Erich Kästner

„Als ich jung war, habe ich vergessen zu lachen.
Erst später, als ich meine Augen öffnete und die
Wirklichkeit erblickte, begann ich zu lachen und
habe seither nicht mehr aufgehört."
Sören Kierkegaard

Das Leben – ein ernst-heiteres Theaterspiel

Der Clown, der immer das Gegenteil dessen tut, was richtig ist, reizt zum Lachen: durch seine Ungeschicklichkeit, durch das offene Aussprechen von verbotenen Wahrheiten und verpönten und unterdrückten Wirklichkeiten, durch die Verhöhnung der Obrigkeit, durch sein kindliches Staunen über Selbstverständlichkeiten. Er bewirkt Aufklärung über Verhältnisse, die dem Bewußtsein oft entzogen werden, über Kräfte, die offiziell verdrängt werden. Er trägt daher zur Bewußtseinserweiterung durch Bewußtseinserheiterung bei.

Schon das antike Theater hat das menschliche Leben als Tragödie und Komödie aufgefaßt und dargestellt als ernst-heiteres Spiel. Und all die vielen Probleme des Zusammenlebens, die Liebes- und Haßprobleme, die Macht- und Geltungsprobleme sind zum Weinen – und zum Lachen. Deshalb gibt es wohl seit Urzeiten in den religiösen und weltlichen Festen, Ritualen, Feiern und Spielen clowneske Figuren. Der Clown als Gegenspieler des Perfekten, Heiligen und des offiziellen Rollenspiels des Lebens ist so alt wie die Menschheit. Er trat und tritt in vielerlei Gestalt auf: als Satyrspieler im antiken Griechenland, als Hofnarr, Hanswurst und Till Eulenspiegel im Mittelalter, als Harlekin, Tollpatsch und Zirkusclown in neuerer Zeit.

Deshalb hat Erich Kästner in den fünfziger Jahren die Einführung eines neuen Unterrichtsfaches verlangt, nämlich „Lachkunde". Wir sollten mehr zu innerer Heiterkeit erzogen werden, statt ein Leben lang mit den „Dackelfalten der Probleme auf der Stirn herumzurennen." Und er meinte in einem Artikel mit dem bezeichnenden Titel „Humor – das ernsteste Thema der Welt": „Die deutsche Literatur ist einäugig. Das lachende Auge fehlt." Zwar gibt es bei allen Völkern Humor, aber nur bei wenigen Menschen – und in der deutschen Literatur ist er selten zu finden. Die deutschen Denker nehmen meist nur das Ernste ernst, nicht die heitere Muse, den Humor, der das „höchste Kleinod der leidenden Erdkrustenbewohner" darstellt.

Auch Egon Friedell klagt diese einseitige Ernsthaftigkeit an:

„Das schlimmste Vorurteil, das wir aus unserer Jugendzeit mitnehmen, ist die Idee vom Ernst des Lebens. Daran ist die Schule schuld. Die Kinder haben nämlich den ganz richtigen Instinkt: Sie wissen, daß das Leben nicht ernst ist, und behandeln es als ein Spiel und einen lustigen Zeitvertreib. Aber dann kommt der Lehrer und sagt: Ihr müßt ernst sein. Das Leben ist es auch."

Es ist schon so. Wir neigen manchmal dazu, uns selbst und das Leben tierisch ernstzunehmen – nach dem Motto:

„Ich gehe vor die Hunde – gehst du mit?"

Kindlichkeit – der innere Clown

Wir kommen unfertig auf die Welt – und dann werden wir mehr oder weniger systematisch fertiggemacht. Aber wir haben ein Wesen in uns, das sich gegen dieses Fertigmachen sträubt, das uns hilft, offen und lebendig zu bleiben. Und dieses innere Kind ist der Clown in uns, der nicht resigniert, der mit allem spielt und uns seine Weisheit, Lebenslust und Aufmüpfigkeit zulächelt.

Erich Kästner war ein Anwalt diese Kindlichkeit. In seiner „Ansprache zum Schulbeginn" hat er treffende Worte gefunden:

> *„Früchtchen seid ihr, und Spalierobst müßt ihr werden! Aufgeweckt wart ihr bis heute, und einwecken wird man euch ab morgen ... Vom Baum des Lebens in die Konservenfabrik der Zivilisation ... Laßt euch die Kindheit nicht austreiben! Schaut, die meisten Menschen legen ihre Kindheit ab wie einen alten Hut ... Nur wer erwachsen wird und Kind bleibt, ist ein Mensch!"*

Es war einmal – vor etwa 30 Jahren: Ich sitze mit Simon, einem armenischen Freund, im Kino und genieße die Lebendigkeit von „Alexis Sorbas", dargestellt von Anthony Quinn. Alexis ist eine durch und durch clowneske Figur mit kindlicher Lebensfreude. Als die mühsam gebaute Seilbahn für den Holztransport beim Eröffnungsfest mit gewaltigem Getöse zusammenkracht, sagt Alexis zu seinem Chef: „Boß, hast du schon mal etwas so schön zusammenkrachen sehen?" In diese Szene spricht der innere Clown am lautesten. Er kann auch dem Scheitern Lust abgewinnen.

Als wir das Kino verließen, schneite es – Wien war von einer dünnen Neuschneedecke eingehüllt. Wir tanzten „verrückt" auf der Lerchenfelder Straße bis zur Ringstraße hinunter, angesteckt von der spielerischen Leichtigkeit und befreienden Atmosphäre dieses Filmes.

Witze sind oft wie Clownnummern: Probleme zum Lachen

Ebenso wie der Clown hilft der Witz, verdrängte und verpönte Schwächen und Schattenseiten erbarmungslos und lachhaft zu enthüllen. Beide weisen sie den Weg zu nüchterner Selbsterkenntnis, die ebenso schmerzhaft wie scherzhaft sein kann. Komik und Tragik spielen dabei auf jeden Fall eine große Rolle. Denn in jedem Witz ist ein Problem verborgen, das zum Ausdruck kommt, mehr oder weniger geistreich, mehr oder weniger humorvoll, mehr oder weniger heilsam. Ein Beispiel:

„Was macht eine Frau, die den Mann ihrer Träume geheiratet hat?" – „Nu, was wird sie machen? Aufwachen!"

Dieser Witz tut weh, aber er macht klar, daß man Enttäuschungen durchmachen muß. Das Wort ist aufschlußreich. Man wird eine Täuschung los, und das tut weh!

Oder:

„Ich habe in den letzten Wochen so viel Schreckliches über das Rauchen gelesen", sagt eine Raucherin zu ihrem Mann: „Ich habe beschlossen, das Lesen aufzugeben!"

Genau betrachtet ist fast jedes Problem eine irrwitzig subtil aufgebaute Clownnummer, die zu befreiendem Lachen über dieses Problem führen kann. Jedes Mißgeschick, alle Schwächen, Enttäuschungen und Versagen sind nicht nur Themen für den Witz sondern auch für Clownnummern. Kennen Sie den?

Zwei Irre flüchten aus der Anstalt und laufen auf den Eisenbahngleisen entlang. Da sieht der eine kurz nach hinten und sagt: „Hinter uns kommt ein Zug!" – „Dann müssen wir das Gepäck wegwerfen und schneller laufen!" – Also geschieht es. – Der eine blickt nochmals nach hinten und sagt: „Der Zug ist schon ganz knapp hinter uns!" – Sagt der andere: „Wenn jetzt nicht sofort eine Weiche kommt, sind wir verloren!"

Dieser Witz, der als „Irrenwitz" erzählt wird, entlarvt den ganz normalen Wahnsinn. Er gibt uns zu denken. Es fällt uns allen mehr oder weniger schwer, eingefahrene Gleise zu verlassen, auch wenn sie uns einschränken und unglücklich machen. „Man muß zufrieden sein" – sagt man. Doch: Wer sagt das? Hat man selber wirklich nichts zu sagen?

Gäbe es keine Probleme, dann gäbe es keine Witze, keine Clowns und auch keine Psychotherapeuten. Schon Mark Twain wies darauf hin, daß es im Himmel keinen Humor und keinen Witz gibt, weil es dort definitionsgemäß keine Probleme gäbe.

Wiederentdeckung des therapeutischen Humors

Die drei großen Begründer psychotherapeutischer Schulen in Wien, Sigmund Freud, Alfred Adler und Viktor Frankl, hatten einen ausgeprägten Sinn für Witz und Humor – das ist nicht zufällig so und hat seinen Grund nicht nur in der jüdischen Abstammung und Lebensweisheit dieser drei Pioniere.

Freud enthüllte erstmals inhaltliche und technische Parallelen zwischen Traumsymbolen, neurotischen Symptomen, Fehlleistungen und dem Witz. In allen diesen tiefgründigen psychischen Phänomenen spielen Unbewußtes und Verdrängtes eine zentrale Rolle. Etwas Unterdrücktes drängt zum Ausdruck, überlistet die Zensur und das herrschaftlich genormte Denken.

Schon als junger Mann hatte Freud jüdische Witze gesammelt. 1905 verfaßte er eine geniale Studie über den Witz und 1929 eine liebevolle Abhandlung über den Humor. Ich bin davon überzeugt, daß Freud entsetzt wäre, wenn er sähe, wie tierisch ernst seine Epigonen heute weithin sind. Ähnliches gilt für die Nachfahren von Adler und Frankl. Die Landschaft der Psychotherapie, besonders der Psychoanalyse, ist heute weithin düster und ernsthaft, voll von Problemen und Unglück, Scheitern und Erstarrung – auch in den häufig rationalistisch verengten Theorien, die wenig Sinn für die Symphonie von einander ergänzenden Sprachspielen haben.

Erst seit dem letzten Jahrzehnt des 20. Jh. erkennen wieder mehr Therapeuten die große und heilsame Bedeutung von Freude und Lachen, Witz und Humor auch für die psychotherapeutische Arbeit. Als ich vor einigen Jahren ein Workshop über Witz und Humor in der Psychotherapie mit Psychoanalytikern durchgeführt hatte, löste der folgende Witz am meisten Gelächter aus:

> Eine Frau kommt verzweifelt zum Psychoanalytiker und sagt: „Herr Doktor, helfen Sie mir, mein Mann denkt Tag und Nacht nur ans Geld!" Darauf der Analytiker: „Das werden wir bald haben!"

Ich schätze erlesene Witze als Kleinkunstwerke sehr und verwende sie auch in der Therapie. Den Träumen verwandt, sind gute Witze kleine Kunstwerke, reich an Aspekten und Lebensweisheit. Sie enthüllen oft gesellschaftliche Verlogenheit, überfordernde Ideale und versöhnen mit den Widersprüchen unseres Lebens. Sie bewirken Einsichten, emotionale Lockerung und ein befreiendes Lachen. In jedem Witz ist ein Problem versteckt, das kurz beleuchtet wird und ein Lächeln oder Lachen auslöst.

Unlängst kam eine junge Frau völlig verzweifelt in meine Praxis. Sie wurde nach kurzer Ehe plötzlich von ihrem Mann verlassen. Diese Frau befand sich in einer akuten Krise, und eine Krisenintervention bewirkte innerhalb weniger Wochen eine wesentliche Beruhigung. Die depressive Verstimmung wich immer mehr aggressiven Ausbrüchen. Im fünften Gespräch fiel mir ein Witz ein, der den aggressiven Ablösungsprozeß von ihrem Mann unterstützen könnte. Als ich den Eindruck gewann, daß die Botschaft des Witzes dem emotionalen Zustand der Patientin entsprechen würde – also stimmig war – sagte ich:

> „Wissen Sie, was das ist: ein Mann in Salzsäure?" –
> „Ein gelöstes Problem!"

Sie lachte herzhaft und leistete weitere „Aggressionsarbeit". Gegen Ende dieses Gesprächs erzählte ich dann den folgenden:

> „Was ist der Unterschied zwischen einer Straßenbahn und einem Mann?" – „Es ist kein Unterschied. Beiden soll man nicht nachlaufen. Es kommen immer wieder neue!"

Solche Witze können eine Situation entschärfen, und wenn man sie visualisiert, erinnern sie wirklich an eine Clownnummer und bewirken kurzes befreiendes Lachen.

Der Clown: Symbolfigur des Humors

Der Clown ist in seiner Vielfalt eine Figur des Widerstandes gegen herrschende Konventionen und Zwänge. Als Personifizierung der humorvollen Lebenseinstellung durchbricht er seit jeher die Unberührbarkeit geistlicher und weltlicher Herrschaft. Er führt den feierlichen Ernst des Lebens durch sein Spiel ad absurdum, läßt sich von Mißgeschick und Leiden nicht unterkriegen. Als moderne Widerstandsfigur führt er den sinnenfeindlichen Rationalismus und Erfolgsdruck ad absurdum.

Immer wieder gerät er in Gefahr. Aber er kommt darin nicht um. Er scheitert an den einfachsten Aufgaben, aber er verzweifelt nicht. Resignation ist ihm fremd. Die Unlustaffekte erspart er sich, zu denen sowohl äußere Beschwernisse als auch seine eigenen Unzulänglichkeiten Anlaß bieten. Franz Kafka hat über Charlie Chaplin gesagt: „In seinen Augen qualmt die Glut der Verzweiflung über die Unveränderlichkeit des Niedrigen, doch er kapituliert nicht."

Lust und Leid verschmelzen in der Figur des Clowns: *„Der Clown läßt Leid zu und mobilisiert gleichzeitig den Humor, der ihn mit der Situation versöhnt ... Leichtigkeit und genußvolles Ausschöpfen des Augenblicks erhalten ein Gegengewicht durch die Leidensfähigkeit als einem weiteren Aspekt unmittelbarer Erfahrung der Lebendigkeit. Erst die in begnadeten Momenten gleichzeitige Gegenwart von Freude und Leid geben seinem Spiel Seele."* (Fried u. Keller 1991, 548)

Die folgenden Charakteristika finden sich im Verhalten des Clowns immer wieder: spontaner Selbstausdruck, Freiheit von und provokantes Spiel mit Konventionen, überschwengliches Leben im Hier und Jetzt, ekstatische Selbstentäußerung und Gefühlsausdruck, kindlich-sinnliche Verspieltheit und Tolpatschigkeit, Frechheit und Ausgelassenheit.

In der Komik des Clowns wird die humorvolle Haltung als Spiel präsentiert: *„Es gibt wohl keine andere Bühnenfigur, die bereits durch ihre äußere Aufmachung – die Maßlosigkeit ihrer Kleidungsstücke, das Übermaß an Schminke – und die Übertreibung ihrer mimischen, gestischen und gegebenenfalls auch verbalen Äußerungen mehr zum Ausdruck bringt, daß hier jemand etwas vorspielt, als der Clown ..."*

Dieses Spiel findet seinen besonderen Ausdruck: *„Durch seine übergroßen Kleidungsstücke – den weiten Mantel, die Hose in Übergröße, die Riesenkrawatte sowie die viel zu großen Schuhe – gibt der Clown zu erkennen, daß hier einer am Spielen sei, vergleichbar etwa einem Kind, welches sich mit der Garderobe eines Erwachsenen geschmückt hat."* (Fried u. Keller 1991, 26)

Der Clown – uralter Gegenspieler

Clownähnliche Figuren, Spaßmacher, Humoristen oder Unterhalter finden sich in allen Kulturen und in vielfältiger Gestaltung. Ihre soziale Funktion besteht vor allem darin, soziale Normen und Tabus in Verhalten und Sprache zu durchbrechen und geltende Werte in Frage zu stellen. In diesem ungewöhnlichen Verhalten kommen Unterdrücktes, Verbotenes, Verpöntes und Fremdes zum Ausdruck und zur Darstellung.

Im Unterschied zum Christentum findet sich im Buddhismus eine ausgeprägte Kultur der spielerischen Relativierung, des Humors und des Lachens. Sehen wir uns ein Beispiel an.

Der buddhistische Würdenträger, Lama Anagarika Govinda, berichtet von einem tibetischen Ritus, in welchem Clowns als Gegenspieler in das heilige Spiel integriert sind:

„Aber während jene Ehrfurcht gebietenden Gestalten feierlich die Mitte des Hofs umwandeln, wird die fast zum Bersten gesteigerte Spannung und Exaltation, die alle Zuschauer gepackt hat, plötzlich durch das Erscheinen zweier grotesk grinsender Masken unterbrochen, deren Träger die Bewegungen der heiligen Tänzer nachäffen ...“ Er fährt fort: *„Sie springen hinein und hinaus aus dem feierlichen Kreis, starren in die Gesichter der Tanzenden, als ob sie den göttlichen und dämonischen Kräften trotzen und sie mit Spott überschütten wollten. Diese jedoch ... bewegen sich mit ungestörter Würde fort im heiligen Kreis.“*

Und Govinda deutet dieses Geschehen mit aufschlußreichen Worten:

„Der Effekt ist erstaunlich: Statt die Atmosphäre des Wunders und der Heiligkeit zu zerstören, scheint die Gegenüberstellung des Erhabenen und des Lächerlichen eher den Sinn für die Wirklichkeit zu vertiefen; denn Wirklichkeit umfaßt das Ganze ... Ernsthaftigkeit und Sinn für Humor schließen sich gegenseitig nicht aus.“ (Fried u. Keller 1991, 38f)

Der Clown ist auch Gegenspieler einer rationalistisch verkümmerten Kultur der Moderne. Er lacht die sterile, sachliche Überlegenheit der herrschenden rationalistisch verengten Kultur einfach weg. Und nichts stellt die herrschende Vernunft mehr in Frage als das, was ihrer Herrschaft sich entzieht, nämlich alles Irrationale, also auch das Lachen. Deshalb sagt Dario Fo:

„Laß sie nicht lachen. Das ist der Anfang der Rebellion."

Zur Entwicklung des „Clowns"

Für die Entwicklung des Clowns im heutigen Sinn war die Figur „Hans Stockfisch" aus dem frühen 17. Jh. wegbereitend. John Spencer hat diese komische Figur entwikkelt, die sich bald großer Beliebtheit erfreute. Im 18. Jh. wurde sie von vielen fahrenden Gauklern aufgegriffen. In Anlehnung an die Figur des „Pagliaccio" (Strohsack) aus der Commedia dell´ arte entwickelte sich der Bajazzo, Pojatz bzw. Pojatzl.

Im späten 18. Jh. trat dann im Zirkus der englischen Kunstreitergesellschaft Hyams regelmäßig „Claude, der Bauer", französisch „Colon", verballhornt zu „Claune" als Wurstel auf. Daraus entstand der englische Begriff Clown, der sich seit etwa 1850 als Bezeichnung für den Manegekomiker eingebürgert hatte.

Während der französische Pierrot eher eine feinsinnige Komik repräsentiert, steht der englische Clown für starke Übertreibungen und schwarzen Humor. Letztere hat Charles Baudelaire anschaulich beschrieben:

„Der englische Clown kommt daher wie ein Sturm, fällt wie ein Kohlensack um und erschüttert das Haus mit seinem Lachen wie ein erfrischendes Gewitter ... Wo der französische Pierrot nur seinen Finger unschuldig und zaghaft ausstrecken würde, ... da springt der englische Clown gleich mit beiden Füßen in die Torte hinein." (Baudelaire 1978, 92)

Die Lust auch am Scheitern

Das Wesen des Clowns besteht darin, daß er dauernd scheitert und dennoch nicht aufgibt, wie ein kleines Kind, das nach dem Prinzip Hoffnung gegen alle Hoffnung alles mögliche lernt. Denn der Clown ist völlig absurd angezogen und unbeholfen, stolpert über alles mögliche, rutscht aus, macht alles verkehrt, verwendet die Sprache verrückt, und es geht alles schief, was nur schiefgehen kann. Und die Zuschauer lachen sich deshalb halb schief und tot. Oberflächlich gesehen, lachen sie aus Schadenfreude. Dem geht alles schief, nicht mir! Doch genauer besehen lachen wir mit dem Clown über unsere eigenen Schwächen, über all unser eigenes Scheitern, über unsere eigenen Dummheiten.

Der Clown selbst lacht wenig oder gar nicht, aber er macht lachen, weil es in ihm lacht. Er ist sozusagen Schauplatz und Gefäß des erfrischenden Lachens. Als innerlich Lachender gelangen im Clown die Rolle des Spaßmachers und des Rebellen gegen angebliche Vernunft und faktische Ordnung zur Verschmelzung. Auch darin zeigt sich seine zweifache Funktion. In seiner Lichtseite zeigt er sich gelöst, frei von belastenden Konflikten und so fähig, über die Äußerung kindlicher Lebensfreude den Funken des Lachens auf das Publikum überspringen zu lassen. Auf der Schattenseite aber richtet er sein Augenmerk auf das im Alltag schamvoll Verdeckte, Verdrängte und erweist sich als höchst boshafter Zeitgenosse.

Der Clown handelt nach dem Motto:

> *„Laß dich aus der Rolle fallen, damit du aus der Falle rollst!“*

Der folgende Witz sagt über das tragischkomische Wesen des Clowns mehr aus als so manche wissenschaftliche Abhandlung. Also:

Ein Mann geht zum Arzt und beklagt sich: „Mir geht es sehr schlecht. Ich fühle mich völlig bedrückt, habe keine Lebensfreude und finde alles sinnlos. Mein Leben ist voll von Düsternis und Problemen. Ich halte das einfach nicht mehr aus, Herr Doktor, bitte helfen Sie mir!" – Der Arzt denkt kurz nach, dann huscht ein Lächeln über sein Gesicht und er sagt: „Ich habe da etwas für Sie. Derzeit ist ein Zirkus in unserer Stadt mit einem irrsinnig lustigen Clown. Gehen Sie heute in die Abendvorstellung. Der Clown bringt Sie sicher wieder zum Lachen. Der stellt alles auf den Kopf. Sie werden wieder heiter und froh den Zirkus verlassen, da bin ich sicher!" Darauf sagt der Mann: „Aber ich bin doch dieser Clown!"

Kinder lieben den Clown deshalb besonders, weil sie mit ihrem persönlichen Clown noch viel inniger in Kontakt sind als Erwachsene. Denn Kinder lernen mühsam die widersprüchlichen Regeln des Erwachsenenlebens. Dabei machen sie dauernd Fehler, scheitern und lernen, scheitern und lernen, indem sie Fehler machen. In der Rolle des korrekten, erfolgreichen, tüchtigen, fertigen Erwachsenen verdrängen wir die Kreativität und Unvollkommenheit, die mit unserer Kindlichkeit verbunden ist. Die Gefahr, daß wir fertige Erwachsene werden, die sich selbst und andere fertigmachen, ist groß. Und der Clown demonstriert auf komische Weise die unglaubliche Vielfalt des möglichen Scheiterns.

Psychotherapie: den inneren Clown entdecken

In meiner psychotherapeutischen Praxis habe ich oft mit Menschen zu tun, die lernen mußten, das Leben und sich selbst todernst, tierisch ernstzunehmen. Dadurch geraten sie in einen sehr leidvollen Zustand der Erstarrung und Ausweglosigkeit. Sie werden nämlich zu „Patienten" und verlernen, „Agenten" und aktive Gestalter ihres Lebens zu sein. Denn jede Umklammerung durch einen Sachverhalt, jede „Besessenheit" macht humorlos.

Vor vielen Jahren arbeitete ich psychoanalytisch mit einer 45jährigen Frau, die an schweren depressiven Verstimmungen und psychosomatischen Symptomen litt. Häufig klagt sie darüber, daß sie sich wertlos und nicht liebenswürdig fühle. Sie müsse sich selbst immer wieder zurückstellen und erlebe die Erwartungen und Wünsche ihrer Bezugspersonen als übermächtig. Ihr Lebensgrundmuster möchte ich so beschreiben: Nimm dich selbst und deine Wünsche nicht ernst, sie sind lächerlich. Opfere dich für die Wünsche deiner Umgebung auf.

Als ich ihr im Erstgespräch sagte: „Sie selbst sind für sich der wichtigste Mensch auf der Welt", sah sie mich ganz groß an. Ich erklärte ihr, daß ihr seelischer Raum, ihr „Haus" – als Symbol des Selbst verstanden – mit den Wünschen anderer ausgefüllt sei. Der Raum für ihre eigenen Wünsche sei bestenfalls ein kleines Abstellkammerl. Wir werden daran arbeiten, daß es ein großer, heller Wohnraum wird.

In etwa 40 Stunden Therapie hatte sie zu lernen begonnen, ihre eigenen Bedürfnisse und Wünsche wahrzunehmen. Eines Tages sagte ich ihr, daß sie mich in manchen ihrer Charakterzüge an einen Clown erinnere, was sie freudig bestätigte. Der Clown ist die Symbolfigur des echten Humors: Er gibt trotz vieler Hindernisse nicht auf, er läßt sich nicht entmutigen, er ist eine Trotzmacht.

Der „innere Clown" dieser Frau wurde stärker und half ihr, mit ihrem schweren Schicksal besser umzugehen. Denn diese Patientin war als Mädchen jahrelang von ihrem Vater sexuell mißbraucht worden und hatte von ihrer „kalten und egozentrischen Mutter" kaum Anerkennung erhalten. Sie wurde immer wieder entwertet und fühlte sich entsprechend. Als sie eines Tages wieder völlig verunsichert war und heulte, weil sie nicht mehr wußte, wer sie sein und was sie fordern dürfe, erzählte ich ihr diesen Witz:

> Ein älterer Jude begann damit, laute Selbstgespräche zu führen. Seine beiden Söhne waren deswegen sehr beunruhigt und konsultierten einen Psychiater. So saßen sie nun im Wohnzimmer: der ältere Jude, seine beiden Söhne und der Psychiater. Da sagte der ältere Jude: „Eigenartig, eigenartig! Das erste Mal in meinem Leben unterhalte ich mich mit einem vernünftigen Menschen. Und die glauben, ich wäre verrückt!

Wir lachten herzhaft über diesen Witz, und die Patientin erfaßte intuitiv, wie stimmig er ihr Problem traf. Auch sie führte „Selbstgespräche“, begann damit, in sich hineinzuhorchen, sich selbst als vernünftigen Menschen ernstzunehmen, sich ihren eigenen Wünschen zuzuwenden, sich mit sich selbst zu unterhalten.

Die Familie des Komischen

Kurz möchte ich die große Familie des Komischen und die kleinen Geschwister des Humors vorstellen – es gibt wie in jeder Familie darunter auch schwarze Schafe. Gemeinsam ist allen Inkarnationen des Komischen, daß sie in unterschiedlicher Weise zum Lachen reizen und ein Naheverhältnis zu bestimmten psychischen Kräften haben. Der *Witz* steht dem Intellekt nahe und äußert sich vor allem durch Wortspiel, Gedankenspiel und Mehrdeutigkeit. Der *Spaß* dagegen hat einen starken Bezug zur Vitalsphäre und kann sehr derb werden. Der *Spott* steht den Kräften der Aggression, der moralischen Kritik und dem Haß nahe und äußert sich besonders beißend in *Sarkasmus* und *Zynismus*. Dagegen nährt sich der *Humor* aus den Kräften der Liebesfähigkeit, des Gemüts, des Wohlwollens.

Natürlich gibt es immer auch Mischformen, zum Beispiel humorvolle, aber auch ironische, sarkastische und zynische Witze. Während Humor versöhnlich und wohlwollend ist, wächst die Tendenz zur Verletzung und Entwertung bei seinen Verwandten *Witz, Ironie*, *Satire*, *Sarkasmus* und gipfelt im *Zynismus*.

Entsprechend unterschiedlich ist auch die Art des Lachens, die durch diese Formen des Komischen ausgelöst wird: einerseits mildes, wohlwollendes, versöhnliches, humorvolles, befreiendes und heilsam erfrischendes Lachen, anderseits herabsetzendes, verletzendes, entwertendes, vernichtendes, ja tödliches Lachen.

Aber was macht denn das Wesen des Humors aus? Im landläufigen Sinn versteht man darunter alles, was mit Witz, Spaß, Ironie, Lachen und Clownerie zu tun hat. Diese höchst verschiedenen Verwandten könnte man als die Familie des Komischen bezeichnen. Denn der eigentliche, der große Humor, ist etwas anderes. Humor ist eine Frucht menschlicher Reife und Versöhntheit mit sich selbst und mit dem Leben, trotz allen Elends, trotz aller Enttäuschungen und Beschränktheiten. Man kann alles humorvoll oder humorlos sehen, auffassen, machen und erleben.

Humor – die heilsame Versöhnung von Gegensätzen

Humor bezeichnet eine seelische Grundhaltung heiterer Gelassenheit, in welcher der Mensch die Gegebenheiten seines Lebens gleichsam beruhigt von einer höheren Warte aus betrachten kann. Echter Humor entsteht aus einer Mischung von warmer Anteilnahme und heiterer Distanz und wird von Wohlwollen und Sympathie genährt. Der Theologe Hugo Rahner charakterisiert Humor treffend als „Ernstheiterkeit“. Denn nur ein Mensch, der sich selbst und andere Menschen wirklich ernstnimmt – liebevoll ernst, nicht tierisch ernst –, kann eine humorvolle Lebenseinstellung entfalten. Peter Altenberg bezeichnet den Humor als „Schwimmgürtel des Lebens", der uns vor dem Untergehen bewahrt. Bekannt ist der Ausspruch von Otto W. Bierbaum:

> *„Humor ist, wenn man trotzdem lacht."*

In der humorvollen Lebenseinstellung schafft man das Unmögliche:

> *„Die schwierigste Turnübung besteht darin, sich selbst auf den Arm zu nehmen."*

Sigmund Freud beschreibt dieses großartige Produkt des „himmlischen Eros" so:

> *„Der Humor hat nicht nur etwas Befreiendes wie der Witz und die Komik, sondern auch etwas Großartiges und Erhebendes … Der Humor ist nicht resigniert, er ist trotzig, er bedeutet nicht nur den Triumph des Ichs, sondern auch des Lustprinzips, das sich hier gegen die Ungunst der realen Verhältnisse zu behaupten vermag."*

In der humorvollen Lebenseinstellung betrachtet man die schmerzlichen Dinge des Lebens wie durch ein umgekehrtes Fernrohr und gewinnt heilsame Distanz. Der Clown als zentrale Figur des Humors symbolisiert diese Einstellung durch ein lachendes und ein weinendes Auge.

Humor ist nicht nur eine „seltene und köstliche Begabung" (S. Freud), sondern auch das Ergebnis unserer Selbsterziehung, eventuell das Ergebnis einer gelungenen Psychotherapie, die immer nur Hilfe zur Selbsthilfe sein kann. Denn die humorvolle Lebenseinstellung ist Ausdruck menschlicher Reife und Integration der vielfältigen

Gegensätze und Widersprüche, die unser Leben bestimmen. Im Humor versöhnen sich Kindlichkeit und Erwachsenheit, Torheit und Weisheit, Weinen und Lachen, Glück und Unglück, Zorn und Zärtlichkeit, Leidenschaft und Gelassenheit, Ernst und Heiterkeit.

Zweifellos soll Psychotherapie helfen, die Lebenskunst zu fördern, die alle Aspekte des Menschseins betrifft. Freud hat dies in einer Metapher über die Psychoanalyse so gesagt: „In Wirklichkeit muß man ja doch in allen Stockwerken zugleich arbeiten", nämlich auf der leibhaft-vitalen, der triebhaft-emotionalen, der rational-geistigen, sozialen und philosophisch-religiösen Ebene des Menschseins und Menschwerdens.

Man könnte auch sagen, Psychotherapie soll dazu verhelfen, daß das Leben besser gelingt und glückt. Die Grundformel der Anleitung zum Unglücklichsein ist einfach: Schraube deine Erwartungen an das Leben möglichst hoch hinauf, dann kannst du im Unglück schwelgen! Der Wiener Kabarettist und systemische Humortherapeut Bernhard Ludwig hat dies in seinem köstlichen Kabarettprogramm „Anleitung zur sexuellen Unzufriedenheit" witzig dargestellt.

Deshalb hat Humor viel mit Weisheit zu tun. Ein tiefsinniges Gebet von Friedrich Ch. Oetinger aus dem 18. Jh. bringt dies zum Ausdruck:

> *„Gott, gib mir die Gelassenheit, die Dinge hinzunehmen, die ich nicht ändern kann; den Mut, die Dinge zu ändern, die ich ändern kann; und die Weisheit, das eine vom anderen zu unterscheiden."*

Auch Carl Zuckmayer weiß um die Geburt des Humors aus der menschlichen Liebesfähigkeit:

> *„Alles Lebendige entspringt einer Form von Liebe. Humor ist eine Haltung, eine Charaktereigenschaft,*

eine Lebensform, eine Art von Mut, von innerem Gleichgewicht, von Güte und Weisheit, vor allem aber eine Form von Liebe.“

Humor erwächst also aus der Synthese von kindlicher Torheit und erwachsener Weisheit. Er bewirkt Bewußtseinserheiterung. Und weil Humor ein Kind der Lebensfreude ist, weiß er den folgenden Rat von Friedrich Nietzsche zu schätzen:

„Seit es Menschen gibt, hat der Mensch sich zu wenig gefreut: Das allein, meine Brüder, ist unsere Erbsünde! Und lernen wir besser uns freuen, so verlernen wir am besten, anderen wehe zu tun und Wehes auszudenken.“

2. Das weite Land des Blödelns – eine Einführung

„Laß die Moleküle rasen,
was sie auch zusammenknobeln!
Laß das Tüfteln, laß das Hobeln,
heilig halte die Ekstasen!“

Dies ist das Motto für die „Galgenlieder“ von Christian Morgenstern, gewidmet „dem Kind im Manne“. Es könnte auch das Motto für einen Blödelclub sein.

Das weite Land des Blödelns, vom Flachland des Schweinigelns bis in die Hochgebirgsregionen der Blödelkunst, entzieht sich listig einer Definition. Ich möchte also mit der Betrachtung der Sache beginnen, bevor ich dann versuchen werde, in die Sphären des Begriffshimmels aufzusteigen.

Also: Ich lese in der Zeitung von einer Demonstration in Amerika gegen den Rüstungswahnsinn. Da springt mir das Wort „Geheimpolizei“ in die Augen und in das Hirn, und plötzlich wird daraus ein: Geh heim, Polizei! Und so geht es weiter: Ich wohne in einem Jugendstilhaus nächst der Straßenbahnlinie Nr. 43, wobei mich der Lärm oft nervt, besonders beim Einschlafen. Ich fluche vor mich hin: „Straßenbahn! Geh leise!“ Der Name „Straßenbahngeleise“ entpuppt sich als sinnige Aufforderung an die Straßenbahn, leise zu gehen – nur sie hört nicht, was ich mir anhören muß!

Der Eintritt in den Blödelclub ist vor allem von der entspannten Stimmung in der kleinen Gruppe der Blödler abhängig. Außerdem gibt es Regeln, die man einhalten muß, wenn man ein fröhlicher und guter Blödler sein will. Auch das Blödeln kann man lernen, trainieren und perfektionieren, auch wenn man manchmal den Eindruck gewinnt, daß es geborene Blödler gibt. Anweisungen dazu werde ich, geschätzte Leserin, geschätzter Leser, ausführlich und beispielsreich darlegen.

Eine Regel hat Viktor Frankl aufgestellt: „Am vernünftigsten ist es, nicht allzu vernünftig zu sein." Eigentlich stammt auch eine weitere Regel von ihm: „Man darf sich auch von sich selber nicht alles gefallen lassen!" Das ist sehr gescheit. Denn allzu starkes Selbstmitleid wegen der Ohrfeigen, die man bekommt und manchmal auch sich selber gibt, macht humorlos, distanzlos und ist ein Feind der Grundstimmung, die das Blödeln möglich macht.

Ich würde Ihnen empfehlen, eine Kantwurst zu verzehren, ehe Sie in den Blödelclub gehen. Das ist meines Wissens die einzige Wurstsorte, die den Namen eines großen Philosophen trägt. Immanuel Kant war in Königsberg ein wahrer König des Denkens. Als Psychoanalytiker bedauere ich es sehr, daß es keine Freudwurst, Adlerwurst, Jungwurst oder Frankelwurst gibt. Apropo Wurst:

Das da ist sicher gut geblödelt, aber eigentlich schon ein ausgereifter Witz:

> Der Fleischerlehrling sieht erstmals zu, wie Wurst gemacht wird. Da sagt er zum Chef: „Wenn rauskommt, was da reinkommt, kommen wir wo rein, wo wir nicht mehr rauskommen!"

Blödeln kann eine Tugend sein. Diese Behauptung will ich gleich begründen: Wenn man in der richtigen Laune des Blödelns ist, dann tut es einfach gut, es taugt einem: Leib, Seele, Geist und die Runde der Blödler werden von herzhaftem Lachen erschüttert und schütteln sich vor befreiendem Lachen.

Übrigens leitet sich das belastete Wort „Tugend" vom mittelhochdeutschen Wort „tugan" ab und heißt: nützlich, tüchtig, brauchbar sein. Das Wort „Tugend" kommt von taugen: Das taugt mir, das frommt, tut gut, ist brauchbar, macht Spaß. Doch das Wort „Tugend“ wurde und wird oft genug schamlos mißbraucht, etwa bei der pädagogischen Produktion von lammfrommen Untertanen. Deshalb gibt es den witzigen Schüttelreim:

Man konnte schon in Jugendtagen,
mich mit dem Worte Tugend jagen!

Ein Definitionsversuch

Nach diesem kurzen Ausflug in die Geschichte der Sprache setzen wir die wissenschaftliche Brille auf und fragen uns: Was spielt sich da ab beim Blödeln? Wie kann man das Blödeln beschreiben? Läßt sich Blödeln definieren, also abgrenzen, und wenn, wogegen? Was kann dabei so unheimlich lustig sein? Gibt es verschiedene Arten des Blödelns, niveauvollere und seichtere? Warum schätzen die einen dieses Spiel, und andere verachten es?

Das Wort „Blödeln“ ist zwar österreichischen Ursprungs, aber längst im gesamten deutschen Sprachraum gebräuchlich. Und die Tätigkeit des Blödelns ist international verbreitet. Es scheint, daß das Blödeln die moderne Literatur sehr angeregt hat, und daß die moderne und postmoderne Literatur in mancher Hinsicht literaturgewordenes Blödeln ist.

Beim Blödeln werden die üblichen Regeln des Verstandes, wird der Zwang zum logischen, vernünftigen Denken – vorübergehend – aufgehoben. Die Verpflichtung zum vernünftigen und ernsthaften Denken geht auf Kurzurlaub. Das ist ein erster Versuch, das Wesen des Blödelns zu beschreiben. Im Unterschied zum Witz hat Blödeln keine Pointe, wohl aber einen Gegner, nämlich das herrschende logische, ernsthafte Denksystem. Im Blödeln wird es außer Kraft gesetzt, sozusagen aufgehoben – jedoch im doppelten Sinn: Es wird überwunden – also außer Kraft gesetzt – und es wird auch bewahrt, denn das Blödeln lebt vom Kontrast zum vernünftigen Denken. Aber klare Abgrenzungen kann es da nicht geben. Oft gilt: Je gescheiter einer ist, desto besser kann er blödeln; Alf Poier ist ein Beispiel dafür.

Auch das Blödeln hat System. Ich bin überhaupt der Überzeugung, daß nur der Wahnsinn System hat. Das Leben ist unsystematisch und entspricht mehr der Chaostheorie als den logischen Systemen des Denkens und Dressierens. Blödeln ist ein „Tun-als-Ob", ein Spiel – das unterscheidet es vom puren Unsinn oder Blödsinn. Zweifellos ist das Blödeln eine Art Urlaub vom oft erdrückenden Ernst des Lebens, ist Regression in die Kinderzeit, kann schwachsinnig, absurd und albern sein – und erholsames, befreiendes Lachen auslösen.

Seit es Menschen gibt, so denke ich, wird auch geblödelt, und je mehr der Ernst herrscht, umso mehr muß und soll auch geblödelt werden – in jeder Kultur anders, in jeder Subkultur anders und zu unterschiedlichen Zeiten unterschiedlich. Die moderne Literatur legt diesen Schluß nahe.

Blödeln läßt sich, anders als der Witz, nur sehr beschränkt schriftlich festhalten – die mündliche Überlieferung ist viel eher sein Element. Denn das Atmosphärische spielt beim Blödeln eine noch größere Rolle als beim Witz. Ich kenne zwar keine Geschichte des Blödelns, aber Blödeleien – blöde Laien – finden sich in der Literatur schon seit Jahrhunderten. Außerdem ist es auffällig, daß Blödeln viel mit Musik zu tun hat; es ist wie das Improvisieren des Jazzers.

Ein Beispiel: Wolfgang Amadeus Mozart blödelte in seinen Briefen wie ein übermütiges Kind. So schrieb er an sein bäsle häsle am 5. November 1777: *„... wir sind auch gott lob und danck recht gesund hund. Ich habe heute den brief schief, von meinem papa haha, auch richtig in meine klauen bekomen stommen. Ich hoffe, sie werden auch meinen brief trief, welchen ich ihnen aus Mannheim geschrieben, erhalten haben schaben."*

Auch Johann Nestroy konnte unerhört gescheit blödeln. So sagt er in „Der Unbedeutende“:

„Meine Geduld setzt den Hut auf, und ich seh's völlig nach'n Stock greifen, mir scheint, sie geht aus.“

Sternstunden des Blödelns, oder vielleicht sollte man von Sternsekunden reden, die sich in Gedichten verewigt haben, schenkt uns Christian Morgenstern in so manchen lyrischen Ergüssen:

Der Lattenzaun
Es war einmal ein Lattenzaun,
mit Zwischenraum, hindurchzuschaun.
Ein Architekt, der dieses sah, stand eines Abends plötzlich da –
und nahm den Zwischenraum heraus
und baute draus ein großes Haus.

Jetzt setzt Morgenstern aber erst zum Furioso an:

Der Zaun indessen stand ganz dumm,
mit Latten ohne was herum.
Ein Anblick gräßlich und gemein.
Drum zog ihn der Senat auch ein.
Der Architekt jedoch entfloh
Nach Afri – od – Ameriko.

Und der Ausspruch des frommen Morgenstern birgt auch stilles göttliches Lachen in sich:

„Was sagt Meister Ekkehart anderes als: Zerbrich alle Sprache und damit alle Begriffe und Dinge; der Rest ist Schweigen. Dies Schweigen aber ist – Gott.“

Das Gegenteil von Blödeln ist absoluter Blödsinn

Wenn man sich so manche Äußerung von Wissenschaftern oder Politikern, die einem angetan und zugemutet werden, genauer anhört und ansieht, fragt man sich, ob dieses häufig pathetisch Vorgebrachte und von Fremdworten, Satzwürmern und Wirklichkeitsfremdheit strotzende Gerede nicht auch als eine Art von Blödeln angesehen werden könnte. Eigenartig, daß es für so manchen höheren ideologischen und akademischen Schwachsinn kein eigenes Wort gibt.

Es gibt ein weitverbreitetes Blödeln, das nichts mit unserem Thema zu tun hat, weil es Ausdruck einer gigantischen Entfremdung ist. Es ist ein Blödeln wider alle Vernunft, ein Blödeln, das nicht weiß, daß es schlicht Blödsinn ist. Ich meine Formen des herrschenden Blödelns, die auf akademischen Lehrstühlen oder anderen Heiligen Stühlen allen Ernstes, gut bezahlt und oft pathetisch veranstaltet werden.

Echtes Blödeln zerbricht alle Sprachen und fördert das Lachen. Aber es gibt auch eine Art des Blödelns, wo einem das Lachen vergeht oder doch nicht – hoffentlich! Ich werde ein Beispiel bringen von einer der schwachsinnigsten Arten des Blödelns, des Theologisierens. Klar, daß es gutes theologisches Denken auch gibt, aber hören Sie sich das da an. Es stammt aus einem wissenschaftlichen Aufsatz des St. Pöltner Altbischofs Kurt Krenn:

„Anthropologie ist jener inhaltliche Duktus, der in jener Wissenschaft aufbricht, die um die Vorläufigkeit ihres Gegenstandes, ihres Tuns und um die Verpflichtung zu größeren Zusammenhängen weiß."

Da erfährt man, daß Anthropologie ein „Duktus" ist, der „aufbricht" und „sich verpflichtet weiß." Angesichts eines derartig entarteten Sprachgebrauchs fällt mir eine Tagebuchaufzeichnung von Friedolin Stier ein. Stier war Bibelwissenschafter mit römisch-katholischem Lehrverbot:

„Nach der Lektüre theologischer Traktate: Tortur! Schwulstig diese Sprache, auch wirklich an Geschwülsten leidend, bräuchte sie das Skalpell des Sprachchirurgen oder eine Strahlenkur, wenigstens entfettende oder entwässernde Pillen." Dann vergleicht er solche Theologie gar mit Pathologie: *„Pathologie: Sprache, die an Fettwucherungen, Lipomen leidet, an Ödemen, wässerigen*

Aufschwemmungen des sprachlichen Zellgewebes, an Obstipation, Drängen und Drücken um den Ausdruck, an Arthrose, steifer, ungelenker Gedankenbewegung. In der somatischen Medizin gibt es Messer und Medikamente, in der Sprachmedizin aber, deren es bedürfte…?"

Der große Theologe des Zweiten Vatikanischen Konzils, Karl Rahner, war sich der weitverbreiteten hohlen theologischen Gesprächigkeit bewußt, wenn er sagt:

„Habt ihr schon einmal den Schrecken erfahren, daß euer Herz stillsteht, wenn ihr euch selbst zuhört und eure Worte, die frommen und theologisch gelehrten, euch selbst wie ein unerträgliches Blabla zu klingen scheinen? Seid ihr schon einmal ehrlich durch dieses Inferno hindurchgekommen?"

Und er setzt fort mit einer radikalen theologischen Forderung:

„Wo gibt es über alles rationale Andozieren der Existenz Gottes hinaus eine Mystagogie in die lebendige Erfahrung Gottes, die aus der Mitte der eigenen Existenz aufsteigt? … Aber dieser Gott, der es uns erspart, vor seiner Unbegreiflichkeit zu kapitulieren, … war noch nie der Gott des Christentums dort, wo es sich selber recht verstand." (1973, 90ff.)

Jede Art von selbstgefälligem und ideologischem Geschwafel hat natürlich mit dem echten Blödeln nichts gemein. Das ist einfach viel zu blöde.

Moderne Literatur liebt das Blödeln

Besonders in der modernen Literatur ist das Blödeln Literatur geworden. In James Joyce's Ulysses wird stellenweise die Blödelei hohe Literatur: *„Sinbad the Sailor and Tinbad the Tailor und Jinbad the Jailor and Whinbad the Whaler and Ninbad the Nailor und Finbad the Failer …"*

Auch Hans Arp hat das Blödeln lyrisch überhöht: *„er kommt abhanden mit der hand er kommt abfußen mit dem fuß"*, oder ganz typisch: *„klavier klasechs klaacht klazehn."*

Es ist auffallend, daß die moderne Lyrik international ein intensives Liebesverhältnis zum Blödeln hat. Die Lyrik treibt blödelnd unglaublich witzige Blüten. Blödeln ist wie Improvisieren. Und literaturgewordenes Blödeln könnte man als Komposition bezeichnen. Oft lebt die Komposition vom Improvisieren – nicht nur im Jazz, bei Karl Kraus und Wolfgang Amadeus Mozart.

Im Unterschied zu Hans Weigel meine ich, daß Blödeln ein Spiel mit Regeln ist, wobei zugleich nach und mit Regeln gespielt wird, was zu einem chaotischen Eindruck führen kann. Aber das Wesen des Blödelns hat Weigel treffend beschrieben:

„Das Spiel schreitet in eine bestimmte Richtung fort, das Blödeln ist unbegrenzt und nach allen Richtungen hin offen, ganz dem Augenblick verbunden. Es ist kein Spiel, sondern ein Spielen. Die Blödelnden spielen mit Worten und Wörtern und mit der Sprache, sie spielen auch mit Redensarten und Klischees, die sie blödelnd bloßlegen, entlarven, abwerten."

Und er findet eine gute Umschreibung dieser Tätigkeit:

„Blödeln ist unfahrplanmäßige Entdeckungsreise zum Sinn auf dem Weg über den Unsinn, Doppelsinn, Nebensinn. Blödeln ist höherer Blödsinn, Blödsinn, welcher im Idealfall derart erhöht wird, daß er nicht mehr blöd und nur noch Sinn ist – Unsinn zum Zweck der Überwindung des Unsinns." (1985, 5)

Im Blödelclub um Hans Weigel

„Blödeln für Anfänger", verfaßt vom großen österreichischen Literaten Hans Weigel und versehen mit Zeichnungen von Paul Flora, ist eine köstliche Einführung in die Kunst des Blödelns. Es regt an, sich selber dem Blödeln hemmungslos hinzugeben und wieder zum Kind zu werden. Denn Kinder spielen mit allem und jedem und widersetzen sich dem herrschenden tierischen Ernst – auch indem sie natürlich blödeln. Hans Weigel war ein großes Kind.

Wir leben in einer Zivilisation, die jede Menge Hemmungen in uns installiert und nur in ganz klar abgegrenzten Bereichen Hemmungslosigkeit zuläßt und fördert, zum Beispiel im Bereich der Verblödung der Sinnes- und Besinnungsorgane, der Konsumsucht, der Geldsucht und der blödsinnigen weil kritiklosen Bewunderung der Reichen und Schönen. Blödelnd vergessen wir leichter diesen unheimlich weitverbreiteten und schädlichen Blödsinn, der als Zeitgeist enorm viel Druck ausübt. Blödeln schafft Gegendruck. Blödeln ist Ausdruck kindlicher, unbekümmerter Spielfreude. Lauschen wir jetzt, geschätzte Leserin, geschätzter Leser, als Zaungäste der Blödelfeste, von denen Hans Weigel zwerchfellerschütternd erzählt.

In einem Blödelclub spielt sich Ähnliches ab, wie in einer Gruppe von Jazzmusikern, die fröhlich drauflos improvisieren. Einer gibt die Stimme vor und dann fallen alle ein.

Zum Einfallen fällt mir jetzt etwas ein: Wäre ich ein Architekt, dem etwas einfällt – etwa ein Haus – dann wäre das eine Katastrophe. Ich aber, der ich jetzt über das Blödeln schreibe, bin froh, wenn mir etwas einfällt. Ich lebe von Einfällen – von eigenen und von denen anregender toter oder lebender Zeit- und Geschichtsgenossen.

Kennen Sie den?

> Sagt der Pfarrer in der Kirche: „Unser Organist kann heute nicht spielen. Ich stimme daher jetzt das Lied an, und danach fällt die ganze Kirche ein!"

Zurück zum Blödelclub: Ich möchte den Vergleich mit dem Spiel einiger Jazzmusiker ausführlicher beleuchten. Als Instrumente dienen die Sprechwerkzeuge und richtig gelagerte Großhirnwindungen – die mit dem großartigen Kleinhirn harmonisch kooperieren. Dazu gehören eine lockere Atmosphäre und gute Stimmung und ein erotisches, also spielerisches Verhältnis zur Sprache. Das ist alles, und das pausenfüllende oder abendfüllende Blödeln kann beginnen.

Auch beim Blödeln gibt es verschiedene Phasen. Wieder drängt sich ein Vergleich auf, ja ich erlebe diesen Vergleich ungemein aufdringlich: Beim erotischen Liebesspiel unterscheidet man akademisch – fließende und verfließende und keineswegs überflüssige Übergänge sind natürlich und kulturell eingeplant – drei Phasen: Vorspiel – Hauptspiel (O Freud! Ich hatte mich vertippt: Hautspiel! Hautspiel! – wie wahr!) – Nachspiel.

Das Blödeln beginnt also mit einer Aufwärmphase, sozusagen mit dem Vorspiel, in dem sich die Clubteilnehmer aufwärmen und einspielen auf das große Spiel. Im Hauptspiel können sich wellenartig mehrere Höhepunkte – akademisch spricht man von Ohrgasmen – einstellen. Das Gelächter kommt über die Ohren zum Schwingen, ja zum Überschwang. Das kann im übertragenen Sinn zu einer Art von Schwangerschaft führen, die neue Blödeleien gebiert. Wie im erotischen Liebesspiel kann sich das Blödelspiel – das die Säfte des Leibes vielfältig und ebenso konvulsiv strömen läßt – bis zur göttlich entspannenden Erschöpfung fortsetzen.

Höheres Blödeln bedarf also einer erotischen Beziehung zur Sprache. Nur wirkliche Liebhaber der Sprache können hingebungsvoll Blödeln. Erotische Idioten, Sprachidioten, Ideologieidioten können dieses Sprachliebesspiel einfach nicht begreifen – und sie können davon auch nicht ergriffen werden. Es ist wie im erotischen Liebesspiel! Wer nur bumsen kann, ist ein erotischer Idiot.

Wie kann also der Flirt mit der Sprache beginnen, der sich zu lachtränenreichen wunderbaren Blödelorgasmen steigern kann? Man könnte mit Nietzsches „Übermenschen" beginnen:

„*Bisher gab es nur Menschen. Ich aber bringe euch den Übermenschen. Bisher fahren nur Züge. Ich aber brin-*

ge euch den Überzug. Bisher trinkt ihr nur ein Maß. Ich aber bringe euch das Übermaß. Begnügt euch nicht mit dem Begriff! Ich lehre euch den Übergriff.“

Auch das Gegenteilern kann ein unerschöpfliches Blödelspiel sein:

Was ist das Gegenteil von Medizin? – Bubi stoßen.

Was ist das Gegenteil von Zivilcourage? – Militärochsenphlegma.

Das Gegenteil von Überraschung ist Unterraschung.

Was du da sagst, das überrascht mich nicht, ganz im Gegenteil! Du hast mich wirklich unterrascht.

Das Gegenteil von Unternehmer ist Übernehmer – beide sind Degenerationserscheinungen des Nehmers.

Die Vorsilbe „un“ drückt bekanntlich einen Gegensatz aus: Sinn – Unsinn. Also:

Das Gegenteil von Garn ist Ungarn.
Das Gegenteil von Rat ist Unrat.
Das Gegenteil von Übergang ist Untergang.
Das Gegenteil von töricht ist Unterricht – da wurde etwas danebengeblödelt. Besser ist:
Wenn alles schläft und einer spricht, so nennt man dieses Unterricht.

Noch besser – das ist schon ein Witz:

Erste Klasse Volksschule. Sebastian hat nach seiner Geburtstagsparty nicht viel geschlafen und nickt im Unterricht ein. Der Lehrer geht zu ihm, schlägt leicht auf seinen Kopf und sagt böse: „Was bist du?“ – „Ich bin ein aufgeweckter Schüler!“

Immanuel Kant hat den „Kategorischen Imperativ“ erfunden. Ein schönes Beispiel dafür ist die umgangssprachliche Aufforderung, keine Biene zu baden, weil Bienen wasserscheu sind:

Badekabine – Bade ka Biene!

Eines Abends in geselliger Runde am Schauspielerstammtisch des Restaurants Annaberg in Wien stand plötzlich die Silbe „mal“ im Vordergrund des Interesses.

„Animal“ erwies sich als Aufforderung an Anni zu malen.

„Malzkaffee“ bekam plötzlich ungewöhnliche Bedeutungen: eine Aufforderung, Kaffe zu malen: Malt's Kaffee! Oder die Aufforderung an mehrere Maler, keine Fee zu malen: Malt's ka Fee!

Überhaupt erweist sich der Imperativ als besonders gut geeignet für höheres Blödeln:

Liebreiche Mädchen. Eine Aufforderung, reiche Mädchen zu lieben: Lieb' reiche Mädchen!

Hausmädchen. Die zweifelhafte Aufforderung, ein Mädchen zu verdreschen: Hau's Mädchen!

Bürgersteig. Eine Aufforderung zum Aufstand: Bürger, steig!

Stilvolle Brieftaschen: Eine Aufforderung, volle Brieftaschen zu stehlen.

Selchkarree: Eine Aufforderung, kein Reh zu selchen.

Zweifellos ist es angebracht, den echten Blödler vom professionellen Spaßvogel zu unterscheiden: *„Dem echten Blödler ist das Blödeln nicht Alltag, sondern Fest, er entweiht es nicht durch übermäßigen Gebrauch, er weiht sich der hohen Übung nur im Einklang mit Gleichgesinnten bei passendem Anlaß.“* (Hans Weigel)

Die beliebten Schüttelreime sind eine uralte, oft literarische Hochform des Blödelns, auch wenn sie eine eigene literarische Gattung im weiten Land des Komischen darstellen. Angesichts des Aufmarsches hoher Militärs könnte man boshaft sagen:

Behängt schreiten Beschränktheiten!

Besonders kurz ist dieser von Erich Landgrebe kreierte Stoßseufzer eines Pilzsuchers:

Wo bist, Bovist?

Im Kreis um Hans Weigel wurde auch die große Familie seltsamer Tiere erblödelt:

Produz-Enten, Litfaß-Eulen, Beschwich-Tiger, Konku-Bienen, Ti-Schweine, Tur-Bienen und die besser bekannten und vom Aussterben bedrohten *Blumento-Pferde*. Dagegen vermehrt sich aufgrund der rapid wachsenden Umweltverschmutzung die *Schlam-Assel* so stark, daß in einigen Jahrzehnten das Leben auf der Erde vernichtet sein könnte.

Und unser treuer Begleiter Hans Weigel, der oft und gerne den Blödelclub besucht hatte, berichtet über die Auswirkung der Entdeckung, daß die Nachsilbe „bar“ auch ein Nachtlokal bezeichnet, in dem es ganz wundersam zugehen kann. Zur Einstimmung darauf einen Witz:

Zwei angeheiterte Neureiche sitzen um 4 Uhr früh im Wiener Stadtpark auf einer Bank, nachdem sie die Nacht in der Eden-Bar, die durch Helmut Qualtinger weltberühmt wurde, genossen hatten. Da sagt der eine verwundert: „Unglaublich, wie sauber und frisch die Luft da ist!" – Antwortet der andere: „Das ist doch klar! Schließlich war sie die ganze Nacht draußen!"

Also berichtet Hans Weigel: „Ich war oft Teilnehmer solcher Stunden. Da haben wir einmal entdeckt, daß die Nachsilbe ‚bar‘ auch ein Nachtlokal bezeichnet. Und so kam die Nachtlokal-Mode auf und beflügelte uns einige Wochen lang.“

Ruchbar – ein wohlparfümiertes Nachtlokal
Schauderbar – ein Nachtlokal als Gruselkabinett
Offenbar – ein allgemein zugängliches Nachtlokal

Sonderbar – im Gegensatz dazu ein Nachtlokal mit Rassentrennung.

Erfrischend phantasievoll ist die Kreation der „brotlosen Berufe“, die zuerst erblödelt und dann von Paul Flora meisterhaft gezeichnet wurden:

Regenschauer: Ein Mann schaut in den Regen.
Zitronenfalter: Einer übt sich im Falten von Zitronen.
Taschenmesser: Ein Schneider mißt Taschen ab.
Scheinwerfer: Ein Mann verstreut Geldscheine.
Fischmesser: Ein Fischer mißt einen Fisch ab.

Weitere brotlose Berufe sind Damenschneider, Gassenhauer, Raupenschlepper …

Die Formen, Materialien und Dimensionen des Blödelns sind fast unermeßlich. Die Übergänge zu surrealistischen und makabren Witzen, vom Schweinigeln bis hin zur hohen Philosophie sind fließend. Klar ist, daß beim Blödeln alle geltenden Gesetze aufgehoben sind. Lassen wir uns von einem hochliterarisch gebildeten Blödler belehren: *„Das Blödeln ist abstrakt. Die Kunst des Blödelns ist gegenstandslose Kunst. Der Witz stellt äußerstenfalls in Frage. Das Blödeln führt ad absurdum. Der Witz ist Aktion, das Blödeln Reflexion.“* (Weigel)

Gehen wir nochmals in den Blödelclub von Hans Weigel. Er war Zeuge, als um 1935 im Cafe Schottentor gegenüber der Universität das „Reh-Spiel“ geboren wurde – leider ist dieses Cafe nur noch im Zentralfriedhof der vielen eingegangenen Cafes zu finden.

Zuerst fiel nur das Wort *Remington – ein Reh aus der Ming-Ton Zeit Chinas.*

Und dann ging’s los: *Re-Torte, die vom Reh-Bäcker (Rebecca) erzeugt wird.*

Die Zahl der Rehe wurde unermeßlich: Die vierfache Ablehnung eines Bayern, ein Reh betreffend, hieß:

Anna Karenina (Ah na! Ka Reh! Nie! Na!).

Man muß schon in Blödelstimmung sein, um den irrwitzigen Spaß dieses Spiels nachempfinden zu können. Weigels Kommentar: „*Wie man sieht, ist der Hauptreiz des Rehs die Definition. Und wo immer das Reh ausbricht, bohrt es sich unwidersprechbar in die Hirne, tötet jede andere Konversation und bleibt dominierend bis in die Nacht, ja: bis in den Schlaf hinein.*"

Abschließend tritt noch einmal ausführlich Hans Weigel mit seiner Auffassung des Blödelns auf. Er hat Blödeln in einem sehr weiten Sinn klassisch geschildert! Nicht definiert, nicht beschrieben, nein: erzählend geschildert. Lauschen wir also diesem „großen Kind" (Elfriede Ott), diesem bedeutenden Schriftsteller, der eine unerschöpflich erotische Beziehung zur Sprache hatte:

„*Das Blödeln ist eine Geisteshaltung, eine Weltanschauung, ist angewandte Satire. Man blödelt, indem man eine Methode … persifliert, man blödelt, indem man so tut als ob … Man kann blödelnd alle Großen dieser Erde, welche keine wirklich Großen sind … vernichten, man kann blödelnd Glanz und Elend des Wortes, Sinn und Unsinn der Phrase, des Gemeinplatzes, entlarven.*" (Ott 1994, 173f)

Blödeln ist „Regression im Dienste des Ich"

Ein Blick in die etymologischen Wörterbücher erhellt die Bedeutung von „blöde" und „Blödeln". „Blöde" heißt bekanntlich dumm, schwachsinnig. Im 9. Jh. trug das Wort „blodi" die Bedeutung träge, schwach. Im Mittelhochdeutschen heißt „blöde": gebrechlich, schwach, zaghaft, furchtsam, eingeschüchtert.

Im 18. Jh. entstanden die Worte „blödsinnig" und „Blödsinn". Damals wurden auch folgende Wortkombinationen geläufig: Doppelsinn, Eigensinn, Leichtsinn, Scharfsinn, Tiefsinn, Unsinn, Wahnsinn und Widersinn.

Genau diese Sinne braucht man fürs Blödeln! Erst seit dem 19. Jh. gibt es das Wort „blödeln“ mit der Bedeutung: bewußt Unsinn reden, sich erkühnen. Sich entblöden heißt: die Scheu ablegen. Blödeln bedarf also eines gewissen Mutes, oft Übermutes. Wer blödeln kann, beweist, daß er den Mut und die Stärke besitzt, schwachsinnig sein zu können ohne es zu sein.

Eine psychologische Voraussetzung für das Blödeln ist die Fähigkeit zur „Regression im Dienste des Ich“, eine Wortprägung, die der Psychoanalytiker Ernst Kris 1936 vorgenommen hat. Regression meint wörtlich „Zurückwachsen“, und setzt voraus, daß frühere kindliche Seelen- und Geisteszustände in den Jahresringen der Seele aufbewahrt sind. Neben den destruktiven Formen der Regression, die alle psychischen Erkrankungen begleiten, besteht die gesunde Regression darin, daß man zu infantilen Seelen- und Geisteszuständen zurückkehren und der Kindlichkeit und Verspieltheit Raum geben kann. Das ist für die psychische Gesundheit und Erholung von den Anstrengungen des Lebens notwendig.

Ein besonders schönes und gesundes Beispiel für diese Regression im Dienste des Ich ist das erotische Liebesspiel. Aber auch das lustvolle, geradezu kindliche Spiel mit Worten, Gedanken und Einfällen ist Ausdruck dieser kreativen Art von Regression. Bei der Behandlung des Witzes und des Humors werde ich dieses grundlegende und wichtige Phänomen genauer betrachten.

Es reizt mich doch, den Versuch zu machen, das Blödeln zu beschreiben und zu definieren. Abgrenzen läßt es sich vom Witz dadurch, daß es keine Pointen hat, vom vernünftigen Reden dadurch, daß es die Regeln der Vernunft ausschaltet und nicht einhält. Diese Regeln, sprachliche Festlegungen und Ritualisierungen, also Selbstverständlichkeiten, werden auf Kurzurlaub geschickt. Das allein ist schon erholsam, entlastend und erheiternd:

Was ist der Unterschied zwischen einem Sprungbrett? –
Je höher desto platsch!

Blödeln gehört zu den wichtigen Formen des Komischen, weil es, in entsprechender Stimmung, zum Lachen reizt. Und infantiler Schwachsinn, ein Rückfall in das vorrationale Denken, ist eine der Wurzeln des Komischen. Das Blödeln entlastet uns vom herrschenden Denk- und Bedeutungssystem der Sprache und der Verständigung, deshalb bewirkt es befreiendes Lachen. Blödeln ist Ausdruck von Regression, ist witzig aber noch kein Witz, ist albern, oft absurd, oft schwachsinnig, manchmal tiefsinnig – ein Reservat für Unernst und kindlich verspielte Heiterkeit.

Friedmar Apel sieht im Blödeln das „letzte Exil der Heiterkeit vor dem alles erdrückenden Ernst moderner gesellschaftlicher Wirklichkeit, das letzte Reservat der armen, geknechteten Phantasie".

Ein Bursche kommt zu einer Bierrunde, in der Witze erzählt werden. Er war noch nicht in Stimmung, wurde aber bedrängt, einen Witz zu erzählen. Da sagte er widerwillig:

„Kommt ein Mann in ein Gasthaus, bestellt ein Bier und bekommt Gulasch!"

Dieser kaputte Witz kann unglaublich komisch wirken. Jeder Anspruch auf irgendeinen Sinn wird enttäuscht. Der Inhalt ist völlig banal: Jemand bekommt nicht das, was er wünscht. In diesem Fall war die Enttäuschung jeglicher vernünftigen Erwartung bewußte Absicht. Das Lachen über diesen Blödsinn lacht eigentlich über sich selber. Ähnlich blöd und witzlos ist dieser Dialog:

„Mein Gott, wie das heute regnet!" –
„Kein Wunder, bei dem Wetter!"

Anarchischer Protest

Dieter Wellershoff bezeichnet das Blödeln als „anarchische Subkultur des Humors“:

„Das Hauptcharakteristikum dieses Kommunikationsspieles ist seine regressive Tendenz, die auf fortschreitende Chaotisierung der Realität drängt und sich dabei jeder Kontrolle durch verinnerlichte Normen der Vernunft oder des Geschmackes zu entziehen versucht. Blödeln ist ein freiwilliger Form- und Niveauverlust, dessen Modell, wie schon das Wort sagt, der leicht Schwachsinnige ist …“

Wellershoff beleuchtet typische Aspekte des Blödelns und bringt einige aufschlußreiche Beispiele aus der modernen Literatur. Das von allen Konventionen und realitätsnahen Regeln freigesetzte infantile Lustprinzip genießt im Blödeln, so könnte man sagen, seine barbarische Hemmungslosigkeit. Blödeln erinnert an das zurückgebliebene Denken des Debilen.

Voraussetzung ist eine Atmosphäre, die frei ist von Angst und Belastungen, damit sich die anarchische Ent-Formung und Zer-Störung von Sprache, Denken und Wirklichkeitsartikulation ereignen kann. Blödeln ist Improvisation pur, ein unwiederholbares Stegreifspiel. Eine Blödelgruppe ist eine spontane, exklusive und subversive Kommunikationsgemeinschaft. Oft schafft das Blödeln einen gemeinsamen Code, der die spontanen Einfälle zusammenhält. Außenstehende stehen vorerst völlig daneben. Alle möglichen Einfälle werden „zu-Tode-geritten“, Wort- und Klangautomatismen und sinnlose Sprachreime spielen eine große Rolle.

Im Programm der Berliner Entertainergruppe „Insterburg und Co“ findet sich dieses blöde Wortspiel:

„Sagen Sie mal, der Maier, was ist denn mit dem los? Der Meier geht ja fast am Stock.“ – „Ja, was meinen Sie, was mit dem los ist? Der hat 'ne Meierstockentzündung.“

Häufig verbindet sich im regressiven Kommunikationsspiel des Blödelns der intellektuelle Niveauverlust mit kindischer Freude an der Analität. Man läßt sich gehen, und es wird so ungefähr alles verarscht, was verarscht werden kann. Es macht großen Spaß, alles aus dem Vernünftigen in das Chaos des Unsinns herabzuziehen. Blödeln ist bewußter oder unbewußter Protest gegen jede Art von Disziplinierung.

Wolfgang Bauer hat in seinem Theaterstück „Magic Afternoon" einen unheimlichen Sprachauflösungsprozeß dargestellt. Zwei junge Männer, angeschlagen durch Langeweile und ohne Perspektiven fürs Leben, geraten haschischrauchend in einen regressiven Taumel, der durch Wortreize zu Ausbrüchen grundloser und irrer Heiterkeit führt:

„*Oh, die Herrschaft geht spazieren! ... Aus-gerutscht ... Sein Schurz ist kurz ... Mutzl ... Wutzl ... Kaputzl ... Poliputzl ... Polizei! Wutzl ins Kapuzl ... denn es kommt die Polizei ... Wir sind aus Liezen ... hahaha ... und weil wir aus Liezen sind, drum sind wir aus Liezen. Aus Liezen!*" Und weiter geht es:

„*Wutzl ins Kaputzl – Wutzl ins Kaputzl, denn es kommt die Polizei herbei ... Angenehm! Angenehm! ... Trollola ... Lollollollollo ... ooo.*"

Das entmachtete, zerfallende, aufgelöste Ich kichert dann hemmungslos und sieht zu, wie alles verrückt weiterläuft. „*Durch spielerische Verdrehung und Vermischung der Worte beweisen sie sich, daß nichts ernst ist, daß es für sie nichts mehr gibt, was ihr seliges Allmachtsgefühl begrenzen könnte. Die Wirklichkeit ist nur noch eine Farce, ein Anlaß zu Sprachfaxen und Lachkrämpfen und komischen Einfällen, denen sie sofort folgen müssen.*" (Wellershoff 1976, 346f.)

Jede vernünftige Realitätsverarbeitung wird verweigert, die Welt wird auf den Kopf gestellt.

Ein Vergleich mit dem psychotischen Zusammenbruch und dem Zerbröseln der Realität liegt nahe: „*Sagt der*

Psychotiker, daß ihm alles so komisch vorkomme, so erlebt er nicht Komik, sondern Entfremdung; sagt der Lachende, daß ihm alles wahnsinnig erscheine, dann erlebt er nicht den Wahnsinn, sondern Komik, also eine vorübergehende Verfratzung der Welt, von der das Ich sich unterscheiden kann und die partikulär bleibt." (ebd. 351)

In der modernen Literatur ist die Toleranz gegenüber irrationalen, regressiven und anarchischen Strebungen und Strömungen größer geworden. Die Korrumpierung des herrschenden Realitätsprinzips wird facettenreich durchgespielt. Der Aufstand gegen Herrschaft, Moral, Gewohnheit, Geschmack, Logik und Vernunft wird als Form des Protests und in der Absicht, Spontaneität, Sensibilität und Kreativität zu befreien, durchgespielt. Formen dieses Protests sind methodische Verrücktheit, Spiel, künstlicher Rausch und oppositionelle Lebensformen.

Der Dadaismus ist eine Art „Narrenspiel aus dem Nichts", in dem die sprachlich vermittelten Gehirnkästen ebenso zersetzt werden wie die soziale Organisation. Die Akteure wählen für ihre Aktionen bewußt einen Ausdruck der vorverbalen Kleinkindersprache. Albernheit, Geschmacklosigkeit, Blödsinn gehören zum Programm dieser Totalpoesie. Als Hugo Ball 1917 in der Züricher Dada-Galerie seine Lautgedichte vortrug, führte der anfängliche Schock bald zu einer Explosion von Gelächter und Applaus. Ball deklamierte seine wortlosen Verse im Stil des katholischen Meßgesanges:

„Zimzim urallala zimzim urallala zimzim zanzibar zimzalla zam elifantolim brussala bulomen brussala bulomen tromtata ..."

Auch das köstliche Gedicht „An Anna Blume" von Kurt Schwitters kommt dem Sprachspiel des Blödelns sehr nahe:

„O du, Geliebte meiner siebenundzwanzig Sinne, ich liebe dir! – Du deiner dich dir, ich dir, du mir. – Wir? ... Wer bist du, ungezähltes Frauenzimmer? Du bist – bist

du? – ... Man kann dich auch von hinten lesen, und du, du Herrlichste von allen, du bist von hinten wie von vorne: „a-n-n-a" ... Anna Blume, du tropfes Tier, ich liebe dir."

Bei Schwitters, und nicht nur durch ihn, ist die anarchische Kreativität des Blödelns eigentlich zum Kunstwerk erhoben worden.

Die regressiven, anarchischen Verhaltens- und Denkweisen sind wohl auch angesichts des herrschenden globalen politischen und wirtschaftlichen Wahnsinns größer geworden. Als Kunst und Lebensweise der Gegenkultur könnte man sie als Ausdruck der kleinen oder der „Großen Verweigerung" (Herbert Marcuse) verstehen.

Es ist offensichtlich, daß das Blödeln den Jugendlichen viel mehr liegt, als den meisten Erwachsenen, weil sie weithin offener, sensibler, spontaner, phantasievoller und kreativer sind, behauptet Wellershoff zurecht: *„Das Blödeln erfordert ein zu hohes Maß an Spontaneität, Schamlosigkeit und Übermut, um dem durchschnittlichen psychosklerotischen Erwachsenen noch möglich zu sein. Es ist ja auch die Aufkündigung alles dessen, was er repräsentiert."*

Im Blödeln spiegelt sich der Zwiespalt von emanzipatorischen und regressiven Strebungen. Einseitige Rationalität wird als Entfremdung abgelehnt, aber durch das Blödeln nicht überwunden, sondern nur vorübergehend regressiv aufgelöst. Indem Protestpotential ausagiert wird, wird es gleichzeitig auch ein Stück weit abgebaut.

Dieter Henrich bedenkt Situationen, in denen es am leichtesten zum Blödeln kommt, und sieht diese weder in ausgelassener Hochstimmung noch in Situationen, in denen man starken Druck erlebt. Es sind eher Situationen einer diffusen Zwangslage: Wartesituationen, Schüler vor verschlossenen Schultüren, Warteschlangen im Supermarkt, in Gesellschaften vor dem Aufbruch. Meistens sind diese Situationen nur Anlaß und nicht Objekt und Inhalt des Blödelns. Deshalb setzt er in der Auffassung des Blödelns einen eigenen Akzent:

„So hat das Blödeln zwar wohl die Funktion der Befreiung. Es befreit aber nicht von der Kultur und aus der von ihr verlangten normierten Aktivität. Es befreit vielmehr i n eine Aktivität und a u s einer Situation, in der man mit Unlust in Untätigkeit zu bleiben hat. Aus ihr befreit es allerdings mit minimalem Aufwand und zum niedrigsten Preis.“

Zweifellos gibt es sehr unterschiedliche Arten und mehr oder weniger strukturierte Formen und Techniken des Blödelns. Blödel-Codes wie im Blödelclub von Hans Weigel, die „B-Sprache“, wobei es zu einer durch „b“ eingeleiteten Wiederholung des Silbenvokals kommt.

Es gibt systematische Umgestaltungen von Sprachformen, kalauerhafte Wortspiele, sogenannte Anti-Witze, absurde Wiederholungen, Sprach-Klang-Spiele. In all diesen Arten des Blödelns wird in sehr unterschiedlicher Weise eine Differenz zur Normalsprache hergestellt, sei es durch Verformung oder durch Negierung. Auch das Blödeln wird fast immer durch zwei Momente charakterisiert, durch freies Spiel und durch oft subtile Regeln.

Der kreative „Blödler“ und Schriftsteller Ernst Jandl hat köstliche Fragmente für das Schlußwort angemeldet:

ottos mops trotzt
otto: fort mops fort
ottos mops hopst fort
otto: soso …
…
ottos mops kotzt
otto: ogottogott

Und:

mir gengen nach schenbrunz
dort steht das tier in gunz
das tier ist dort ein eingespier
doch mir, de mensche, sein kein tier
drum gemma nach schenbrunz

3. Politischer Witz – erheiternder Geistesblitz

„Freiheit gibt Witz, und Witz gibt Freiheit.“
Jean Paul

Witz und Humor in der Hölle von Auschwitz

Der KZ-Häftling mit der Nummer 32635 verbreitet politische Witze im Konzentrationslager Auschwitz. Er schreibt sie auf Zettel und legt sie in den Spind von anderen KZ-Insassen. Er erzählt sie Mithäftlingen, deren Gesinnung er gut kennt. Der Häftling hat offensichtlich Galgenhumor und ist von einem großen Ideal erfüllt.

Dieser mutige Mann ist Franz Danimann. Er erblickte 1919 in Schwechat bei Wien das Licht und die Dunkelheit der Welt, wuchs als kerniger Sozialist und Demokrat auf und wurde in den dreißiger Jahren zum Widerstandskämpfer gegen den klerikalen Austrofaschismus der Dollfuß-Regierung. Damals hat er damit begonnen, verbotene Flugblätter zu verteilen und politische Witze zu erzählen und zu verbreiten. Noch galt in Österreich nicht, was man in Deutschland bereits vernehmen konnte:

„Was gibt 's für einen neuen Witz?" – „Ein Jahr Dachau!"

Im März 1938 kam es zum Anschluß Österreichs. Im Deutschen Reich galt seit 1934 das sogenannte „Heimtückegesetz“, das für „wehrkraftzersetzende Witze“ die Todesstrafe vorsah.

Der Sozialist Danimann arbeitete im Widerstand gegen den Hitlerfaschismus und war deshalb von 1939 bis 1945 eingesperrt, also insgesamt 6 Jahre lang. Die letzten drei

Jahre davon überlebte er vom 27. 4. 1942 bis zur Befreiung durch die Russen am 27. 1. 1945 im KZ Auschwitz.

Danimann hat auch nach 1945 systematisch Witze über den Hitlerfaschismus gesammelt. Er hielt zahlreiche Vorträge über die Widerstandsarbeit, das Grauen der Hitlerzeit, das Elend des Alltagslebens, die Hölle von Auschwitz und über die Bedeutung des Witzes und des Humors als Waffe des Widerstandes. Beruflich war der gelernte Gärtner, der nach dem Krieg Jus studiert hatte, im Bereich der Polizei und später in der Arbeitsmarktverwaltung tätig.

Das „Heimtückegesetz" – die Angst vor dem Witz des Volkes

Bereits 1934 wurde das „Gesetz gegen heimtückische Angriffe auf Staat und Partei und zum Schutz (!) der Parteiuniform" beschlossen, welches für das Erzählen von entsprechenden Witzen zumindest Gefängnisstrafen vorsah. Für Witze, die zur „Zersetzung der Wehrkraft" beitragen können, wird 1938 die Todesstrafe eingeführt.

Ein Beispiel: Ottilie Franzl wurde 1944 zu einem Jahr Gefängnis verurteilt, weil sie folgenden Witz erzählt hatte:

> Lieber einen Kaiser von Gottes Gnaden
> als einen Massenmörder von Berchtesgaden.

Die Angeklagte, so heißt es im Protokoll, „hat zugegeben, diese Äußerung getan zu haben, hat aber behauptet, sie habe die Äußerung nur als Witz wiedergegeben und sie vorher irgendwo gehört". Weil sie eine „tüchtige Arbeitskraft" war, wurde eine Gefängnisstrafe von einem Jahr „noch für hinreichend erachtet." (Danimann 1983, 154ff.)

Nach Stalingrad 1943 wurde in einem Geheimbericht festgestellt, daß Witze gegen das System in erheblichem Ausmaß verbreitet werden: *„Das Erzählen von staatsabträglichen und gemeinen Witzen selbst über die Person* *des Führers (hat) seit Stalingrad erheblich zugenommen ... Das Gefühl dafür, daß das Anhören und Weitererzählen politischer Witze eines gewissen Schlages für den anständigen Deutschen und Nationalsozialisten einfach eine Unmöglichkeit ist, (ist) weiten Kreisen der Bevölkerung und auch einem Teil der Parteigenossenschaft offenbar abhanden gekommen.“*

Witz – Waffe des Widerstandes

Im Jahre 1983 erschien dann ein besonderes „Witzbuch“, verfaßt von Franz Danimann: „Flüsterwitz und Spottgedichte in der Hitlerzeit“. Dieses Werk dokumentiert ein wichtiges Stück Alltagsgeschichte in mörderischer Zeit. Es zeigt im Medium des Witzes und der Spottgedichte die Sorgen, Nöte und Einstellungen derer, denen die herrschende Geschichtsschreibung immer noch zu wenig Beachtung schenkt. Zum Beispiel:

„Was bedeutet der deutsche Gruß?“ – „Aufgehobene Rechte.“

Oder:

Alle Stände sind jetzt aufgehoben: der Verstand,
der Anstand, der Wohlstand. Es bleibt nur der Notstand.

Der Herausgeber Franz Richard Reiter beschreibt die Wirkung des politischen Witzes so: *„Der politische Witz, die Geißelung von Mißständen, die Entlarvung propagandistischer Lügen und die Verspottung von Politikern, der wirkliche ‚Galgen-Humor‘ blüht besonders dann, wenn das freie Wort, wenn die Freiheit unterdrückt wird.“*

Und weiter:

„Diktatorische Machthaber fürchten den politischen Witz, weil er aufklärt, wenn sie Lüge als Wahrheit ausgeben, weil er ihre Regime demaskiert, Solidarität bei den

Unterdrückten und Verfolgten schafft und den Geist des Widerstandes stärkt. Aus Furcht vor der Menschen verbindenden und entlarvenden Kraft des Satirischen greifen die Machthaber zu drakonischen Maßnahmen."

Durch den Verleger und Herausgeber des „Witzbuches" von Danimann erfuhr ich, daß der Autor in Wien lebt, telefonierte mit ihm und vereinbarte ein Gespräch. Im Foyer der Bibliothek der Wiener Arbeiterkammer traf ich den 84jährigen Franz Danimann. Dieser aufgeschlossene Zeitgenosse mit schneeweißem Haar sichtet dort dreimal in der Woche die internationale Zeitungslandschaft. Sein Geist ist jung und frisch, sein Engagement für eine soziale und humane Welt ungebrochen. Er ist auch heute noch Widerstandskämpfer gegen die weithin herrschende Sattheit und Geschichtsvergessenheit.

Die Stimme des Intellekts ist leise

Mir fiel im Gespräch mit Danimann eine ermutigende Bemerkung von Sigmund Freud ein, der sich selbst als „heiteren Pessimisten" bezeichnet hatte:

> *„Die Stimme des Intellekts ist leise, aber sie ruht nicht, ehe sie sich Gehör geschafft hat. Am Ende, nach unzählig oft wiederholten Abweisungen, findet sie es doch. Dies ist einer der wenigen Punkte, in denen man für die Zukunft der Menschheit optimistisch sein darf … Der Primat des Intellekts liegt gewiß in weiter, weiter, aber wahrscheinlich doch nicht in unendlicher Ferne."*

Der Witz, der geistreiche Witz steht dem Intellekt nahe. Danimann hatte in den finstersten Zeiten den Mut, die Stimme zu erheben, die Stimme des Intellekts gegen den Wahnsinn mörderischer Verhältnisse. Denn der Witz erhellt die finstere Welt doch nur für wenige Sekunden. Er wirft ein enthüllendes Licht auf grauenhafte Verhältnisse.

Ein befreiendes, ermutigendes Lächeln huscht kurz über das Gesicht und trotzt dem Elend.

Das Elend der Hitlerzeit im Witz

George Tabori sagte pointiert: „Inhalt eines jeden Witzes ist die Katastrophe oder etwas ganz Schönes.“ Hier geht es um Katastrophen. Die folgenden Witze aus der Hitlerzeit behandeln Probleme dieser schrecklichen Zeit blitzlichtartig. Sie zeigen ganz klar, daß gute Witze Kleinkunstwerke sind, Sprachkunstwerke und Lebenskunstwerke.

Einerseits wurden die Mächtigen, der Führer, der Propagandaminister Josef Goebbels, der Reichstagspräsident Hermann Göring und andere Parteibonzen auf die Schaufel genommen. Anderseits kommen die Schrecken und Plagen des Alltags der NS-Zeit zur Sprache, ganz besonders die grauenhaften Zeiten des Krieges.

Ein Irrenarzt trifft einen bekannten Chirurgen: „Heil Hitler!“ begrüßt der Irrenarzt seinen Kollegen. – „Aber nein“, winkt der ab, „heil lieber du ihn!“

Einer trifft seinen Freund: „Sag' mal, sehe ich dem Hitler wirklich so ähnlich?“ –„Nein, warum glaubst du das?“ – „Alle, die ich treffe, sagen ‚Heil Hitler‘ zu mir.“

Hitler verbietet Weiß Ferdl, dauernd Witze über ihn zu reißen. „Schließlich bin ich Großdeutschlands gewählter Führer, und das ganze Volk steht geschlossen hinter mir.“ – „Bitte schön“, sagt Weiß Ferdl, „der Witz war aber nicht von mir!“

Der Propagandaminister und oberste Kulturfunktionär Josef Goebbels, der nach Stalingrad 1943 zum „totalen Krieg“ aufrief, war unansehnlich, hinkte und hatte viele Affären mit Schauspielerinnen.

Goebbels ist Weltmeister im Seitensprung.

Lügen haben ein kurzes Bein.

Goebbels muß operiert werden. Warum? – Beim Versuch, die Stimmung der Bevölkerung zu heben, hat er sich einen Bruch zugezogen.

Der Reichstagspräsident Hermann Göring war ebenso eitel wie titelsüchtig und korpulent. Diese Schwächen gaben Anlaß für Witze:

Hitler begegnet 1944 dem nackt durch die Straßen marschierenden Göring. „Warum gehst du denn nackt herum?" mokiert sich der Führer. – „Damit die Leute sehen, daß es noch Speck und Eier gibt!"

Hermann Göring besteigt den Stephansdom und läßt sich die Umgebung Wiens erklären. Man zeigt ihm den Kahlenberg, den Leopoldsberg und auch den Hermannskogel. „Ach nee", lächelt Hermann geschmeichelt, „det wär ja jar nich' nötig jewesen!"

Für die Verbreitung des Hitlergrußes und die Abschaffung der üblichen Grußformen wurde enorme Propaganda gemacht:

Jemand tritt auf der Straße in einen Hundehaufen, reißt seine Rechte hoch und ruft: „Heil Hitler!" Ein Passant stellt ihn zur Rede. Der erste rechtfertigt sich: „So gehört es doch. Wissen Sie denn nicht, daß es heißt: Trittst du in ein Geschäft hinein, soll dein Gruß ‚Heil Hitler' sein!"

Viele andere Mißstände wurden im Witz auf den Punkt gebracht:

Ein Mann trägt einen Koffer. Kommt ein Polizist und fragt: „Was haben Sie in dem Koffer?" – „Im Koffer, da ist die Regierung drin." – „Was ist drin?" – „Die Regierung." – „Öffnen Sie den Koffer!" – Der Mann öffnet den Koffer. – „Was", schreit der Polizist, „da sind ja nur Lumpen drin!" – „Na also!" murmelt der Mann.

Nach der Gleichschaltung der Länder sind wir e i n Volk; es gibt keine Preußen, Bayern, Thüringer und Sachsen mehr. Es gibt nur noch Braun-Schweiger.

Ein Rabbi wird gefragt, was der Unterschied zwischen Katastrophe und Unglück ist. – „Das läßt sich leicht beantworten," sagt er: „Wenn die Decke im Sitzungssaal einstürzt und die gesamte Reichsregierung begräbt, so ist das eine Katastrophe, aber es ist kein Unglück."

In der Hitlerzeit erfahren zwei zum Tode verurteilte Häftlinge, daß sie morgen gehängt und nicht wie geplant erschossen werden. Sagt der eine zum anderen: „Siehst du, ihnen ist schon die Munition ausgegangen!"

Plakat des Winterhilfswerkes im Winter 1943/44: „Keiner darf hungern, keiner darf frieren!" – Sagt ein Arbeiter zum andern: „Ach, das dürfen wir auch nicht?"

Kommt ein Berliner nach Wien, bewundert die Stadt, vor allem die gute Luft und sagt: „Wir haben in Berlin keine so gute Luft wie ihr." – Meint der Wiener: „Das glaub ich gern. Das kommt davon, weil wir mit jedem Schaß nach Berlin rennen müssen."

Wien ohne Wein,
St. Marx ohne Schwein,
Schwechat ohne Bier,
Führer heil, wir danken dir.

„Warum ist denn gar so ein Fleischmangel?" – „Nun, die Ochsen sind beim Militär, die Schweine bei der Partei und die Kälber bei der Hitler-Jugend."

„Welches Eintopfgericht ist in Deutschland am weitesten verbreitet?" – „Gedämpfte Zungen."

Im Luftschutzkeller 1944: „Wo wären wir jetzt, wenn wir den Führer nicht hätten?" – Eine leise Stimme von hinten flüstert: „Im Bett!"

Als der Krieg sich immer mehr in die Länge zog und der Friede ausblieb, soll Weiß Ferdl auf die Frage, ob wir den Krieg wohl verlieren würden, wehmütig geantwortet haben: „Wir werden den Krieg nicht verlieren, wir werden ihn behalten!"

Gebet um Dummheit

Nach diesem ermutigenden Gespräch mit Franz Danimann war ich von Dankbarkeit erfüllt – und sehr nachdenklich. Bevor wir uns trennten, schrieb er folgende Widmung in mein „Danimann-Buch": „Zur Erinnerung an die Zeit, als Österreich verboten und sich die Österreicher mit der Waffe des Humors wehrten. Ihr Franz Danimann 11. 12. 2003."

Ich setzte mich in ein Kaffeehaus, machte mir Notizen und blätterte nachdenklich in Danimanns Buch. Der folgende Witz läßt mich dann nicht mehr los:

„Wie betet man in Wien:
Lieber Herrgott, mach mich b l i n d,

daß ich alles herrlich find.
Lieber Herrgott, mach mich taub,
damit ich allen Unsinn glaub'.
Lieber Herrgott, mach mich stumm,
damit ich nicht nach Dachau kumm.
Denn nur wer blind ist, taub und stumm zugleich,
der taugt fürs Dritte Reich!"

Plötzlich wird mir klar, daß dieses makabre Gebet sehr aktuell ist, anders aktuell natürlich, als damals. Denn auch heute werden die berühmten „Drei Affen" oft genug heiliggesprochen: Der eine hält sich die Augen zu, der andere die Ohren, der dritte den Mund: „Nichts sehen, nichts hören, nichts sagen!" Dieses Symbol ist wohl die beste Definition der Verdummung aller Sinnes- und Besinnungsorgane. Denn die Weisheit der Sprache zeigt, daß das Wort dumm mit stumm (entmündigt), stumpf (stumpfsinnig), taub (betäubt), und dumb (finster) verwandt ist.

Wider die „Heiligsprechung" der „Drei Affen"!

Da sitze ich nun nach einem besonderen Gespräch nachdenklich im Kaffeehaus. Ich bin weniger als ein Sechsmilliardstel Menschheit und lebe in einem der reichsten Länder der Welt. Ich kann mit Lust und Liebe meinen Berufen nachgehen und mein Leben dankbar genießen. Doch diese Welt sieht, global betrachtet, für die meisten Erdkrustenbewohner gar nicht gut aus: Sie befindet sich im Fieber eines neoliberalen Raffgierkapitalismus.

Viele Menschen in den reichen Ländern sind satt geworden, also witzlos, gedankenlos, apathisch. Das neurotische Elend wächst, besonders Angstkrankheiten, Süchte und Depressionen nehmen erschreckende Ausmaße an. Immer mehr Menschen verarmen, keineswegs nur in der „Dritten Welt". Weithin herrscht tierischer Ernst, der durch Spaßgesellschaftsspiele überspielt wird.

Witz enthüllt, was Ideologien verbergen

Das Wort Witz stammt aus derselben Wortwurzel wie Wissen – beide leiten sich vom lateinischen Wort videre, also von sehen, hinschauen und anschauen ab. In der Umgangsprache ist dieser ursprüngliche Sinn noch aufbewahrt. Ein Wissen, das nicht fürs Leben brauchbar ist, wird als „witzloses Wissen" bezeichnet. Witz bedeutet somit Wissen, Verstand, Klugheit und Weisheit, also das Gegenteil von ideologischer Verdummung der Sinne und der Besinnungsorgane. In der geistreichen Textsorte Witz kommt dieser ursprüngliche Sinn auch zum Ausdruck.

Und was besonders wichtig ist: Der Witz fördert unsere beiden wichtigsten Sinne: den Wirklichkeitssinn nüchterner Analyse und Wahrnehmung, und den Möglichkeitssinn, der mit Träumen von einem besseren Leben verbunden ist und weit in die utopische Zukunft reicht. Witz bewirkt Bewußtseinserweiterung und Bewußtseinserheiterung, Aufklärung im Ursinn des Wortes. Ernste und finstere Gesichter werden von aufheiterndem Lachen überzogen.

Es tut nicht gut, wenn man angesichts der menschenverachtenden und asozialen Auswirkungen des herrschenden Raffgierkapitalismus mit den „Dackelfalten der Probleme auf der Stirn" herumläuft und herumsitzt. Die „Dackelfalten" stammen von Erich Kästner.

Schon Freud wies darauf hin, daß der aggressive Witz besonders häufig für die Schmähung und Kritik Höhergestellter und Autoritäten in Anspruch genommen wird. Der Witz ist bestens geeignet zum *„Angriff auf Großes, Würdiges und Mächtiges … das durch innerliche Hemmung oder äußerliche Umstände gegen direkte Herabsetzung geschützt ist"*. Und weiters: *„Indem wir den Feind klein, niedrig, verächtlich, komisch machen, schaffen wir uns auf einem Umwege den Genuß seiner Überwindung, den uns der Dritte, der keine Mühe aufgewendet hat, durch sein Lachen bezeugt."*

Freud findet sehr kritische Worte für die herrschende Moral, die faktisch im Dienste der Herrschenden steht:

„Es läßt sich laut sagen, was diese Witze flüstern, daß die Wünsche und Begierden des Menschen ein Recht haben, sich vernehmbar zu machen neben der anspruchsvollen und rücksichtslosen Moral, und es ist in unseren Tagen in nachdrücklichen und packenden Sätzen gesagt worden, daß diese Moral nur die eigennützige Vorschrift der wenigen Reichen und Mächtigen ist, welche jederzeit ohne Aufschub ihre Wünsche befriedigen können.“

Der Kulturhistoriker Friedrich Heer tritt für die Entfaltung von Phantasie ein, die er als Vitamin einer mündigen Gesellschaft ansieht und die sich auch im Witz äußert:

„Die Pflege der schöpferischen Phantasie ist ein Politikum allerersten Ranges ... Der Ausfall von schöpferischer Phantasie, diesem wichtigen Vitamin einer offenen, freien menschlichen Gesellschaft, kann verschiedene Ursachen haben. Man kann die schöpferische Phantasie abtöten, indem man schlicht ihre Gefäße, die Menschen nämlich, zerschlägt.“

Und weiters sagt er: *„Man kann diese Phantasie aber auch anders töten: Durch Blindmachen und Verblöden der Sinne, dieser kostbaren Organe des Menschen, die er braucht, um sich zu orientieren und sein volles Leben zu gewinnen. Wenn durch die Übermacht der Propaganda und der Reklame industrieller Produktion die Einbildungskraft abgetötet wird, ist der Wille zur Freiheit ins Mark getroffen.“*

Zivilisiert den Kapitalismus!

Die große liberale Wirtschaftswissenschafterin und Publizistin Marion Gräfin Dönhoff fordert die „Zivilisierung des Kapitalismus“. Angesichts der Vorherrschaft des neoliberalen Kapitalismus amerikanischer Prägung, besonders seit der Wende 1989, forderte sie pointiert:

„Das Gemeinwohl muß wieder an die erste Stelle rücken. Es ist ein Skandal, daß Gewalt, Korruption und ein egozentrischer Bereicherungstrieb als normal angesehen werden, während ein unter Umständen sich regendes Unrechtsbewußtsein kurzerhand mit dem Hinweis auf die ‚Selbstregulierung des Marktes' beschwichtigt wird."

Weiters sagt sie energisch: *„Wir haben es satt, in einer Raffgiergesellschaft zu leben, in der Korruption nicht mehr die Ausnahme ist und in der sich allzu vieles nur ums Geldverdienen dreht. Es gibt Wichtigeres im Leben des einzelnen wie auch im Leben der Nation."*

Sie dachte sozusagen an einen Dritten Weg, den man als ökosoziale Marktwirtschaft bezeichnen kann. Die auch bei uns massiv spürbaren Probleme zeigen sich vor allem in der Wirtschafts- und Sozialpolitik, der Arbeitsmarktpolitik, der Bildungs-, Gesundheits- und Pensionspolitik. Im Witz werden diese Probleme schlaglichtartig beleuchtet.

Aktuelle sozialpolitische Witzlandschaft

Der beste Nährboden für geistreichen Witz sind Diktaturen. Denn massive Unterdrückung, faktisches Elend und persönlicher Leidensdruck fordern und fördern den Witz als Widerstands- und Überlebensphänomen. Sattheit macht witzlos. Das Witzphänomen spielt sich weiters in der Dialektik zwischen Anpassung und Widerstand ab. Es wäre falsch, den Witz nur als Anpassungsagenten aufzufassen, oder aber von ihm die Veränderung der politischen Verhältnisse zu erwarten. Er trägt sehr wohl dazu bei, mörderische Verhältnisse besser ertragen zu können. Und zugleich ist er auch Ausdruck des Protests gegen diese Verhältnisse. Insofern hat der politische Witz eine psychohygienische und eine politische Funktion.

Der Flüsterwitz der Diktaturen wird in unseren demokratischen Ländern weithin durch das Kabarett und durch die Karikatur ersetzt. Milo Dor meint, daß der Witz wegen seiner kritischen Haltung „ein zutiefst demokratisches Phänomen“ sei. So ist es auch. Es gibt heutzutage wenig guten politischen Witz. Das hat sicher mehrere Gründe. Ohne Unterdrückung und das Bewußtsein von Unterdrückung gibt es keinen Witz – der bringt nämlich Unterdrücktes zur Sprache und dient Unterdrückten als Waffe.

Das Kleinkunstwerk Witz verleiht als anonyme Volkskunst dem Unbehagen mehr oder weniger geistreich Ausdruck. Wie immer werden die Pfeile des Witzes von unten nach oben abgeschossen. Mit Milo Dor bin ich der Meinung, daß ein guter Witz „ganze Folianten bedruckten Papiers aufwiegen kann“.

Die politökonomische Wende findet auch im Witz Ausdruck. Denn die Kluft zwischen politischer Rhetorik und Alltagsleben wird größer, deshalb wandern auch wieder etwas mehr politische Witze durch die Landschaft. Sie entlarven fromme Sprüche, die vielfältige Widersprüche verhüllen sollten. Allein das Wort „Reform“ verbiegt oft Realitäten, lügt sie um und färbt sie schön.

Der österreichische Sozialstaat hat zweifellos eine glänzende Zukunft hinter sich.

Der Optimist, der als Ideal beschworen wird, hat mit dem Pessimisten, der verachtet wird, einen gemeinsamen Nenner: den Mist. Und um diesen geht’s im politischen Witz, bald treffend geistreich oder zynisch, bald humorvoll, bald bitter oder blöd.

„Gibt es neue politische Witze?“ – „Nein.“ – „Was für eine Regierung!“

Manche Staatsbürger denken sich, daß uns diese Regierung gestohlen werden könnte. Im Witz wird sie es:

Die Nachrichtensprecherin im ZIB 2: „Die Terroristen fordern drei Millionen Dollar und ein Fluchtflugzeug, ansonsten lassen sie die Regierung wieder frei!"

Nach den letzten Wahlen dankten Schüssel und die Seinen in eminenter Begleitung in Mariazell ihrem lieben Gott (Parteigott? Stammesgott?) für den Sieg. Das macht nachdenklich. Wenn Politiker nach dem Priester rufen, liegt die Vernunft der Politik im Sterben. Sogar die Bundeskanzel wurde unlängst im Wiener Stephansdom aufgestellt. Der derzeitige Kanzler findet auch im Witz Anerkennung:

Kanzler Schüssel wendet sich nach einer Kabarettveranstaltung im Volkstheater leutselig an den Kabarettisten Andreas Vitasek und sagt:
„Ich lache oft Tränen über Ihre Einfälle!"
Darauf antwortet Vitasek: „Und ich erst über Ihre, Herr Kanzler!"

Frau Schüssel trifft sich mit ihrer besten Freundin und sagt: „Stell dir vor, ich habe für meinen Wolferl die Erstausgabe von Sigmund Freuds ‚Traumdeutung' bekommen!" – Meint die Freundin: „Ein guter Tausch!"

Ein Dritter Weg?

Zwei Prager sitzen im Jahre 2000 in einem Tschecherl beim Bier. Der eine blickt von der Zeitung auf und sagt: „Ich les da grad über den Dritten Weg." Sagt der andere: „Es gibt keinen dritten Weg. Es gibt nur den Weg ins Beisl und den andern nach Haus!"

Einer kommt in einen Prager Weinkeller, in dem eine fröhliche Runde beim Kosten sitzt. Er ruft ihr zu: „Seid froh, daß ihr da herunten seid. Draußen tobt nämlich die neoliberale ökonomisch-wissenschaftlich-technische Revolution!"

Zur Pensionsreform

Zwei Pensionisten sitzen auf einer Bank im Wiener Stadtpark und kommen ins Gespräch: „Wie geht's Ihnen heute?" – „Danke, viel besser als morgen!"

Ein Moskauer Pensionist im Jahr 2000: „Wie gut es uns doch ging, als es uns noch schlecht ging!"

„Warum haben die Ratten vier Pfoten?" – „Damit sie die Mistkübel noch vor den Kleinrentnern erreichen!"

Ein Kleinrentner in Hernals hebt den Deckel einer Mülltonne, blickt kritisch hinein und sagt:
„Die Abfälle werden auch immer schlechter!"

Zwei alte Wiener Sozialisten kramen in einer Mülltonne und fluchen. Endlich sagt der eine zum anderen: „Das waren noch Zeiten, als wir uns über Parteiprogramme aufgeregt haben!"

Zur Förderung der Pensionssicherung hat das Sozial- und Verkehrsministerium eine Veränderung der Straßenverkehrsordnung angeregt: Ab sofort dürfen Pensionistinnen und Pensionisten bei Rot die Straße überqueren.
Ab Jänner 2007 müssen sie das.

Neue Armut

Sicher gilt heute die makabre Definition von Sozialpolitik durch Karl Kraus nicht mehr:

„Sozialpolitik ist der verzweifelte Entschluß, an einem Krebskranken eine Hühneraugenoperation vorzunehmen."

Dennoch gibt es viele strukturelle Probleme:

Ein hungriger Sandler geht durch die Wiener Innenstadt und murmelt ständig vor sich hin: „Ich bin ein Teil der europäischen Zivilisation, ich bin ein Teil der europäischen Zivilisation ..."

Ein Sandler geht hautnah neben einer schönen jungen Frau her und redet mit Händen und Füßen auf sie ein. Ein Polizist sieht das und schreitet ein: „Belästigt Sie dieser Strolch sexuell, gnädige Frau?" Bevor sie noch antworten kann, sagt der Sandler: „Sexuell? Ich bitte Sie, Herr Inspektor. Schau'n Sie mich doch an! Ich belästige die Dame nur sozial!"

Ein Schulabgänger in Wien spricht beim Arbeitsamt vor, um sich über Berufsbilder und Zukunftsaussichten zu informieren. Der Beamte eröffnet das Gespräch: „Also, als was wollen Sie denn später 'mal arbeitslos sein?"

Schwierigkeit des Regierens

Die „Schwierigkeit des Regierens" nimmt zweifellos zu. Bert Brecht hat das in dunkler Zeit sehr polemisch zur Sprache gebracht:

„Die Minister verkünden unaufhörlich dem Volk
Wie schwer das Regieren sei. Ohne die Minister
Würde das Korn in den Boden wachsen statt nach oben." Und dann:
„Kein Stück Kohle käme aus dem Schacht
Wenn der Kanzler nicht so weise wäre ... Ja ob die Sonne früh aufginge
Ohne die Genehmigung des Führers
Ist durchaus fraglich, und wenn, dann
An der falschen Stelle ..."

Auch wenn Freud mit Politik nicht viel am Hut hatte, wußte er von der Schwierigkeit des Regierens. Im Geleitwort zu August Aichhorns Buch „Verwahrloste Jugend" schrieb er 1925:

> *„Ich hatte mir frühzeitig das Scherzwort von den drei unmöglichen Berufen – als da sind: Erziehen, Kurieren, Regieren – zu eigen gemacht."*

Die Gestaltungsräume werden enger, die Verantwortung für den oft beschworenen „Souverän" wird nicht geringer. Der Ärger über gewisse Volksvertreter nimmt kräftige Formen an:

Zwei Männer sitzen in einem Eisenbahnabteil.
Sie kommen ins Gespräch und stellen sich vor:
„Ich bin Staubsaugervertreter. Ich verkaufe Staubsauger." –
Sagt der andere: „Ich bin Volksvertreter..."

Ein Abgeordneter geht zum Psychiater und sagt: „Herr Doktor, ich habe eine dreifach gespaltene Persönlichkeit: Ich sage das eine, denke das andere und mache ein drittes." – „Beruhigen Sie sich. Das beweist nur, daß Sie ein absolut normaler Volksvertreter sind."

Ein strammer katholischer Minister wurde von Johannes Paul II. in Privataudienz empfangen. Der Papst erlaubte ihm, sich eine besondere Gnade auszubitten. – „Heiliger Vater", sagte der Minister, „ich wünsche mir ganz besonders eines, daß ich nämlich schon zu Lebzeiten heiliggesprochen werde." – „Zu Lebzeiten, das geht nicht", sagte der Papst, „das ist erst möglich, wenn Sie tot sind. Aber ich mache Ihnen einen Vorschlag: Stellen Sie sich scheintot, und ich spreche Sie mit Vergnügen scheinheilig!"

Was ist der Unterschied zwischen Minister X und dem Soldaten Schwejk?" – „Schwejk ist klug, stellt sich aber blöd."

„Wenn ein Politiker sagt, wir säßen alle in einem Boot, muß man wachsam sein." – „Warum?" – „Weil der dann meint, er sei der Kapitän, und wir müssen rudern."

„Was ist ein Abweichler?" – „Das ist ein Mensch, der weiter geradeaus geht, auch wenn die Partei einen Rechtsruck vollzieht."

In einer Buchhandlung wendet sich ein Kunde an die Verkäuferin: „Ich suche etwas Heiteres, aber es sollte so lustig sein, daß man Tränen lachen kann." – „Kein Problem. Wir haben alle Parteiprogramme lagernd!"

Ein Wähler sinniert wehmütig über einen maßgebenden Politiker: Zuerst steht man ihm von Angesicht zu Angesicht gegenüber, findet ihn sympathisch, lächelt und freut sich. Und man hält ihn hoch. Dann blickt man zu ihm auf und ist stolz auf diesen Menschen, den man selbst mit in diese Position gehoben hat. Und man läßt ihn die Leiter noch höher steigen. Dann ist er schon so hoch über einem, daß man das Gesicht kaum mehr sehen kann. Und schließlich sieht man über sich nur mehr ein Arschloch!

„Gibt es in der österreichischen Regierung eigentlich Persönlichkeitskult?" – „Also, Kult gibt es!"

Der folgende hat sich wohl aus der untersten Lade eingeschlichen:

„Was tut der Bundeskanzler, wenn er in seiner Nase bohrt?" – „Er holt das Beste aus sich heraus."

Ende gut. Alles gut?

Ein wesentlicher Aspekt des Neoliberalen Kapitalismus findet so Ausdruck:

Zwei Männer treffen einander. Sagt der eine: „Alle Achtung, Sie fahren einen schweren Mercedes?" – „Nun, das bin ich meinem Beruf schuldig." – „Und woher haben Sie soviel Geld?" – „Ach, das bin ich meiner Bank schuldig ..."

„Der wirtschaftliche Fortschritt hat mit der neuen Regierung ein enormes Tempo erreicht, finden Sie nicht auch?" – „Ja, das kann doch gar nicht anders sein." – „Warum eigentlich?" – „Weil es bergab geht."

„Warum ist das Leben so teuer?" – „Weil es nichts mehr wert ist!"

„Wie lange werden wir unsere Demokratie aufbauen?" – „Bis wir sie fertig aufgebaut haben." – „Und was wird nachher sein?" – „Glaubst du wirklich, daß nachher noch etwas sein wird?"

Zwei Planeten begegnen einander. Fragt der eine: „Wie geht es dir? Du siehst ja schrecklich aus!" – „Ja", sagt der andere. „Es geht mir sehr schlecht. Ich habe Homo sapiens!" – „O Gott! Du Armer! Das kenne ich. Aber, tröste dich. Das geht schnell vorbei!"

4. Die Lüste und Enttäuschungen im Sexleben – neurotische oder erotische Kultur der Sexualität

Die katholische Kirchenleitung glaubt,
daß Erotik von Erröten kommt.

Christa Nebenführ hat ein Buch herausgegeben, in welchem Frauen über ihr Geschlecht erzählen, vor allem über ihre ersten Entdeckungen des Sexuellen. Das Buch heißt schlicht: „Die Möse“. Vor drei Jahren bestellte ich in meiner Buchhandlung dieses literarische Werk. Nach einigen Tagen ging ich zu meiner Buchhändlerin und fragte: „Ist ‚Die Möse‘ schon da?“ Sie sagte: „Ja freilich. ‚Die Möse‘ ist schon da. Wollen Sie ‚Der Schwanz‘ auch gleich haben? Irgendwie gehört das ja zusammen?“ Wir mußten herzhaft lachen, und ich kaufte auch ‚Der Schwanz‘, von dessen Existenz – ich meine natürlich als Buch – ich eben erst erfahren hatte: Harald Friedl: „Der Schwanz: Männer über ihr Geschlecht“.

Darf ich gleich noch auf ein weiteres heiteres Buch über den Sex aufmerksam machen? Wolfgang Hars: „Schikken ist fön: Ein Aufklärungsbuch für Männer“. Der Titel ist ein klassisches Beispiel fürs Blödeln.

Daß Sexualität ein zentrales Lebensthema ist, wird auch in der Vielfalt von Witzen deutlich. Ein Biologieprofessor hat diese Tatsache sinngemäß in ein Bild gekleidet: Betrachten Sie eine Frühsommerwiese! Die herrliche Blütenpracht der Blumen, das bunte Spiel der Farben, die vielfältigen Gerüche der Gräser, Pflanzen und Bäume. Der Duft der von der Sonne erwärmten feuchten Erde. Das bunte Geschwader der Schmetterlinge. Die stillen und lauten Klangwelten und fröhlichen Symphonien der Insekten und Vögel. Das alles ist Sexualität. Was er nicht erwähnte, sind die vielen Grauslichkeiten, die auch in der Sexualität eine große Rolle spielen.

Sigmund Freud als Aufklärer

Wie jede grundlegende Lebensgabe ist auch die Sexualität mit vielen Sehnsüchten, Hoffnungen, Enttäuschungen und Frustrationen verbunden. Das gewöhnliche Elend, das mit dem Umgang mit sexuellen Bedürfnissen und Wünschen verbunden ist, haben viele Herrschende in Kirche, Gesellschaft, Pädagogik und Medizin jahrhundertelang in ein schauerliches neurotisches Elend verwandelt.

Sigmund Freud, ein Pionier der modernen Sexualwissenschaften, hat sehr klar ausgesprochen, was manche Institutionen der Gesellschaft bis heute scheinheilig oder strukturell verlogen noch immer nicht wahrnehmen wollen. Er wies darauf hin, daß die unnatürliche „Einschränkung der sexuellen Betätigung" zu einer „Zunahme der Lebensängstlichkeit", zu Neurosen, besonders zu Angstneurosen, Depressionen und Zwangsneurosen, zu politischer Apathie oder zu Fanatismus und Überanpassung führt. Er prangerte sowohl den perversen Kult der Abstinenz als auch die Idealisierung der Ehe an.

Freud hat 1908 in seiner Studie „Die kulturelle Sexualmoral und die moderne Nervosität" die in Kirche, Gesellschaft und Medizin herrschende Sexualverlogenheit energisch kritisiert: Eine Gesellschaft, die jede natürliche Sexualität verdrängt und verleugnet *„kann es in Wahrheitsliebe, Ehrlichkeit und Humanität nicht über ein bestimmtes, eng begrenztes Maß hinausbringen, muß ihre Mitglieder zur Verhüllung der Wahrheit, zu Schönfärberei, zum Selbstbetrug wie zum Betrügen anderer anleiten …"* Und weiter: *„Ein gewisses Maß direkter sexueller Befriedigung scheint für die allermeisten Organisatio-*

nen unerläßlich, und die Versagung dieses individuell variablen Maßes straft sich durch Erscheinungen, die wir infolge ihrer Funktionsschädlichkeit und ihres subjektiven Unlustcharakters zum Kranksein rechnen müssen.“

Freud wird sehr konkret:

„Alle, die edler sein wollen, als ihre Konstitution es ihnen gestattet, verfallen der Neurose; sie hätten sich wohler befunden, wenn es ihnen möglich geblieben wäre, schlechter zu sein. ... Die allen Autoritäten genehme Behauptung, die sexuelle Abstinenz sei nicht schädlich und nicht gar schwer durchzuführen, ist vielfach auch von Ärzten vertreten worden.“

Und er stellt dann kritisch fest:

„Im allgemeinen habe ich nicht den Eindruck gewonnen, daß die sexuelle Abstinenz energische, selbständige Männer der Tat oder originelle Denker, kühne Befreier und Reformer heranbilden helfe, weit häufiger brave Schwächlinge, welche später in die große Masse eintauchen, die den von starken Individuen gegebenen Impulsen widerstrebend zu folgen pflegen.“

Schließlich spricht er über die allgemeine Ehemisere:

„Es ist wirklich für den Uneingeweihten ganz unglaublich, wie selten sich normale Potenz beim Manne und wie häufig sich Frigidität bei der weiblichen Hälfte der Ehepaare findet, die unter der Herrschaft unserer kulturellen Sexualmoral stehen, mit welchen Entsagungen oft für beide Teile die Ehe verbunden ist und worauf das Eheleben, das so sehnsüchtig erstrebte Glück, sich einschränkt.“

Die folgenden Witze sind wirklich sehr bös:

„Was ist der Unterschied zwischen einem Ehemann und einem Liebhaber?“ – „Ungefähr 30 Kilos und 20 Jahre.“

Wenn dir die Geliebte die Nackenhaare streichelt, stellt sich dein Freund auf. Wenn deine Frau deinen Freund streichelt, stellen sich die Nackenhaare auf.

Arztgespräch: „Welche Krankheit führt beim Mann zur Impotenz?" – „Die Ehe."

„Wie geht es, Herr Schmidt?" – „Ach danke, es geht noch, einmal in der Woche." – „Ich meine doch, wie geht es zu Hause?" – „Zu Hause? Da geht es überhaupt nicht mehr!"

Also sprach Freud, und seine Schriften standen bis in die frühen siebziger Jahre des Zwanzigsten Jahrhunderts auf dem Index der verbotenen Bücher der Katholischen Kirchenleitung, die sich juridisch „Heiliger Stuhl" nennt – ein wirklich sehr unappetitlicher Name für eine – für mich – noch grauslichere Sache. Und er machte viele Jahrhunderte lang seinem Namen alle Ehre. Viele Millionen Menschen wurden unter anderem um ein beglückendes Sexualleben betrogen. In dieser Kirche herrscht bis heute ein ungeschriebenes Dogma: Keine Freud mit Sex. Keine Freud mit Freud. Keine Freud mit Lust und Lebensfreude. Fritz Zorn, der sehr jung an Krebs gestorben ist, hat diese christliche Ideologie in einem Satz ausgedrückt:

„Nicht sündig sein, sondern frustriert!"

Während Sigmund Freud die „Macht des Luststrebens" zum Grundthema seiner Studien machte, wählte Alfred Adler als ähnlich wichtiges Thema die „Lust des Machtstrebens." Wer nur einen Funken Verstand sein eigen nennen kann, wird staunen über die Weisheit der Natur. Dies ist eine grundlegende Einsicht der Psychoanalyse: Alle wesentlichen biologischen Prozesse sind mit Lust verbunden: Die Nahrungsaufnahme und überhaupt die Kontaktaufnahme mit der Umwelt ist orale Lust. Auch der Prozeß, in dem wir der Natur zurückgeben, was wir nicht verwerten können, also das Verdauungsfinale, ist mit Lust verbunden. Diese beiden vitalen Stoffwechselprozesse sind für die Selbsterhaltung notwendig.

Und die Arterhaltung, die im engeren Sinn sexuelle Aktivität, ist wiederum mit großer Lust verbunden. Die Natur ist ebenso weise wie listig.

Freud wies darauf hin, daß die neurotische Hemmung und Verteufelung der natürlichen sexuellen Lüsternheit zu einer „Verschiebung nach oben" führen kann, also zu Machtlüsternheit und oraler Gier. Deshalb kamen klerikale Machtmenschen auf die Idee, daß Lust sündig sei, ja daß etwas um so sündiger wäre, je stärker die damit verbundene Lust ist. Diese selbsternannten Vertreter Gottes auf Erden haben nicht nur die Weisheit der Schöpfungsordnung mit Füßen getreten, sie haben das Werk Gottes korrigiert und pervertiert. Das allein erklärt schon die bluttriefende, fanatisch destruktive Geschichte der christlichen Kirchen seit dem Beginn der Hurerei mit der Staatsmacht im 4. Jh., der sogenannten „Konstantinischen Wende." Der „himmlische Eros" (S. Freud) wurde verfolgt und entwertet.

Gott ist überall – nur nicht in Rom. Dort sitzt ja sein Stellvertreter.

„Was ist ein Domherr?" – „Der Versuch Gottes, die menschliche Haut aufs äußerste zu spannen."

Die Kardinäle der römischen Kurie machen eine Kahnfahrt auf dem Albaner See. Das Boot kentert, aber keiner der Kardinäle kann schwimmen. – „Wer wird gerettet?" – „Die Kirche!"

Während des Konzils unterhalten sich zwei Pfarrer. Fragt der eine: „Meinst du, daß wir bald heiraten dürfen?" – „Das glaube ich nicht. Aber vielleicht unsere Kindeskinder."

Der folgende humorvolle Witz enthält mehr Theologie als so manches römische Archiv:

Der Papst stirbt und gelangt vor die Himmelstür. Er klopft energisch an. Petrus macht auf und fragt: „Wer bist du?" –

„Ich bin der Unfehlbare!" sagt der Papst im Brustton der Überzeugung. – Sagt Petrus: „Der Unfehlbare? Da irrst du dich gewaltig. Der wohnt nämlich seit ewigen Zeiten hier! Aber irren ist menschlich! Komm rein!"

Die Rache für diese Pervertierung der göttlichen Schöpfungsordnung ist unbewußter Selbsthaß, der sich auf das ganze Leben und seine Grundlagen mörderisch auswirken kann. Töten und Abtöten heißt die fundamentalistische Devise bis heute, zumindest in der derzeit den Vatikan umschmeichelnden Organisation „Opus Dei." Heilige Kriege führt selbst heute noch ein christlicher Fundamentalist und Oberpriester der Kapitalismusreligion im Namen seines Gottes – des antichristlichen und antimenschlichen Kapitalismusreligionsgottes.

Ein verständliches Mißverständnis und ein ebensolches Gebet:

Im Beichtstuhl beim Dorfpfarrer. Maria beichtet, daß sie einen Schatz hat. Der Pfarrer ermahnt sie streng:
„Den mußt du lassen!" – Darauf antwortet Maria:
„Ich hätt' ihn eh' schon lassen, aber er traut sich halt net!"

Die Resi kniet in der Kirche vor dem Marienaltar und betet innig: „O Gottesmutter Maria! Du hast empfangen ohne zu sündigen. Bitte gib, daß ich sündigen kann ohne zu empfangen!"

Der Londoner Biologe und Soziologe Alex Comfort veröffentlichte 1963 eine Streitschrift, die in der 68er Bewegung eine große Rolle spielte: „Der aufgeklärte Eros. Plädoyer für eine menschenfreundliche Sexualmoral." Er trat energisch gegen die herrschende krankhafte Sexualmoral auf. Denn diese produziert nicht nur psychosomatisch und geistig kranke Menschen, sondern auch verkrüppelte, feige und ängstliche Untertanen und Kriecher. Comfort engagierte sich für eine umfassende Aufklärung, gegründet auf Tatsachen und objektiver Forschung und meint:

„Kurz gesagt, der Geschlechtsverkehr ist der gesündeste und wichtigste Sport der Menschheit.“

Dazu fällt mir ein witziger Vergleich ein, den Charly Chaplin in seiner Biographie gemacht hat: Mich mit den Maßstäben der bürgerlichen Moral zu messen heißt: ein Fieberthermometer in kochendes Wasser zu stecken!

Comfort vertritt eine therapeutische Sensibilität für den Umgang mit Menschen, die unter einer pathogenen Sexualmoral stehen und leiden: *„Den irrigen Meinungen des Patienten müssen wir ebensolche Beachtung schenken, wie wir sie für uns erhoffen ... Ein Psychiater, der einem gläubigen Katholiken seine irrationale Einstellung in geschlechtlichen Fragen vorwirft, ist, grob gesagt, ein Esel.“*

Lichtblicke der modernen Sexualwissenschaft

Im denkwürdigen Jahr 1948 erschien der „Kinsey-Report“ und schockierte die bürgerliche, medizinische und kirchliche Welt. Die verlogene Doppelmoral wurde offensichtlich. Verheimlichtes erblickte das Tageslicht. Die heiliggesprochene Berührungsangst vor der alltäglichen Sexualität wurde aufgedeckt. Als ich 1963 als katholischer Theologiestudent den „Kinsey-Report“ an der Universitätsbibliothek entlehnen wollte, mußte ich zum Direktor der angesehenen Bibliothek pilgern, der die Wissenschaftlichkeit meines Lesemotivs zu überprüfen hatte. Die Offenheit der 68er-Bewegung lag noch in weiter Ferne.

Das kam so. Der amerikanische Universitätsprofessor und Insektenforscher Alfred Charles Kinsey (1894–1956) widmete sich seit 1938 ausschließlich der Erforschung des menschlichen Sexualverhaltens. Unter seiner Leitung erschien 1948 „Das sexuelle Verhalten des Mannes“ und fünf Jahre später „Das sexuelle Verhalten der Frau“. Die

Ergebnisse beruhen auf der ausführlichen Befragung von ca. 20.000 Amerikanerinnen und Amerikanern. Die erhobenen Befunde wurden statistisch ausgewertet und veröffentlicht. Die Empörung war groß.

Das Eis war gebrochen, und bald darauf wurde die Sexualphysiologie durch den amerikanischen Gynäkologen William H. Masters begründet. Dieser erforschte seit 1947 die physiologischen Mechanismen der sexuellen Erregung in wissenschaftlichen Laboruntersuchungen. Etwa 700 Personen im Alter zwischen 18 und 89 Jahren wurden im Zeitraum von 11 Jahren untersucht. Masters veröffentlichte gemeinsam mit Virginia E. Johnson 1966 den nächsten Klassiker der modernen Sexologie: „Die sexuelle Reaktion".

Erstmals wurden die körperlichen Reaktionen bei sexueller Aktivität, wie Masturbation und Koitus, systematisch und ausführlich erforscht. Sexuelle Erregung, Lust und Befriedigung wurden mit wissenschaftlicher Nüchternheit betrachtet. Es ist verständlich, daß dieser Tabubruch nicht nur viel Anerkennung, sondern auch massive Abwehr fand.

Warum die Sexualwissenschaft so spät entwickelt wurde, zeigt ein ernüchternder Blick in die Geschichte der Medizin des christlichen Abendlandes. Die ärztliche Heilkunde hat fast ausnahmslos die jeweilige offizielle gesellschaftliche Sexualideologie legitimiert. Dadurch hat sie die „Kulturheuchelei" (S. Freud) und auf weiten Strecken eine verlogene Doppelmoral, vor allem zum Nachteil der Frauen, mitgetragen und mitbegründet. Die Medizin sah nicht auf die Fakten. Sie sah weg! Sie erklärte nicht. Sie verklärte!

Beim Studium des Umgangs mit Sexualität in der Geschichte der Medizin drängt sich mir der Eindruck auf, daß die meisten Mediziner Beamte des jeweiligen Zeitgeistes waren. Dazu fällt mir ein böser Witz ein:

Die Beamten sind die Träger des Staates –
einer träger als der andere!

Es sollte eigentlich kreative Beiträge der Medizin zur Gesundheitsförderung geben, etwa so:

Ein junger Mann geht zu seinem Hausarzt, der eine sehr gutgehende Praxis hat: „Was fehlt Ihnen", fragt der Arzt. – „Herr Doktor, ich habe schreckliche Schlafstörungen. Haben Sie nicht eine junge Patientin, die am gleichen Symptom leidet?"

Die 15jährige Schülerin Sabine geht zum Arzt: „Ich bin in letzter Zeit so furchtbar nervös. Ich weiß nicht mehr, was ich machen soll!" – Meint der Arzt: „Versuch es doch mal mit Baldrian!" – „Gute Idee! Wo wohnt der denn?"

Von einer bekannten Schauspielerin wird gesagt, sie halte sich zwei Hausärzte. Den einen ruft sie, wenn sie was hat, den anderen, wenn ihr was fehlt.

Die Geschichte der Medizin ist weithin die Geschichte des Kampfes gegen die Sexualität. Die Ehe war Ziel und Endstation sexueller Aktivität. Die Reproduktionsfunktion der Sexualität fand große Beachtung, die Lust- und Befriedigungsfunktion wurde ausgeblendet, ja häufig brutal bekämpft.

Noch in den ersten Jahrzehnten des 20. Jh. behaupteten maßgebende Mediziner in Mitteleuropa die Orgasmusunfähigkeit von Frauen. Ein deutscher Medizinprofessor stellte 1919 fest, daß beim „liebenden jungen Mädchen spontan auftretende Geschlechtsempfindungen eindeutig pathologisch" wären. Chirurgen führten nicht nur im 19. Jh. einen erbitterten Krieg gegen Masturbation und sexuelles Lustempfinden. Klitorisamputationen, die Durchtrennung von Nerven, die sexuelle Empfindungen vermitteln, waren verbreitet. Noch in den deutschen chirurgischen Lehrbüchern der vierziger Jahre des 20. Jh. finden sich Anweisungen zur Verstümmelung lustgebender Genitalien.

Masters und Johnson trugen viel dazu bei, sexuelles Erleben und Verhalten ehrlicher, offener, realistischer und humaner wahrzunehmen. Sie haben neue Behandlungsmethoden für funktionelle Sexualstörungen, Potenz- und Orgasmusstörungen entwickelt und zur Kultivierung der sexuellen Dimension des Lebens beigetragen. Sie haben auch nachgewiesen, daß sexuelles Erleben und Verhalten äußerst vielfältig und individuell variabel ist.

Es war vor allem Sigmund Freud, der die Sexualwissenschaften vorantrieb. Er hat zur Kultivierung des Begehrens, zur Kultivierung von Schaulust, Berührungslust und Zeigelust, zur Kultivierung von Sinnlichkeit und Geistigkeit enorm viel beigetragen.

Psychoanalytische Einsichten in die psychosexuelle Entwicklung

Sigmund Freud hat durch die Entwicklung der Psychoanalyse Einsichten in grundlegende Aspekte der menschlichen Sexualität und ihre Entwicklung als biologisches, psychisches, soziales und geistig-kulturelles Phänomen gewonnen.

Er hat zur Aufdeckung der frühkindlichen Sexualität Wesentliches beigetragen, was zum Teil bei Ärzten, Bürgern und Kirchenleuten große Empörung ausgelöst hat und manchmal noch immer auslöst. So erklärte der monarchistisch regierende Papst Pius XII. 1953 sinngemäß: Es kann nicht als sittlich zulässig bezeichnet werden, den ganzen im Unbewußten und in der Erinnerung schlummernden Inhalt sexueller Vorstellungen, Affekte und Erlebnisse ins Bewußtsein zu rufen. Das dürfen nur Priester im Beichtstuhl, die dann die klerikale Apparatur der Angst- und Schuldgefühlserzeugung in Gang setzen.

Durch das Studium der biologischen Basis des psychischen Geschehens entwickelte Freud die Libido-Theorie der psychosexuellen Entwicklung. Mit Libido bezeichnete er die sexuelle Triebenergie, die mit lustvollen Empfindungen verbunden ist. Diese psychosexuelle Entwicklung vollzieht sich in mehreren Phasen.

Er erkannte, daß sich die menschliche Sexualität aus Partialtrieben, also Teiltrieben zusammensetzt. Diese Partialtriebe spielen im Liebesleben des reifen Erwachsenen eine grundlegende, phantasie- und lustanregende Rolle. Sie tragen wesentlich dazu bei, daß die reife Gestaltung des sexuellen Erlebens und Verhaltens sehr individuell, nuancenreich, phantasievoll, verspielt und vielfältig werden kann. Diese Teiltriebe werden nach den jeweils vorherrschenden erogenen Zonen benannt. Die Kultivierung und Integration dieser Teiltriebe bringt die reife Sexualität erst richtig zum Blühen und ergibt bei jedem Menschen eine sehr individuelle Symphonie, ein buntes Zusammenspiel der einzelnen Aspekte.

Der Begriff „erogene Zone“ bezeichnet Körperzonen mit hoher sinnlicher Erregbarkeit, verbunden mit lustvollen und angenehmen Empfindungen. Zwar ist der ganze menschliche Leib mehr oder weniger sensibel für angenehme und lustvolle Empfindungen. Aber die Sensibilität der Körperregionen und das Zusammenspiel der Empfindungen ist individuell sehr unterschiedlich ausgeprägt.

Freud erkannte, daß sich die menschliche Sexualität im Unterschied zu unseren Vorfahren im Tierreich in zwei Phasen entwickelt, die durch die Latenzzeit getrennt werden. Die erste Phase bildet die kindliche, die prägenitale Sexualität. Erst in der zweiten Phase kommt es nach der Latenzzeit zur vollen Entfaltung der Sexualität, der sogenannten genitalen oder reifen Sexualität, verbunden mit Zeugungs- und Gebärfähigkeit.

Freud sieht in den sogenannten Perversionen unreife Liebesformen, die durch Störungen der normalen Sexualentwicklung entstehen. Er verglich deren Entstehung mit der Verschüttung eines Flusses. Wird der Hauptstrom gestaut, fließt das Wasser über Nebenarme ab. Wird die psychosexuelle Entwicklung in der Kindheit und Jugend schwer gestört, so daß es nicht zur Entfaltung des Genitalprimats – zur Vorherrschaft des Genitalen – kommen kann, bricht sich der Sexualtrieb über Partialtriebe seine Bahn. Aber jeder natürliche Fluß hat Nebenarme, wenn er nicht kaputtreguliert und einbetoniert ist! Das Ausmaß der Integration aller Partialtriebe unter der Vorherrschaft des Genitalen ist sehr unterschiedlich, was zur Buntheit, Individualität, Verspieltheit und Lebendigkeit des menschlichen Sexuallebens beiträgt.

Sehen wir uns diese wichtigen Teiltriebe der Sexualität an, deren Entfaltung und Zusammenspiel die Buntheit der reifen Sexualität bewirkt und erklärt – mit vielen anspielungsreichen Witzen verbunden.

Orale Teiltriebe: Was sich liebt, das schleckt sich

Die oralen Partialtriebe äußern sich im Küssen, Lutschen, Saugen, Reiben, Knutschen und in der vielfältigen Hauterotik des Berührens, Streichelns, Schmusens und Schaukelns. Bekanntlich ist der Mund des Säuglings in den ersten 1,5 Lebensjahren die vorherrschende erogene Zone, ausgestattet mit der intensivsten sinnlichen Erregbarkeit. Das Kleinkind lebt durch den Mund, es liebt durch den Mund, steckt alles in den Mund, weil der Mundraum besonders sensibel ist. Die oralen Partialtriebe sind intensive Strebungen und Bedürfnisse, die an der Mundschleimhaut und der Haut des ganzen Leibes befriedigt werden. „Zum Fressen gern haben“ gehört auch in diese Phase.

Ein arabischer Witz:

> Ein süßes Mädchen geht auf der Straße und schleckt Eis. Da kommt ein Junge und sagt: „Ich möchte dich etwas fragen, aber du wirst mich falsch verstehen." – „In Ordnung." – „Aber du wirst mich falsch verstehen." – „Okay. Sag, was willst du?" – „Darf ich einmal schlecken?" – „Ja." – Sie hält ihm das Eis hin. – „Ich habe ja gesagt, du wirst mich falsch verstehen!"

Ein Mensch mit einer gesunden Oralität wird ein reiches, phantasievolles Sexualleben entfalten können, denn eine gesunde Oralität ist die Basis einer verspielten, kultivierten und blühenden Sexualität. Allein ein kurzer Blick in die meisten Darbietungen sogenannter Eros-Center zeigt in erschreckender Weise, wie sehr eine anal-sadistische Fixierung die Sexualerotik verkümmern läßt. Ich kann mir keinen größeren Gegensatz zu einer erotischen Kultur der Sexualität vorstellen als den dort häufig gebotenen, faktisch anal-sadistischen Fleischhauersex.

> Oma schwärmt von der guten alten Zeit: „Ach, damals gab es noch Mädchen, die ohnmächtig wurden, wenn sie von einem Mann geküßt wurden!" – Meint die Enkelin: „Ja, damals gab es noch Männer, die küssen konnten!"

Man spricht nicht zufällig vom „Vernaschen" einer Frau oder eines Mannes. In einer kultivierten Sexualität sind alle Sinne beteiligt: der Tastsinn, der Geruchssinn, das Hinschauen und Hinhören und das Schmecken. Die folgenden Witze sprechen Aspekte des Oralen mehr oder weniger direkt oder anspielungsreich an:

> Sagt die Mutter empört: „Und dieser Typ hat dich geküßt? Und du hast nicht um Hilfe gerufen?" – „Aber Mutti! Womit denn?"

Sabine erzählt begeistert von ihrem neuen Freund. Fragt Petra: „Was hat er denn für einen Beruf?" – „Kirchenbeamter." – „Küster?" – „O ja! Fantastisch!"

„Was ist der Unterschied zwischen den Brüsten einer Frau und einer Spielzeugeisenbahn?" – „Beide sind eigentlich für die Kinder gemacht. Aber die Väter spielen am liebsten damit."

Der Fünfjährige stürmt ins Schlafzimmer. Die Mutter sitzt auf dem Papa und sagt zu Boris: „Ich muß Papi den dicken Bauch wegmassieren!" Meint Boris: „Das nützt aber nichts, weil Tante Inge jeden Mittwoch seinen Bauch wieder aufbläst!"

Eine Blondine sitzt nackt auf dem Heizkörper im Wohnzimmer, als ihre beste Freundin kommt. „Sag, warum sitzt du denn so komisch da?" – „Gestern war der Installateur bei mir und hat gesagt, der Heizkörper leckt."

Aufklärungsgespräch: „Warum lecken Tiere ihre Geschlechtsteile?" – „Weil sie es können."

Der kleine Klaus muß nachts aufs Klo. Die Schlafzimmertür ist offen. Er sieht, wie die Mutter den Vater oral beglückt. Kopfschüttelnd sagt der Kleine leise: „Die sind doch komisch! Mich wollen sie morgen zum Arzt schicken, weil ich am Daumen lutsche!"

Der Ehemann steigt aufgeregt zu seiner Frau ins Bett. Sie weist ihn ab, weil sie morgen zum Frauenarzt gehen muß. Da dreht er sich um und sagt: „Sag, mußt du auch zum Zahnarzt?"

„Weißt du eigentlich, daß man vom Küssen blind werden kann?" – „Das gibt's doch nicht!" – „Doch! Neulich habe ich meine junge Nachbarin geküßt – und seither kann ich meine Frau nicht mehr sehen!"

Der Kabarettist und systemische Psychotherapeut Bernhard Ludwig unterscheidet in seinem witzigen und geistreichen Seminarkabarett „Anleitung zur sexuellen Unzufriedenheit“ den zwanghaften „Orgasmuß“ vom kultivierten „Ohrgasmus“.

Gespräch im Büro. Susi sagt zur Kollegin. „Wir drehen den Fernseher immer leise, damit die Nachbarn nichts hören!“ – Sagt die jung verheiratete Kollegin: „Wir stellen ihn immer sehr, sehr laut, damit die Nachbarn nichts hören!“

Sagt der Nachbar zur Blondine: „Ich habe gehört, Sie haben geheiratet.“ – „Oh! Konnte man das hören?“

Sagt der frischgebackene Ehemann leise: „Schatz! Jetzt werde ich dich an einer Stelle streicheln, die vor mir noch nie ein Mann berührt hat!“ – Sagt sie: „Aber Liebling! Meine Augen sind doch so empfindlich!“

Anale Teiltriebe: Was sich liebt, das neckt sich

Die analen Partialtriebe dominieren im Alter von 1,5 bis etwa 3,5 Jahren. In dieser Zeit entfalten sich die Phantasie und das Sprechen ebenso stürmisch wie die Motorik. Die stärkste sinnliche Erregbarkeit und somit die Quelle der größten Lustempfindungen, verbunden mit großem Interesse, verlagert sich vorübergehend auf die analen Ausscheidungsprozesse und die Analschleimhäute. Diese neue Fähigkeit, das Verdauungsfinale bewußt empfinden, wahrnehmen und kontrollieren zu können, äußert sich organisch im Prozeß des lustvollen Festhaltens und Loslassens.

Das spielerische Festhalten, An-sich-Drücken und Wegstoßen ist typisch für diese Art der lustvoll erlebten Objektbeziehungen. Dieses lustvolle „Festhalten-Wegwerfen-Spiel“ wird mit allen möglichen Objekten, Spielsachen und Bezugspersonen, durchgespielt. Die Entdekkung des eigenen Willens und die wachsende Einsicht, daß auch andere etwas zu wollen haben, wird spielerisch erfahren.

In dieser Phase spielt die Ambivalenz eine wichtige Rolle. Die Ambivalenz wird durch wichtige Wörter mitbestimmt: müssen, sollen, wollen, dürfen, lassen, können. Ein kleines Orchester von Motiven und Gegenmotiven setzt ein. Ambi sagt Ja! Valent sagt Nein! In Wien ist die Ambivalenz daheim: Man sagt gerne Naja! Dieses vielschichtige Problem wird im Witz immer wieder neu beleuchtet: Will ich? Will sie? Will er? Darf ich wollen? Kann ich's durchstehen? Trau ich mich? Traut sie sich? Traudi!

Ein Liebespaar schmust auf einer Bank im Stadtpark – „Lassen Sie das, Herr Lichtenstein!“ – „Aber Herr Lichtenstein!“ ... „Aaa ... ber Herr Lichtenstein! ... Herr Lich ... Herrlich!!“

Mann und Frau im Bett. Er gibt sich mächtig Mühe und will sein Nümmerchen schieben. Plötzlich fängt auch sie an und macht mit. Da sagt er verstört: „Wer fickt hier eigentlich, du oder ich?“

Das Thema Dominanz und Unterwerfung spielt in allen menschlichen Beziehungen eine sehr große Rolle. Die anale Phase wird in der Psychoanalyse als Zeit der Autonomieentwicklung bezeichnet. Das Spiel, den eigenen Willen zu erkennen und durchzusetzen, sich dem Willen eines anderen anzupassen, stimmig zuzustimmen oder sich zu unterwerfen, kann ebenso kreativ und lustvoll wie destruktiv sein. Die vielen Machtkämpfe im Beziehungsleben zeigen, daß es nicht leicht ist, die Balance zwischen dem eigenen Willen und dem Wollen anderer zu finden und faire Kompromisse auszuhandeln.

Ödipale Teiltriebe: Schau-, Zeige- und Entdeckungslust in Hochblüte

Im Alter von etwa 3 bis 6 Jahren entfalten sich die phallisch-klitoralen bzw. ödipalen Partialtriebe zu voller Blüte und stehen im Vordergrund des Interesses des kleinen Kindes. Die stärkste Erregbarkeit wie auch das größte Interesse verlagert sich jetzt direkt auf die Genitalregion (Penis, Klitoris). Das erregende Doktor-Spielen, die Unter-Suchung (!), das Zeigen und Anschauen der geheimnisvollen Sexualorgane – im psychoanalytischen Jargon spricht man von exhibitionistischen und voyeuristischen Strebungen – stehen im Vordergrund des kindlichen Interesses.

Schaulust

Die Schaulust, die mit der Zeigelust verbunden ist, treibt bunte Blüten. Wir Menschen sind Augentiere, deshalb ist Schaulust auch ein zentrales Thema der Sexualität, deren wichtigstes Organ das Großhirn ist.

Der kleine Martin ist in seine kesse Lehrerin verliebt. Als sie sich über sein Heft beugt, schaut er interessiert in ihren Ausschnitt. Als sie das bemerkt, sagt sie böse: „Du wirst gleich eine kriegen!" – Fragt Martin: „Und wer kriegt die zweite?"

Auf der Party: „Mein Herr, haben Sie nichts Besseres zu tun, als meiner Frau ins Dekolleté zu blicken?" – „Ehrlich gesagt, im Moment nicht."

„Was zieht eine kluge Frau zuerst aus, wenn sie ihren Mann ins Bett kriegen will?" –„Den Stecker vom Fernsehapparat!"

Ein Ehepaar im Nachtclub. Sagt sie: „Findest du den Anblick dieser halbnackten Damen eigentlich schön?" – „Na ja, ich nehme an, daß sie wahrscheinlich nicht weniger anhaben dürfen!"

Treffen sich zwei Spanner. Fragt der eine: „Was machst du denn heute Abend?" – Sagt der andere: „Mal gucken!"

Ein junger Mann sitzt in der U-Bahn. Ein kesses Mädchen steigt ein und setzt sich ihm gegenüber. Er zieht sie mit begehrlichen Blicken aus. Nach sieben Haltestellen sagt sie zu ihm: „Würden Sie mich bitte wieder anziehen? Ich muß nämlich gleich aussteigen!"

Die Ehefrau sagt zu ihrer rassigen Nachbarin: „Ich hätte eine große Bitte! Könnten Sie nicht morgen auf ihrer Terrasse ein Sonnenbad nehmen? Es wäre nämlich höchste Zeit, daß mein Mann den Rasen mäht!"

Ein Ehepaar auf der Kärntnerstraße. Sagt sie erbost: „Wenn du nicht bald aufhörst, anderen Frauen nachzusehen, kannst du dich wirklich nach einer anderen Frau umsehen!"

Einst sagte Karl Kraus: *„Mädchen – das bedeutet auch eine Insektenlarve."* Doch beim folgenden Witz, den Freud nicht kannte, aber sicher als besonders gut bezeichnet hätte, wären bei Karl Kraus sicher andere Gedanken aufgestiegen:

Ein kesses Mädchen im Minirock geht durch die Kärntnerstraße. Ein junger Mann spricht sie an: „Wohin gehen denn die schönen Beine?" – „Ins Kino – wenn nichts dazwischenkommt!"

Zwei Tausendfüßler gehen des Weges. Da sieht der eine ein Plakat von Palmers und sagt entzückt zum anderen: „Dieses Mädchen hat aber wunderschöne Beine!" – „Ja, schon", meint der zweite, „aber nur so wenige!"

Graf Bobby geht zu einem bekannten Maler und sagt: „Könnten Sie mir die Heilige Magdalena malen?" – „Selbstverständlich! Soll ich sie vor oder nach der Sünde malen?" – „Aber nein, während der Sünde!"

Im Religionsunterricht. Der kleine Max sagt zu seinem Freund: „Der Pfarrer ist wirklich feige! Er erzählt immer von der Erschaffung der ersten beiden Menschen. Die Erschaffung des dritten Menschen wäre viel interessanter!"

Zeigelust

Sagt der Chef zur Sekretärin: „Sie können ja unserem neuen Mitarbeiter gleich alles zeigen!" – „Was?" fragt sie verwirrt, „schon am ersten Tag?"

Die flotte Gundi ist mit dem Auto unterwegs. Ein Polizist stoppt sie und fragt. „Zeigen Sie mir 'mal Ihr Warndreieck!" – Da sagt sie etwas überrascht: „Gern, Herr Inspektor, aber doch nicht hier, vor allen Leuten!"

„Dieses Abendkleid ist mehr als gewagt!" sagt kopfschüttelnd der Ehemann vor der Party: „Es verbirgt kaum etwas von deinen Reizen!" – „Eine anständige Frau hat eben nichts zu verbergen!"

Beim Fotografen. Sagt die flotte Blondine: „Ich möchte, daß Sie mich von meiner besten Seite fotografieren." – „Gerne, aber da sitzen Sie gerade drauf!"

Ein Liebespaar im Park. Aufgeregt erzählt sie, daß sie sich einen neuen Badeanzug gekauft hat, einen dreiteiligen. – Fragt er erstaunt: „Einen dreiteiligen?" – „Ja. Strohhut, Sonnenbrille und Sandalen!"

„Was ist das demokratischste Kleidungsstück?" – „Der BH. Er stützt die Großen, stärkt die kleinen und hält die Massen zusammen."

Zwei ältere Damen beobachten bei einer Party neidisch eine junge Frau, die ein tolles Kleid mit tiefem Ausschnitt trägt. Da sagt die eine empört: „Wie kann dieses Weib so etwas wagen?" – Sagt ein Herr: „Wie Sie sehen können – aus zwei guten Gründen."

„Dein neues Kleid ist ein Gedicht!" sagt die Freundin begeistert. – „Das finde ich auch! Aber mein Mann hat ein Drama daraus gemacht."

Die kleinen Forscher haben in der ödipalen Phase eine blühende Phantasie! Auch mehr oder weniger direkte Masturbation ist ein Partialtrieb dieser Zeit. Die Schau-, Zeige- und Berührungslust spielt bei den Doktor- und Elternspielen eine entscheidende Rolle. In den Objektbeziehungen wird der Spiel-Raum wiederum erweitert: Das Kind kann und will andere phantasievoll bezaubern, erobern, konkurrierend und werbend für sich gewinnen. Die Lust, sich mit anderen zu messen, besser, größer, schöner zu sein, spielt eine entscheidende Rolle.

Mit großer Lust werden alle möglichen Rollenspiele durchgeführt. Weiters befinden sich die kleinen Phantasieriesen jetzt auch im „Märchenalter". Sie sind mit einer schier unermeßlichen Vorstellungsfähigkeit ausgestattet, sind von der geheimnisvollen Welt fasziniert und fragen unermüdlich. Freud hat sich einmal gefragt, was denn da passieren muß, daß aus so phantasievollen, bewegungslustigen und neugierigen Kindern häufig eher dumme, phantasielose, erstarrte, überangepaßte und frustrierte Erwachsene werden.

Masturbation – Sex an und für sich

Der bislang herrschende Zynismus des Masturbationsverbotes wurde schon vom großen Kyniker Diogenes von Sinope entlarvt. Er lebte asketisch einfach und protestierte durch seine Lebensweise gegen herrschende Verlogenheit. Jenseits aller Ideologie, lag ihm an der nackten Wahrheit. So wird es berichtet: Er pflegte demonstrativ-provokativ „alles in voller Öffentlichkeit zu tun, sowohl was die Demeter betrifft, als auch die Aphrodite". Als er einst auf dem Markte Onanie trieb, sagte er: „*Könnte man den Bauch auch ebenso reiben, um den Hunger loszuwerden.*" (Lenk 1987, 66)

Das „Ding an sich" und die „Kunst der Fuge" sind zwei ebenso wichtige wie verschiedene Dinge.

„Was ist Masturbation?" – „Liebe an und für sich."

„Warum masturbieren wir Menschen so gerne?" –
„Weil wir am liebsten mit jemandem Sex haben,
den wir wirklich lieben."

Der folgende Witz enthüllt die totale „Kastration" des Mannes als Geldbringer und Freudenspender:

Die Ehefrau steht mit dem Vibrator in der linken Hand, den sie hinter dem Rücken versteckt, in der Haustür: „Schatz, was ist los? Warum kommst du heute schon so früh von der Arbeit? Was ist passiert, daß du so traurig bist?" – „Ach, es ist schlimm! Ich wurde gekündigt! Man hat mich durch eine Maschine ersetzt!"

Petra sagt zu ihrer besten Freundin verärgert: „Seitdem ich verheiratet bin, macht mir Sex keinen Spaß mehr. Jedes Mal, wenn wir gerade anfangen wollen, kommt mein Mann ins Zimmer und stört uns!“

Das junge Mädchen sagt zu ihrem neuen Vibrator: „Du brauchst doch nicht so sehr zittern! Für mich ist es auch das erste Mal!“

„Worin besteht der Unterschied zwischen Selbstbeglückung und Geschlechtsverkehr?“ – „Bei letzterem lernt man mehr Leute kennen!“

Aufklärung in der Schule. Der Lehrer fragt, wie sich Sexualität äußert. Sagt Seppi: „Mann und Frau tun es.“ – Der Lehrer nickt zustimmend. Meint Moritz: „Mann und Mann tun es.“ – Der Lehrer nickt bedenklich und will ein neues Thema beginnen. Da sagt Max: „Eines haben wir aber noch vergessen: Ich mit mir!“

Den kenne ich aus den sechziger Jahren:

Der Dorfpfarrer prangert die Lasterhaftigkeit seiner Schäfchen an: „Als ich letzten Sonntag durch die Felder ging, sah ich mit Entsetzen euer sündiges Treiben! Da liegt die Resi beim Franz. Ich gehe hundert Meter weiter und seh' die Maria mit dem Sepp! Und ein Stück weiter den Hans mit der Hermi!“ Empört hielt der Pfarrer eine richtige Höllenpredigt. – Doch ein junger Mann ärgerte sich, daß er nicht vorkam. Er ging nach der Messe zum Pfarrer in die Sakristei und sagte: „Herr Pfarrer, wenn Sie noch hundert Meter weiter gegangen wären, hätten Sie mich mit mir gesehen!“

Auch der Geist ist eine erogene Zone

Astrid Lindgren bringt in ihrer Autobiographie die geistige und sprachliche Entfaltung in der ödipalen Entwicklungszeit wunderbar und genial zur Sprache: „*Es begann in Kristins Küche, als ich ungefähr fünf Jahre alt war. Bis dahin war ich ein kleines Tier gewesen, das mit Augen, Ohren und allen Sinnen nur das in sich eingesogen hatte, was Natur war. Daß es auch Kultur gab, erfuhr ich erst, als ich auf Kinderbeinen in Kristins Küche stiefelte, wo mich überraschend ein Hauch davon streifte.*“

Und sie erzählt weiters: „*Kristin war mit unserem Kuhknecht verheiratet, und was wichtiger war, sie war Edits Mama. Diese Edit ... las mir das Märchen vom Riesen Bam-Bam und der Fee Viribunda vor und versetzte meine Kinderseele dadurch in Schwingungen ... In einer seit langem verschwundenen, armseligen kleinen Häuslerküche geschah dieses Wunder.*“

Ich habe auf die Weisheit der Natur hingewiesen, die alle wichtigen Lebensprozesse mit Lustgefühlen verbunden hat. Schmerz ist oft genug der Hilfeschrei der vergewaltigten, ausgebeuteten, vernachlässigten, unterdrückten Natur. Jetzt möchte ich dieses Staunen auch auf die Kultur anwenden. Denn ein wesentliches Medium aller Kultur ist die Sprache, sind die vielfältigen Sprachen, die uns ein Gespräch auch über unsere Natur möglich machen.

Dies läßt mich immer wieder erstaunen: Mit etwa 30 Buchstaben kann man so vieles ausdrücken und zur Sprache bringen – vom Klang der Musik und der Vielfalt der Stimme einmal ganz abgesehen. Mit diesen wenigen Grundelementen kann man Kultur ermöglichen oder zerstören, kann man Kompromisse aushandeln, oder die Massen verblöden, fanatisieren und in heilige Kriege rufen. Mit der Sprache beginnt die menschliche Kultur, und mit ihr kann sie völlig zerstört werden. Die Bibel, Hitlers „Mein Kampf“, Luthers „Die Freiheit eines Christenmenschen“, Freuds „Unbehagen in der Kultur“, Handkes „Wunschloses Unglück" und Nietzsches „Also sprach Zarathustra" benützen nicht mehr als diese wenigen Buchstaben.

Zerstörerisches Herrschaftswissen und beglückendes Befreiungswissen werden durch die gleiche Sprache vermittelt. Wie genial, daß Freud die Psychoanalyse als „Gesprächskur" bezeichnet hat, in der alles zur Sprache kommen soll, damit es kultiviert werden kann und nicht verdrängt werden muß.

Alle diese kurz beschriebenen Teiltriebe kindlich-sexueller Triebbefriedigung sowie die entsprechenden Objektbeziehungsmuster spielen im Leben des normalen Erwachsenen eine sehr große Rolle. Das sexuelle Erleben und Verhalten hat in hohem Maß eine individuelle Note, die sich aus dem persönlichen Zusammenspiel der vielfältigen Partialtriebe ergibt.

Die „Hormonschwemme" Pubertät

Mit Beginn der Pubertät kommt es zu einer neuen und oft stürmischen Blüte der infantilen sexuellen Strebungen, Bedürfnisse und Interessen, und zur Entwicklung der reifen Sexualität – mit all den Freuden und Leiden dieser Zeit. Ein Vierzehnjähriger hat einen Aspekt dieser Lebensphase köstlich ausgedrückt: „Du kannst dir gar nicht vorstellen, was ich für eine Hormonschwemme bin!"

Seufzt er nach dem Schäferstündchen: „Ach Schatz! Ich liebe dich ganz schrecklich!" – Meint sie: „Ich weiß, ich weiß! Ich werde dir schon zeigen, wie man es richtig macht!"

Junger Mann beim Psychiater: „Sie leiden also unter sexuellen Phantasien?" – „Ganz im Gegenteil, Herr Doktor. Ich habe unheimlich viel Spaß daran!"

Sagt der Wanderer zum Bergbauern: „Ihre Kühe weiden hier auf einer saftigen Wiese. Warum sind sie trotzdem so mager?" – „Ach ja, seitdem ich die Bullen verkauft habe, fressen sie nur noch Vergißmeinnicht!"

Vor wenigen Stunden hat sich in der Disko ein Pärchen gefunden. Fragt sie: „Was denkst du über die Liebe auf den ersten Blick?" – Meint er: „Man spart sich ungeheuer viel Zeit!"

Die Mutter fragt ihre Tochter: „Sag Viktoria, ist der Briefträger schon gekommen?" – Antwort aus dem ersten Stock: „Nein Mama, aber er atmet schon sehr heftig!"

„Mein Gott", ruft das Glühwürmchen entzückt: „Dieses Weib ist ja der helle Wahnsinn!" – und fliegt auf die 100-Watt Birne zu.

Die beste Antwort auf eine uralte Frage: „Was würden Sie zum Lesen mitnehmen, wenn Sie 14 Tage auf einer einsamen Insel verbringen müßten?" – Darauf sagt eine 17jährige spontan: „Einen tätowierten Seemann!"

Die Katholische Sexualmoral – eine unchristliche „Moral für Kaninchen"

Wenn man die vom römisch-katholischen Lehramt noch heute vertretene Sexualmoral auf den Punkt bringen will, kann man sagen: Die Sexualität steht im Dienste der Auf-Zucht, und alle sexuellen Verhaltensweisen und Aktivitäten, die nicht der Aufzucht in der Ehe dienen, sind „Un-Zucht" und vom Wesen her schwere Sünde (z. B. intensives Küssen und Petting, Masturbation, oraler Sex, Homosexualität, sexuelle Aktivitäten außerhalb und vor der Ehe).

Die Sexualität wird als schreckliches, mit Angst und Schuldgefühlen beladenes Problem gesehen und nicht als göttliches Geschenk. Diese römisch-katholische Einstellung, die mit dem genuinen Christentum nichts zu tun hat, wird zum Glück nur noch von wenigen katholischen Menschen, Priestern und Laien beiderlei Geschlechts ernstgenommen. Die Praxis war schon immer etwas anders:

> Ein Marquis am Hofe Ludwig XIV. tritt in das Boudoir seiner Frau und findet sie vergnügt in den Armen des Bischofs. Gelassen geht er zum Fenster und beginnt, die Leute auf der Straße zu segnen. – „Was tut Ihr da?" ruft seine Frau verstört. – „Monsignore vollzieht meine Pflichten", entgegnet der Marquis, „also vollziehe ich die seinen!"

Ein Witzbold hat unlängst einen herrlichen Sponti-Spruch auf die Außenmauer einer Kirche im18. Wiener Gemeindebezirk gesprüht. Leider hatte ich den Fotoapparat nicht mit, denn am nächsten Tag hatte die Zensur bereits zugeschlagen: Freud blickt vom Himmel runter und findet diesen Spruch „teuflisch gut":

Mit Spaßvögeln kann man keine Familie gründen!

Es kann aber auch anders kommen. Die Natur ist ja unheimlich listig:

> Treffen sich zwei Schulkolleginnen nach längerer Zeit wieder: „Na, hast du immer noch Spaß mit deinem Ernst?" – „Ja, schon! Aber aus Spaß ist Ernst geworden, und der ist bereits zwei Jahre alt!"

Der dagegen ist fast tragisch:

> Ein Mäuserich macht sich an sein Mäuschen heran und besteigt es ebenso zärtlich wie stürmisch. Nachher sagt er: „Hoffentlich war das nicht für die Katz!"

Es ist eigenartig, daß die beiden großen „Heils-Institutionen", nämlich die Medizin und die Kirchen, bei allem

Wertvollen auch so viel Unheil angerichtet haben. Während die Medizin und die evangelischen Kirchen aus dieser Unheilsgeschichte schon vieles gelernt haben, ist die katholische Kirchenmännerzentrale in Rom noch immer in Geschlechtsangst und Frauenangst befangen. Sie vertritt nach der Aussage eines französischen Konzilstheologen aus dem Jahr 1963 eine „Sexualmoral für Kaninchen". Denn jede sexuelle Aktivität, die nicht in der Ehe und mit Zeugungs- bzw. Gebärabsicht geschieht, ist faktisch schwere Sünde – von mildernden Umständen einmal abgesehen.

Und der „Ehemisere" kann diese Moral mit dem Ausspruch des heiligen Augustinus begegnen: *„Je besser die Ehegatten sind, desto eher hören sie im gegenseitigen Einverständnis mit der Vermischung ihres Fleisches auf."* Augustinus, der bis heute in „Rom" erschreckend geschichtsmächtig ist, hat auch für die christlichen Eheleute ein bemerkenswertes Dogma aufgestellt: *„Die christlichen Eheleute mögen unter Hintanhaltung der Lust Kinder zeugen!"* Denn es gilt die Regel: je weniger Lust desto weniger Sünde! Kann die göttliche Natur- und Schöpfungsordnung noch stärker pervertiert werden als durch eine solche Sexualangst und Lebenslustverachtung, die sich in Lehre, Struktur und Spiritualität der Kirche äußert?

Johannes Paul II. hat die fundamentalistische Geheimorganisation „Opus Dei" zu seiner Elitetruppe für die Rettung der Kirche erwählt. Der Gründer des „Opus Dei", Josemaria Escriva (1902–1975) wurde 2003 gegen den weltweiten Widerstand namhafter Theologen heiliggesprochen. Dieser „Heilige" vertrat eine fanatische Ablehnung aller „Modernismen": Verachtung der Sexualität, der Frauen, der Demokratie, der bürgerlichen Mündigkeit und des Sozialismus.

Der „Heilige Escriva" gibt in seinem millionenfach verbreiteten spirituellen Standardwerk „Der Weg" (Nr. 1–999) klare Anweisungen für die Verachtung der Sexualität:

„Wenn du begriffen hast, daß der Leib dein Feind ist und Feind der Verherrlichung Gottes, weil er deine Heiligung bedroht, warum faßt du ihn da so weich an?“ (Nr. 227)

Und: *„Laß dich nicht auf eine Zwiesprache mit der Begehrlichkeit ein. Verachte sie.“* (Nr. 127) Denn: *„Ich nenne dir die wahren Schätze des Menschen auf dieser Erde, damit du sie dir nicht entgehen läßt: Hunger, Durst, Hitze, Schmerz, Schande, Armut, Einsamkeit, Verrat, Verleumdung, Gefängnis ...“* (Nr. 194) Und überhaupt – das ist eigentlich urkomisch:

„Um seine Reinheit zu verteidigen, wälzte sich der heilige Franziskus im Schnee. Der heilige Benedikt sprang in ein Dorngestrüpp. Der heilige Bernhard stürzte sich in einen eisigen Teich. Und du? Was tust du?“ (Nr. 143)

Nach diesem Ausflug in problematische und weithin witzlose Bereiche der katholischen Sexualmoral wenden wir uns wieder den Witzlandschaften zu, die mit dem Sexuellen zu tun haben.

„Was ist eine Supernonne?“ – „Eine Nonne, deren Mutter und Großmutter auch schon Nonnen waren.“

Narzißtische Bedürftigkeit und Potenzprobleme

Auch in den Jahren des Erwachsenseins gibt es viele Probleme, die mit der Sexualität direkt und indirekt zusammenhängen: Narzißtische Bedürfnisse und der Kampf um Anerkennung, Schönheit und Potenz. Vieles davon hat direkt mit Ehe und Partnerschaft zu tun, deshalb wird es dort ausführlicher beleuchtet.

Warum spricht man eigentlich vom schwachen Geschlecht, wenn die witzige Bemerkung stimmt, was nur ein Eunuch in Zweifel ziehen kann:

„Die Kurven einer einzigen Frau bewirken Gerade bei zwanzig Männern!“

Schon im Paradies begannen die üblichen Probleme menschlicher Zweierbeziehungen: das Bedürfnis, vom Partner oder von der Partnerin über alles geliebt zu werden, endlose Potenz und vieles mehr.

Sagt Eva hinschmelzend zu Adam. „Ich liebe dich so sehr! Liebst du mich auch über alles?“ – Adam nüchtern: „Wen sonst?“

Im Paradies sprach Adam zu Gott: „Warum hast du die Eva so schön und sexy gemacht?“ – Da sprach Gott lächelnd: „Damit du sie liebst!“ Sagt Adam: „Eine Frage hab ich noch: Aber warum hast du Eva so dumm gemacht?“ – Da lacht Gott abermals und sagt: „Damit sie dich liebt!“

Adam und Eva umarmen sich das erste Mal. Da merkt Adam, daß sich zwischen seinen Beinen etwas regt. Überrascht sagt er zu Eva: „Geh mal weg, ich weiß nicht, wie lang das noch wird!“

Die Enttäuschung ist vorprogrammiert, etwa so:

Ein junger Mann will frühmorgens im See splitternackt baden. Da warnt ihn ein Angler: „An Ihrer Stelle würde ich was anziehen. Die Fische schnappen hier schon nach dem kleinsten Wurm!“

Junges Paar. Sagt sie überglücklich zu ihm: „Ich liebe dich unendlich! Du mich auch?“ – „Ja, dich auch!“

„Ich liebe nur Männer, die wissen, was sie wollen!“ – „Und was müssen sie denn wollen?“ – „Natürlich mich!“

Der Reporter fragt die Neunzigjährige: „Was war der glücklichste Tag in ihrem Leben?" – Da sagt das Geburtstagskind etwas verschämt: „Es war eine Nacht!"

Fragt der Fünfjährige: „Papa, was ist eigentlich Impotenz?" – „Frag lieber die Mama. Die kann es dir besser erklären." – Also fragt er die Mama. Nach kurzem Nachdenken sagt sie: „Schau, das ist ganz einfach. Das ist ungefähr so, wie wenn du mit gekochten Spaghetti Mikado spielen willst."

Freundinnen im Gespräch. Sagt die eine verärgert: „Jetzt ist mein Mann völlig impotent. Vor einer Woche hat er sich beide Hände gebrochen und gestern ist er auf der Kellerstiege gestürzt und hat sich die Zunge abgebissen."

Ein Mann geht ins Café. Der Ober kommt und fragt freundlich: „Was wünschen Sie?" – „Ich hätte gern drei Eier und einen Verlängerten!" – Sagt der Ober schmunzelnd: „Ach ja, das hätten wir alle gern!"

„Was bekommt man, wenn man einem Glühwürmchen Viagra gibt?" – „Eine Stehlampe!"

„Ihr Mann ist für sein Alter noch erstaunlich rüstig", sagt der Arzt zur jungen Ehefrau. „Für sein Alter vielleicht", gibt sie zurück, „aber nicht für meins!"

Die nächsten drei haben Seltenheitswert. Denn in den Sex- und Ehewitzen finden sich humorvolle bestenfalls im Promillebereich.

Ein älterer Mann sagt zu seiner Frau im Bett. „Hilde, komm schnell rüber! Ich habe eben eine schöne Erektion!" – „Ach komm doch du zu mir rüber!" – „Komm lieber du. Ich weiß nicht, ob er die weite Reise übersteht!"

Beim Hausarzt. Der Arzt erkundigt sich über den Gesundheitszustand eines älteren Patienten und fragt: „Was macht Ihr Zucker?“ – Sagt der Patient, wehmütig schmunzelnd: „Der zuckt schon lange nicht mehr!“

Ein Patient klagt über Potenzprobleme. Der Arzt verschreibt ihm ein Phosphatpräparat. – „Damit wir uns richtig verstehen, Herr Doktor“, meint der Patient, „leuchten muß er nicht!“

Jetzt wird aber scharf geschossen:

„Was muß eine Frau tun, wenn sie wirklich etwas Hartes zwischen die Schenkel kriegen will?“ – „Sie muß sich ein Motorrad kaufen!“

Nach der Hochzeitsnacht murmelt die Ehefrau beim Kaffeekochen frustriert vor sich hin: „Mein Gott, der Brillantring ist mir auch zu klein!“

„Was ist der Unterschied zwischen einem Witz und einem Penis?“ – „Die kürzesten Witze sind die besten!“

Ein junger Mann stellt sich nackt vor den Spiegel und sagt zu seinem besten Freund. „Vier Zentimeter mehr, und ich wäre ein König!“ – Da vernimmt er die Stimme seiner Frau aus dem Schlafzimmer: „Vier Zentimeter weniger und du wärst eine Königin!“

In der Fernfahrerkneipe. Sagt er: „Kannst du dich an mich erinnern?“ – „Na klar! Du bist der große Brummi mit dem kleinen Hänger!“

„Was ist das? Es ist 15 cm lang, und jede Frau hält es gerne in der Hand?“ – „Ein Hunderteuroschein!“

Die deutsche Liese tanzt mit einem britischen Soldaten und fragt: „Liebst du mich wirklich, oder ist das da unten deine Pistole?"

Ein Hacker verbringt eine Nacht mit seiner neuen Freundin. Beim Frühstück sagt sie zu ihm: „Jetzt weiß ich, warum du so auf Microsoft stehst!"

Plädoyer für eine erotische Kultur der Sexualität

Der große Geistesblitz Lichtenberg hat einen weisen, und provokant klingenden Rat auf Lager:

> *„Jedermann sollte wenigstens soviel Philosophie und schöne Wissenschaften studieren, als nötig ist, um sich die Wollust angenehmer zu machen."*

Der Leib und der Geist sind von Natur aus Lustorgan und Leistungsorgan zugleich, und eine humane und soziale Kultur des Triebhaushaltes und des sozialen Zusammenlebens bedarf der Balance zwischen Lust und Frust, Genuß und Leistung. Der ganz normale Wahnsinn der herrschenden Sexual- und Leistungsmoral wird kaum als Perversion angesehen. Ich sehe dies so: Eine Zivilisation, die auf allen Ebenen eher aggressiv-ausbeuterisch eingestellt ist, macht es nicht leicht, eine erotische Kultur zu entwickeln, die weder durch sexualfeindliche Verbote, noch durch postmoderne Gebote bestimmt wird. Es ist nicht leicht, selbstbestimmt und mündig seine sexuellen Bedürfnisse und Kontakte zu gestalten. Denn es ist nicht leicht, kein stumpfsinniger „Ministrant des Zeitgeistes" zu werden.

Unter erotischer Kultur verstehe ich eine Kultur der Selbstentfaltung und Gestaltung des sozialen Zusammenlebens, die mit Lust, Liebe und Vernunft zu tun hat. Eine solche Kultur hat viel Sinn für Kontakt und Kommunikation auf vielen Ebenen. Erich Fromm spricht in diesem Sinn von Biophilie, von der Liebe zum Lebendigen, im Gegensatz zur herrschenden Nekrophilie, der Liebe zum Toten, zu Geld, Macht und Titel, für die man nicht selten seine Lebendigkeit verkümmern läßt und opfert.

In den Gesellschaften der sogenannten „Ersten Welt" dominiert eher eine neurotische Kultur, die sich durch Nekrophilie auszeichnet und Nekrophilister fördert. Sie kann als Kultur gehemmter, eingeschränkter Lebendigkeit, unterdrückter Kindlichkeit und dadurch bewirkter massiver destruktiver Aggression charakterisiert werden – mit wenig Sinn für Zorn und Zärtlichkeit. Deshalb findet man eher selten, was schon vor Freud als „pädagogischer Eros" oder als „wissenschaftlicher Eros" bezeichnet wurde: nämlich mit Lust, Liebe, Vernunft und Hingabe Lehrer, Erzieher bzw. Forscher zu sein.

Die folgende Anekdote aus dem alten Griechenland (um 450 vor Chr.) bringt den Sinn für die kreative Integration von Sinnlichkeit und Geistigkeit, die das Leben würzt, sehr treffend zur Sprache:

Sophokles soll einmal der Hetäre Aspasia geklagt haben: Uns beide brauchen die Athener nicht; ohne den Schuster da unten und ohne den Koch da oben an der Ecke können sie nicht auskommen – wir aber sind überflüssig für den Staat. Da tröstete Aspasia den Dichter: Ohne dein Wort, wenn freilich es nicht alle erreicht, blieben nicht nur die Schuster und Köche träge und dümmlich; du erhellst den Athenern den gleichwohl bitteren Sinn des Lebens. *Darauf sagte Sophokles: Ohne deine Schönheit, wenn freilich sich nur wenige Athener rühmen können, in deinen Armen gelegen zu haben, wären sogar die Schuster und Garköche ohne Hoffnung, du entzündest in allen das gleichwohl verbrennende* Feuer des Lebens.

5. Partnerschaft: ein Himmel-Hölle-Spiel?

„Lieber Ehe brechen, als Ehe biegen, Ehe lügen."
Friedrich Nietzsche

Polarexpedition in Sommerkleidern

Im Jahre 1929 dachte Freud aspektreich über das „Unbehagen in der Kultur" nach. Er warf der Pädagogik vor, daß sie die jungen Menschen sehr schlecht auf das harte Leben vorbereitet: *„Daß sie dem jugendlichen Menschen verheimlicht, welche Rolle die Sexualität in seinem Leben spielen wird, ist nicht der einzige Vorwurf, den man gegen die heutige Erziehung erheben muß. Sie sündigt außerdem darin, daß sie ihn nicht auf die Aggression vorbereitet, deren Objekt er zu werden bestimmt ist."*

Freud findet einen drastischen Vergleich: *„Indem sie die Jugend mit so unrichtiger psychologischer Orientierung ins Leben entläßt, benimmt sich die Erziehung nicht anders, als wenn man Leute, die auf eine Polarexpedition gehen, mit Sommerkleidern und Karten der oberitalienischen Seen ausrüsten würde."* (Freud 1974, Bd. IX, 260)

Eine Volksweisheit aus dem frühen 19. Jh. bringt die Schwierigkeiten einer langen Beziehung in frommer Weise zum Ausdruck:

> *„Wenn du ein Schiff besteigst, bete einmal. Wenn du in den Krieg ziehst, bete zweimal. Wenn du heiratest, bete dreimal!"*

„Ehen werden im Himmel geschlossen", sagt man.
„Ach so. Deshalb fallen die Paare so oft aus allen Wolken!"

Lust und Frust in Paarbeziehungen

Als ich mich eines Tages hinsetzte, um Ehewitze zu lesen und aus Witzbüchern gute und geistreiche Witze auszulesen, machte ich eine eigenartige Erfahrung. Nach etwa acht Stunden Lektüre war ich redlich müde. Es gibt kaum eine mühsamere Arbeit, als gute Witze auszuwählen. Aber ich war nach dieser Lektüre nicht nur müde. Ich war verstört, denn ich fühlte mich bedrückt, ja fast depressiv verstimmt. Also wanderte ich zur Klärung und Erholung zwei Stunden durch den abendlichen Wienerwald. Plötzlich wurde mir der Grund meiner Bedrücktheit völlig klar. In keiner Witzlandschaft gibt es so viel brutale Aggression, zynische Entwertung, Verachtung, Todeswünsche, bittere und grausliche Enttäuschungen wie in den Witzen über die Mann-Frau-Beziehung. Die Aggression, die sich im politischen Witz findet, ist vergleichsweise harmlos.

„Was ist der Unterschied zwischen einer überfahrenen Ratte und einem überfahrenen Ehemann?" – „Vor der Ratte ist eine Bremsspur!"

Der Bergbauer und seine Frau gehen ins Dorf. Plötzlich zieht ein Gewitter auf. Ein Blitz schlägt in der Nähe ein. Der Bauer sagt: „Na?" – Kurze Zeit später schlägt der Blitz in einen Baum ganz in der Nähe ein. Sagt der Bauer mißmutig: „Na?" – Der nächste Blitz erschlägt die Bäuerin. Sagt der Bauer: „Na endlich!"

Wenn die tiefsten menschlichen Bedürfnisse und Wünsche mit der harten Realität des Lebens zusammenstoßen, gibt es viele schmerzliche Kränkungen, Verletzungen und unheimliche Wut. Das wird in der Witzlandschaft der Ehe- und Partnerschaftswitze allzu deutlich. Jeder Erdkrustenbewohner, der einige Jahre auf unserem schönen Planeten verbracht hat und bei Sinnen ist, hat mehr oder weniger vielfältige Erfahrungen mit dem Spiel der Geschlechter in den oft neurotischen Korsetten gesellschaftlicher und religiöser Spielregeln gemacht, mitgemacht und durchgemacht.

> Freundinnen im Café. „Mit meinem Mann geht's bergab!" – „Was ist denn passiert?" – „Na schau. Früher lag er mir am Herzen und jetzt liegt er mir im Magen. Und wenn das so weitergeht ...!"

Was spielt sich da alles ab: Idealisierungen, Enttäuschungen, Entwertungen, Erfahrungen von Ohnmacht, subtile und oft mörderische Machtkämpfe, Verlogenheiten und Fesselungen in Familien-, Gesellschafts- und Kirchenbanden, begleitet von mühsamen Befreiungsversuchen aus diesen Verwicklungen. Wieviel Verlogenheit wird durch herrschende Vorstellungen und Institutionen verbreitet, die oft nur mühsam und mit Witz überwunden werden kann?

> Der Ehemann überrascht seine Frau mit einem fremden Mann im Bett. Empört ruft er aus: „Was macht ihr denn da?" – Sagt die Frau zum Liebhaber. „Ich hab' dir doch gesagt, daß der keine Ahnung hat!"

Es gibt eine Unzahl von Spielen, von fairen, verlogenen, betrügerischen Spielen, in diesem elementaren Bereich von Sexualität und Partnerschaft: Liebesspiele und Haßspiele, Macht- und Unterwerfungsspiele, Beherrschungs- und Befreiungsspiele, Flirt- und Werbespiele, Idealisierungs- und Entwertungsspiele. Der Witz deckt auf, was sich da alles abspielt, was durch Ideologien und Moralin verlogen überspielt wird.

> Auf einer Party: „Das Paar da drüben scheint sehr glücklich zu sein!" – „Sind die beiden verheiratet?" – „Ja, sicher. Er in Hamburg und sie in München!"

Seufzt die junge Witwe. „Was mich tröstet, ist, daß mein Mann nicht lange leiden mußte!“ – „Ach, waren Sie nur kurz verheiratet?“

Der Witz – sehr selten der humorvolle – deckt auf, was sich da alles tut zwischen Mann und Frau, zwischen den Beinen und im Großhirn, zwischen den Menschen und den Institutionen. Er weist auf himmlische, glückhafte Erlebnisse, Begegnungen, Berührungen und Höllen der Aggression, Enttäuschung und Resignation hin. Er zeigt auf, was sich in langen Beziehungen oft nicht mehr abspielt, weil sich tödliche Langeweile eingespielt hat, die scheinheilig überspielt werden muß.

Im Reisebüro: „Ich möchte für mich und meine Frau eine Kreuzfahrt buchen.“ – „Haben Sie besondere Wünsche? Erste Klasse? Getrennte Kabinen?“ – „Doch, ja. Am liebsten getrennte Schiffe!“

Vier Monate ist das junge Paar verheiratet. Da ruft Uschi ihre Mutter an und schluchzt: „Wir hatten einen Riesenkrach! Was soll ich bloß tun?“ – „Beruhige dich, mein Kind, das kommt in jeder Ehe mal vor.“ – „Schon, Mama, aber ich weiß nicht, wo ich die Leiche verstecken soll!“

Viele Witze betreffen nicht nur das Spiel n a c h den vorgefundenen Spielregeln, sondern auch das phantasievolle und befreiende Spiel m i t den Spielregeln – jenseits aller verlogenen sexuellen Ratschlägereien.

Partnerschaft – Parallelen zwischen Eltern-Kind-Beziehungsbedürfnissen

Das Faktum, daß in den Witzen über Sexualität und Partnerschaft destruktive Aggression und Entwertungstendenzen eine extrem große Rolle spielen, läßt sich psychologisch leicht erklären. In keine soziale Beziehung werden so viele Bedürfnisse und Wünsche eingebracht, bewußt oder unbewußt, wie in die intime Beziehung zwischen Mann und Frau. Das hat der Psychoanalytiker Jürg Willi, einer der kreativsten Paartherapeuten im deutschen Sprachraum, einfühlsam erklärt.

> Der junge Mann sagt zu seinem künftigen Schwiegervater: „Ich kann ohne Inge nicht mehr leben!" – Da sagt dieser nachdenklich: „Sind Sie sicher, daß Sie m i t Inge leben können?"

Eine intime Partnerschaft hat, psychologisch betrachtet, eine sehr große Ähnlichkeit mit der Eltern-Kind-Beziehung. Sie wird auch wesentlich durch diese Beziehung geprägt. Denn in den ersten Lebensjahren wird das Kind in die Elemente intimer menschlicher Beziehungen eingeführt. Das Kleinkind ist intensiv auf die nächsten Bezugspersonen angewiesen. Durch das Zusammenleben oder die Eheschließung treten die Partner wieder in ein ähnliches Beziehungssystem ein, jetzt allerdings in einer anderen Position, nicht mehr als Kinder, aber oft auch noch nicht als reife Erwachsene. Deshalb ist vieles in der Paarbeziehung ambivalent, einerseits auf Regression und kindlichen Nachholbedarf, andererseits auf Progression zu „erwachsenem" Verhalten angelegt.

> Krach in der jungen Ehe. Er brüllt: „Weshalb kannst du nicht so gut kochen wie meine Mutter?" – Darauf sagt sie lächelnd: „Weil du nicht so gut verdienst wie dein Vater!"

> Bei den Bergers gibt's großen Krach. Es fliegen Tassen und Gläser. Als es wieder still wird, geht die kleine Anna zur Mutter in die Küche, und fragt verschüchtert: „Nennt man das eine ‚wilde Ehe'?"

Die intime Paarbeziehung bietet viele regressive und progressive Verhaltensmöglichkeiten an. Keine andere Beziehung kommt der frühkindlichen Eltern-Kind-Intimität so nahe, und keine Beziehung gewährt eine so umfassende Befriedigung elementarster Bedürfnisse nach Einssein, nach Pflege und Umsorgung, Schutz, Geborgenheit und Abhängigkeit. Bekanntlich ist die Verhaltensweise zweier Verliebter in vieler Hinsicht der Beziehung zwischen Mutter und Kleinkind ähnlich: Sie umarmen sich, streicheln sich, suchen Hautkontakt, blicken sich tief in die Augen, lächeln sich an, drücken und klammern sich fest aneinander, sie herzen, scherzen und küssen. Auch die Sprache regrediert auf präverbale Laute und frühkindliche Ausdrucksweisen.

Zwei Verliebte sitzen im Park und halten zärtlich ihre Händchen. Da flüstert sie: „Sag' mir doch 'was Süßes ins Ohr!" – „Schokoladetörtchen!"

Junges Paar im zärtlichen Gespräch. „Sag' mal, Robert, ist es wirklich wahr, daß Nagetiere besonders dumm sind?" – Antwortet er: „Aber ja, mein Mäuschen!"

Anderseits erfordert keine andere Beziehung ein so großes Maß an Identität, Stabilität, Autonomie und Reife wie eine intime, verbindliche Paarbeziehung. Die Partner erwarten voneinander ein tiefes menschliches Verständnis, echte Akzeptanz und Förderung in ihrer Entwicklung. Das Aushandeln von Lösungen in der Fülle von Problemen, die sich ihnen stellen, erfordert Kompetenz und Tatkraft. In den meisten Schwierigkeiten und Belastungen ist der Partner der erste, von dem man Unterstützung und Hilfe erwartet.

Zwei psychische Strategien spielen im Umgang mit allen Liebesobjekten, mit sich selbst, mit den Eltern und anderen wichtigen Bezugspersonen, aber auch mit Weltanschauungen und Ideen eine grundlegende Rolle: unsere Tendenz zum Idealisieren und zum Entwerten. Das Eigene wird meistens idealisiert, das Fremde dagegen entwertet. Dies gilt ganz besonders für alle erotischen Beziehungserlebnisse.

Susi sagt begeistert zu Gaby: „Dieter sagt, ich sei sein einziger Gedanke!" – Darauf meint Gaby trocken: „Dann hab' ich ihn neulich mit seinem Hintergedanken gesehen!"

Verliebtheit: Du lieber Himmel! Was hab ich nur in dem gesehen?

Ester Vilar, die Verfasserin des „Dressierten Mannes", vergleicht in ihrem ebenso frechen wie gescheiten Buch „Der betörende Glanz der Dummheit" die Verliebtheit mit der religiösen Verehrung eines göttlichen Wesens: *„Man erkennt es schon an der Terminologie: Liebe ist Götterglaube, Religion. Dem wahrhaft Liebenden ist der Geliebte sein ‚ein und alles'. Er ‚blickt zu ihm auf', er ‚betet ihn an', er würde ‚alles für ihn opfern', ‚sogar sein Leben'. Denn erst durch ihn, den Geliebten, hat dieses Leben einen Sinn erhalten – falls er ihn verließe, wäre er verloren."*

Vilar sieht große Parallelen zur religiösen Verehrung: *„Liebeserklärungen sind Kniefälle vor einem höheren Wesen – die bedingungsloseste Form der Kapitulation. Man könnte sie ohne jede sprachliche Korrektur in der Liturgie verwenden. Der Unterschied zur Kirche besteht in der Anzahl der Personen, die hier an der Andacht beteiligt sind …"* Und weiter: *„Bei der Anbetung des Geliebten wird man – falls man Glück hat – nur ein einziger sein. Liebe ist daher die Religion mit der kleinsten Gemeinde: Gott und Anbeter im Verhältnis eins zu eins."*

Dadurch ist aber eine mehr oder weniger große Enttäuschung eingeplant:

„Jede große Liebe beginnt also mit einer Illusion und kann daher ... nur mit einer mehr oder weniger großen Desillusionierung enden: Du lieber Himmel, was habe ich nur in dem gesehen? ... Der Glaube an ein allmächtiges Wesen vermag die drei schrecklichsten unserer Ängste zu mildern: die vor der Sinnlosigkeit des Lebens, die vor der Endgültigkeit des Todes, die vor der Freiheit.“

Ein Mann im Reisebüro. „Ich suche für meine Frau einen Winterkurort in den Bergen. Haben Sie was besonders Hübsches mit Lawinengefahr?"

Erziehung zur Realität: Versöhnung des Lust- und Realitätsprinzips

Idealisierung und Entwertung sind zwei Seiten einer Medaille. Aus dem im Beziehungsleben besonders verbreiteten Teufelskreis des Idealisierens und Entwertens gibt es nur einen gesunden und reifen Ausweg: die Erziehung zur Realität, die Versöhnung des Lustprinzips mit dem Realitätsprinzip. Und dieser Prozeß bedarf auch des Humors, der die heilsame Selbstdistanz ausdrückt.

Die jungen Eheleute müssen sehr sparen. Zu Weihnachten steht statt Gänsebraten nur ein falscher Hase auf dem Tisch. Da motzt er: „Ein Weihnachten ohne Gans gab es bei uns zu Hause nie!" – „Aber Liebling", sagt sie, „dafür hast du doch jetzt mich!"

Also sprach Freud in seiner religionskritischen Schrift „Die Zukunft einer Illusion“: *„Gewiß wird der Mensch sich dann (ohne die Illusion der Religion des kleinen Mannes, A. K.) in einer schwierigen Situation befinden, er wird sich seine ganze Hilflosigkeit, seine Geringfügigkeit im Getriebe der Welt eingestehen müssen, nicht mehr der Mittelpunkt der Schöpfung, nicht mehr das Objekt zärtli-*

cher Fürsorge einer gütigen Vorsehung.“ Und weiter: „*Er wird in derselben Lage sein wie das Kind, welches das Vaterhaus verlassen hat, in dem es ihm so warm und behaglich war.*“ Und Freud kommt zum Wesentlichen:

„*Aber nicht wahr, der Infantilismus ist dazu bestimmt, überwunden zu werden? Der Mensch kann nicht ewig Kind bleiben, er muß endlich hinaus ins ‚feindliche Leben‘. Man darf das ‚die Erziehung zur Realität‘ heißen, brauche ich Ihnen noch zu verraten, daß es die einzige Absicht meiner Schrift ist, auf die Notwendigkeit dieses Fortschritts aufmerksam zu machen?*“ (1974, Bd. IX 182)

Daß in unseren Breiten fast 40 % aller Ehen scheitern, hat viele Gründe. Ökonomische, kulturelle und epochale Einflüsse spielen eine große Rolle, und Fehlentscheidungen sind bei uns Erdkrustenbewohnern immer möglich. Doch die Fähigkeit, eine Beziehung kreativ zu gestalten, verlangt die Kultur zweier wichtiger Sinne: des Wirklichkeitssinnes und des Möglichkeitssinnes. Und die Entfaltung dieser beiden Sinne fördert zweifellos die Beziehungsfähigkeit und die Bereitschaft, an der Gestaltung einer Beziehung auch hart zu arbeiten, was viel Frustrationstoleranz verlangt. Oft genug – und das ist ein Aspekt unserer Konsumgesellschaft – werden Beziehungen nur so lange gepflegt, wie sie pflegeleicht sind. Viele Paare lassen sich auch heute noch kirchlich trauen, aber wenige trauen sich wirklich – im doppelten Wortsinn. Dies veranlaßt mich zu einem Gedankensprung.

Werfen wir einen Blick auf die wichtige Wortfamilie „Trauen, traun, treu und Trost“. „Trauen“ heißt hoffen, vertrauen, anvertrauen, Mut haben und ist mit Vertrauen eng verwandt. „Treu“ leitet sich von der indogermanischen Wurzel deru (= Baum) ab und bedeutet „kernholzartig fest.“ Und „Trost“ (engl. trust = Vertrauen) bedeutet Vertrauen, Zuversicht. Es fällt auf, daß alle diese Worte mit Mut und Ermutigung zu tun haben. Das Grundwort „Mut“ (Althochdeutsch: muot = Kraft des Denkens, Empfindens und Wollens, Gemüt, Stimmung, Sinn, Seele, Geist) leitet sich vom germanischen „moda“ = starke Seelenstimmung, ab. „Wohlgemut“ drückt dieses gute und starke Lebensgefühl aus.

> Eheleute im Gespräch. Sinniert er: „Ich denke, daß gesunder Menschenverstand viele Scheidungen verhindern könnte.“ – Meint sie: „Kann schon sein. Aber gesunder Hausverstand könnte auch viele Eheschließungen verhindern!“

Der Tiefenpsychologe Alfred Adler hat die enorme Bedeutung von Mut und Ermutigung für das Gelingen des Lebens besonders betont. Nach seiner Einsicht ist das „Prinzip Ermutigung“ grundlegend für Erziehung, Beratung und Therapie. Denn alle Lebensaufgaben bedürfen des Mutes und der verantwortungsvollen Zusammenarbeit. Es ist fraglos so, daß Lebensmut und Erfahrungen der Ermutigung für die Konflikt- und Beziehungsfähigkeit von größter Bedeutung sind.

Der jungianische Psychotherapeut Franz Alt spricht von „Liebesarbeit“, ohne die sich eine erotische Beziehungskultur nicht entfalten kann: *„Ehen gehen nicht kaputt, wenn ein Dritter oder eine Dritte zwischen die beiden tritt. Ehen sind kaputt, wenn die beiden nicht mehr an ihrer Liebe und Ehe arbeiten. Zur Ehe gehören Treue, Freiheit und Urvertrauen wie die Luft zum Atmen. Liebesarbeit ist der tägliche Kampf gegen die Verliebtheit in unser eigenes Ich.“* Und er schließt: *„Wenn das Feuer der Liebe erlischt, fragen wir sehr rasch: ‚Warum werde ich nicht mehr geliebt?‘ Wichtiger ist die Frage: ‚Warum liebe ich nicht mehr?‘ “* (Jung 2001, 8) Denn wo die Liebesfähigkeit verkümmert, entstehen Gleichgültigkeit oder aber die gefährliche Illusion von Liebe, die immer wieder enttäuscht werden wird.

Sagt sie zärtlich zu ihm: „Schatz, ich liebe dich!" –
Sagt er überzeugt: „Ich mich auch!"

Die Ehe als Gespräch: „Zuerst spricht der Mann, und die Frau hört zu. Später spricht die Frau, und der Mann hört zu. Noch etwas später sprechen beide sehr laut – und die Nachbarn hören zu!"

Herr Schulze wird ins Krankenhaus eingeliefert. Bei der Aufnahme fragt die Schwester: „Sind Sie verheiratet?" – „Ja, schon. Aber die Verletzungen stammen von einem Autounfall."

Das Ideal einer ehelichen Beziehung ist, von gesellschaftlichen Zwängen und Vorteilen abgesehen, Ausdruck des Wunsches nach Einheit in der Polarität des Männlichen und des Weiblichen. Auch C. G. Jung konnte diesem Ideal nicht entsprechen. Er hatte jahrzehntelang eine feste Freundin, was seine Frau geduldet hat. Ideale sind da, um angestrebt zu werden im Bewußtsein, daß man sie nie erreichen wird. Liebesarbeit meint, daß es ohne Konflikte und Krisen kein Wachstum gibt, weil jede Ausweitung des Bewußtseins auch mit Enttäuschungen und Schmerzen verbunden ist. Nietzsches These gibt zu denken: „Lieber Ehe brechen als Ehe biegen, Ehe lügen!" Viele Ehen würden nicht so tödlich, todlangweilig und frustrationsreich verlaufen oder in Scheidung enden, wenn die Betroffenen lernen könnten, gelassener und humorvoller mit sich und dem Partner umzugehen. Das verlangt aber einen Prozeß des Reifens und der psychischen Fitneß, der zu wenig beachtet, geachtet und gefördert wird.

Fragt die Tochter: „Was ist besser? Eine Liebesheirat oder eine Vernunftehe?" Antwortet die Mutter: „Am besten ist eine vernünftige Liebesheirat!"

Der feministische Witz enthüllt, was Patriarchen verschweigen

Es ist eigenartig, daß der Witz und das Erzählen von Witzen bis zum Ende des 20. Jh. fast ausnahmslos eine Domäne der Männer war. Und das häufigste Objekt dieses Witzes waren die Frauen. Die weibliche Witzkultur, die sich erst langsam seit den neunziger Jahren des 20. Jh. zu entfalten begann, ist ein zartes, aber energisch wachsendes Pflänzchen im Garten der Emanzipation aus patriarchalischen Unterdrückungsverhältnissen.

> Der Vertreter geht wieder mal auf Reisen – „Ach, Schatz! Ein Hundeleben ist das! Jede Nacht in einem anderen Bett!" – Meint sie: „Ja, ja! Wem sagst du das!"

Alice Schwarzers „Emma" hat mit Zorn, Witz und auch Humor den Kampf gegen die herrschende Einengung und Verkrüppelung der Frauen durch Rollengefängnisse mutig und frech aufgenommen. Wie jede Befreiungsbewegung begann das damit, daß einige Frauen weniger Angst hatten, als ihnen eingebleut wurde. Sie hatten ein geheimes Motto:

> *„Als Gott den Mann schuf, übte sie noch!"*

Die weibliche Selbst-Entdeckung und Selbst-Entfaltung kam in Bewegung und war notwendigerweise mit viel Aggression verbunden, bis das Bewußtsein möglich wurde, daß beide Geschlechter der Emanzipation aus den überkommenen Rollenkäfigen bedürfen. Denn die Unterdrückung der Frauen durch die Männerwelt ist sozialpsychologisch betrachtet in einem Aspekt auch der Ausdruck der Selbstausbeutung und Selbstverkümmerung des Mannes. Deshalb kann es sehr giftige Pointen geben:

> „Warum gibt es für Männer keine Pillen?" –
> „Weil es für Arschlöcher Zäpfchen gibt."

In Zeiten der Lara Croft wird Weiblichkeit mit Männlichkeit verbunden. „Austeilen statt einstecken!" heißt die Devise. Das führt zur Verunsicherung des traditionellen männlichen Selbstverständnisses. Als eine Reaktion auf feministische Tendenzen tauchten in den achtziger Jahren die Blondinenwitze wieder auf. Sie dienen Männern zur Projektion von zwei Bedürfnissen: Sexbesessenheit und Dummheit.

„Schau, ein toter Vogel!" – „Wo?" fragt die Blondine
und blickt in den Himmel.

Zwei Blondinen reden über Sex. Fragt die eine. „Sag, rauchst du auch immer nach dem Sex?" – „Keine Ahnung! Ich habe noch nie nachgesehen!"

„Warum wirft eine Blondine am Hamburger Hafen Steine ins Wasser?" – „Weil da ein Schild steht: ‚Deutsche Werft'."

„Was geschieht, wenn eine deutsche Blondine nach Österreich auswandert?" – „In beiden Ländern steigt der IQ!"

Aber es gibt auch Witze über blonde Männer!

„Warum schüttet ein blonder Mann zwei Kübel Wasser in den PC?" – „Er will im Internet surfen!"

Anderseits wurden manche Männer zu Softis und übernahmen Aspekte der alten Frauenrolle.

Morgens im Bett sagt er zur neuen Flamme: „Du, Carmen, möchtest du eigentlich lieber ein Mann sein?" – „Ach ne! Lieber nicht! Und du?"

Aufklärung über die Unterschiede der Geschlechter

Eine wichtige Ursache für die vielen Konflikte ist mangelhafte Information und Aufklärung über wesentliche große und kleine Unterschiede im Fühlen und Denken, Erleben und Verhalten zwischen Mann und Frau.

> Männer sind wie Autos. Wenn man nicht aufpaßt, liegt man darunter!

> Ich liebe Frauenbewegungen, nur rhythmisch müssen sie sein.

> „Warum kommen Männer so schnell zum Orgasmus?" – „Damit sie rasch wieder in die Kneipe gehen können, um ihren Kumpels zu erzählen, was für tolle Hechte sie sind!"

Übrigens bedeutet das hebräische Wort für „erkennen": mit Leib, Seele und Geist erspüren, erfassen, ergreifen und begreifen. Im biblischen Schöpfungsmythos heißt es, nachdem Gott die Eva geschaffen und dem Adam zugeführt hatte: „Und Adam erkannte sein Weib Eva." Das heißt nicht, daß Adam gesagt hat: „Hallo Eva, schöne Frau, ich sehe dich als mein Weib an!" Sondern das heißt, daß er mit ihr das erste leiblich-seelisch-geistige Schäferstündchen mitten im Paradies hatte! Erkennen heißt lieben, mit Leib, Seele und Geist lieben, begehren und genießen!

Der folgende, scheinbar obszöne, eigentlich aber tiefsinnige Witz enthält das Herzstück der aristotelischen Erkenntnistheorie, daß nämlich alles Erkennen durch unsere Sinne geschieht:

> „Was ist der Unterschied zwischen Psychologie und Petting?" – „Psychologie ist der Versuch, eine Frau zu verstehen. Und Petting ist der Versuch, eine Frau zu begreifen!"

Werfen wir also einen Blick auf einige große und kleine, offensichtliche und verborgene Unterschiede zwischen den Geschlechtern, die biologische, soziokulturelle, institutionelle und epochale Ursachen und Auswirkungen haben und zu vielen Mißverständnissen, Krisen, Konflikten und Enttäuschungen Anlaß geben. Vieles davon ist durch wissenschaftliche Studien belegt, deren Ergebnisse zu wenig bekannt sind.

Sowohl die Gene und Hormone, die unterschiedliche Vernetzung der beiden Gehirnhälften und deren Gebrauch, die unterschiedliche Ausprägung des Sprachzentrums, die andere Art des Leib- und Gefühlserlebens, soziale und kulturelle Rollenzuschreibungen, Praktiken der Erziehung, unterschiedliche Norm- und Idealvorstellungen, Macht- und Bewertungsverhältnisse sind Ursachen für Mißverständnisse, Konflikte, Vorurteile und ungerechte Behandlung.

Was tut ein Ehemann, damit er seiner Frau einen tollen Orgasmus verschafft? – Er sagt: „Liebling, ich gehe mit den Kindern ins Kino."

Was haben Männer und eine Mikrowelle gemeinsam? – In 30 Sekunden ist alles fertig.

Diese Unterschiede zeigen sich auf allen Ebenen: Männer haben eher punktuelle, Frauen dagegen ganzheitliche Erinnerungen. Auch die Lustbedürfnisse sind verschieden. In der sexuellen Reaktion des Mannes überwiegt das lineare „Drauflos-Gehen", während sich bei den Frauen eher ein serpentinenartiges Annähern an den Orgasmus abspielt. Auch die Hormone sorgen für Differenzen. Nach dem Orgasmus befindet sich beim Mann der Testosteronspiegel in einem Tief, während die Frau vom Sexualhormon Oxytocin überschwemmt wird und deshalb weniger Erholung braucht als der abgeschlaffte Mann.

Tina seufzt nach dem Schäferstündchen: „Schade, daß du kein Kopfkissen bist – dann hättest du nämlich vier Zipfel!"

Oskar steht mit seiner Freundin zum ersten Mal unter der Dusche. Fragt sie: „Ist er das?" – „Ja, das ist er!" – Meint sie enttäuscht: „Da müssen wir aber sehr sparsam sein!"

Aus Spaß haben sich drei Männer am FKK-Strand im Sand vergraben. Nur ihr bestes Stück guckt heraus. Da kommen zwei Frauen vorbei. Sagt die eine: „Meine Güte! Da heiratet man wegen dieser Dinger und hier wachsen sie wie Spargel!"

Sagt er: „Ich verstehe nicht, wozu du einen BH trägst. Du hast doch nichts, um ihn auszufüllen!" – Sagt sie: „Wieso? Du trägst ja auch eine Unterhose!"

Die Strategien des Begehrens und des Erlebens der Lüste sind denkbar unterschiedlich. Zwar sitzt die sexuelle Lust bei beiden im Großhirn und nicht zwischen den Beinen, aber die Empfindungen und Erlebensweisen sind bei Männern und Frauen sehr verschieden. Für Männer zählen vor allem Schönheit, Jugendlichkeit und optische Signale, während Frauen materielle Sicherheit, Prestige und Tüchtigkeit des Zukünftigen für sehr wichtig halten.

Freundinnen im Gespräch. Fragt Susanne: „Wie viele Haustiere brauchst du?" – Da antwortet Rita: „Natürlich vier: einen Nerz im Schrank, einen Hengst im Bett, einen Jaguar vor der Tür. Und einen Esel, der das alles bezahlt!"

Männer lieben Kurzgeschichten. Frauen bevorzugen Romane.

Die Weltliteratur lebt davon, daß es im Getriebe der Liebe viele Konflikte und Unvereinbarkeiten gibt. Angesichts der hier nur kurz angedeuteten Unterschiede der Geschlechter wird es verständlich, daß Männer und Frauen oft unschuldig aneinander schuldig werden, weil sie sich aufgrund von Nichtwissen und Unverständnis im Beziehungsleben vieles schuldig bleiben – von ökonomischen und soziokulturellen Rollenzwängen einmal ganz abgesehen. Denn Informationen über biologische, psychologische, soziale, kulturelle und epochale Unterschiede und Einflüsse sind ebenso wichtig wie psychische Reife, damit das Beziehungsleben realistischer, befriedigender und beglükkender gestaltet werden kann.

Die Witze über Partnerschaft und Sexualität haben sehr unterschiedliche Funktionen. Problemanzeiger sind sie immer. Oft dienen sie der psychohygienisch wirkenden Äußerung von starken Affekten. Häufig dienen sie auch als Waffe für die Entwertung oder als Notwehr gegen Unrecht.

Gespräch im Gasthaus. „Meine Frau ist ein Engel", sagt der eine. Antwortet Fritz: „Du Glücklicher, meine lebt noch."

Sagt der Börsenmakler zu seiner Frau im Bett: „Schatz, die Aktien steigen!" – „Sei ruhig! Die Börse ist geschlossen!" – „Aber Liebling! Die Aktien steigen ganz stark!" – „Beruhige dich. Die Börse ist geschlossen!" – Nach einer Weile sagt sie: „Schatz, die Börse ist jetzt offen." – Sagt er: „Zu spät! Die Aktien wurden bereits unter der Hand verschleudert!"

Die Konflikte der Geschlechter, wie sie sich auch im Witz darstellen, haben zahlreiche Ursachen und Aspekte. Viele alte Männerwitze können auf Frauenwitze umgepolt werden – das ist häufig der Fall. In den Witzen äußert sich der Kampf der Geschlechter in vielen Facetten und mit den unterschiedlichsten Gefühlsäußerungen verbunden – von extrem aggressiv, entwertend bis hin zum selbstironischen

Pingpongspiel, in welchem sich beide Geschlechter wechselseitig über die Schwachstellen des anderen lustig machen.

Sagt die Ehefrau ärgerlich: „Jedesmal, wenn du eine schöne Frau siehst, vergißt du, daß du verheiratet bist!" – „Ganz im Gegenteil! Gerade dann wird es mir bewußt!"

Hochzeitsreise. Der Mann wird krank. Die Frau ruft einen Arzt. Er untersucht ihn und sagt besorgt: „Ihr Mann sieht gar nicht gut aus!" – Sagt sie: „Ich weiß. Aber er ist Millionär!"

Sibylle Fritsch faßt die Funktionen dieser Witze treffend zusammen: „*Witze sind ein Ventil und ein Instrument, das gnadenlos aufdeckt und anspricht, was man im Alltag oder in Gesellschaft lieber verschweigt. Die Fehler des anderen, seine Tücken, seine Lücken, seine Unzulänglichkeiten, seine Ticks und Tricks. Frauen kontra Männer: Vagina kontra Penis, Nymphomanin kontra Impotenz, Intelligenz kontra Dummheit, sexuelle Niete kontra häßliches Entlein.*" (2001, 82)

Ein Paar beim Koitus. Sagt sie, während er auf ihr werkt: „Du Schatz, ich glaube, wir müssen die Schlafzimmerdecke neu ausmalen!"

Frauen sind wie Frösche. Es ist ihnen immer kalt, sie quaken dauernd – und sie haben immer Angst vor dem Storch!

Frau Pospichal und Frau Navratil an der Bassena. Sagt Frau Pospichal nach einem Blick auf die Straße: „Jessas, da kommt mein Mann mit Blumen! Muß' ich heut' wieder aufstellen die Fieß!" – „Wieso, haben Sie ka' Vas'n?"

Männer sind wie Autoreifen: aufgeblasen, manchmal platt – aber meistens ohne Profil!

Witze sagen über die wirklichen alltäglichen Verhaltensweisen, Probleme und Konflikte in Paarbeziehungen viel mehr aus, als wissenschaftliche Untersuchungen und Befragungen, die dem Zeitgeist zu stark verpflichtet sind. Witze sind unverschämt offen. Wie Kinder und Narren sprechen sie die emotionale Wahrheit unverblümt aus. Männerwitze über Sex sind häufig zotenartig und obszön, Frauenwitze sind dagegen subtiler, aber häufig sehr feindselig. Sie strotzen oft vor Angriffslust. Das ist verständlich, denn schließlich war eine massive Aggressionshemmung jahrhundertelang das Markenzeichen der Frauenrolle.

Die wichtigsten Witzthemen

Die häufigsten Witzthemen, die den Beziehungsalltag und seine Konflikte widerspiegeln, betreffen Partnerwahl, Verliebtsein, Heirat, Ehe, Schwangerschaft, sexuelle Bedürfnisse, Erwartungen und Enttäuschungen, Untreue, Weltanschauungen, Ordnungsvorstellungen, Geld und Geltung, Kleidung, Verteilung der Hausarbeit, Kochen und Kindererziehung.

Ein erfolgreicher Mann verdient mehr Geld, als seine Frau ausgeben kann. Und eine erfolgreiche Frau angelt sich so einen Mann.

Freundinnen im Gespräch. „Das finde ich toll, daß du von deinem Haushaltsgeld einen Pelzmantel absparen konntest! Hat dein Mann nicht geknurrt?" – „Er nicht, aber sein Magen!"

„Was hat sich deine Frau zu Weihnachten gewünscht?" – „Ein Streichinstrument." – „Und was hast du ihr geschenkt?" – „Ein Buttermesser."

Hintergründig geht es vor allem um Idealisierungen und Entwertungen, um Macht und Rivalität, um Kränkungen, Selbstwertgefühl und Dominanz, um unverständliche „selbstverständliche" Rollenerwartungen, um die Auswirkungen unbewußter Familienbande und infantiler Elternfixierungen, um narzißtische Bedürfnisse, Allmacht und Ohnmacht.

Im Beziehungsalltag wächst zwar die Vertrautheit, aber auch die emotionale Entfremdung, und die erotische Spannung kümmert meistens vor sich hin. Die Lust auf wilde Abenteuer verlagert sich in Phantasien, Selbstbeglückung und Seitensprünge. Von kirchlichen und bürgerlichen Ideologien genährte Ehelügen oder Liebeslügen verlieren durch Aufklärung zwar an Wirksamkeit, erfreuen sich aber immer noch großer Verbreitung. In diesen Lügengeweben hat der Witz eine wichtige, ernüchternde und aufklärende Funktion.

„Er war Turnprofessor. Und sie übte sich in Seitensprüngen."

„Er war Mathematikprofessor. Und sie war unberechenbar."

Der Verlust von Jugendlichkeit spielt vor allem für die Frauen eine besonders kränkende und verletzende Rolle. Überall werden Models in blühender Jugendfrische dargeboten. Dieses künstliche Schönheitsideal fördert die Unzufriedenheit vieler Frauen mit sich selbst und ihrem Leib und stürzt manche in neurotische Eßprobleme und narzißtische Krisen.

„Wenn die Frauen verblühn, verduften die Männer."

Sabine fragt ihre Freundin: „Ist es nicht langweilig, mit einem Archäologen verheiratet zu sein?" – „Ganz im Gegenteil! Je älter ich werde, desto mehr interessiert er sich für mich!"

Die Vergänglichkeit der Jugend und die damit verbundene Schönheit, Attraktivität, Potenz und Fruchtbarkeit und die Unausweichlichkeit des Alterns spielt im Witz auf beiden Seiten eine große Rolle. Es dürfte wohl so sein, daß Frauen ihr Großhirn ausgewogener benützen, während Männer die linke Hirnhälfte einseitig strapazieren. Frauen sind in vielfacher Hinsicht lebensfähiger und lebenstüchtiger als die meisten Männer; das haben sie nicht nur in den grauenhaften Kriegszeiten bewiesen, in denen sie ihren Mann stellen mußten und durften – jenseits von allem Reden über Emanzipation.

„Wie nennt man einen Mann, der 80% seiner praktischen Intelligenz verloren hat?" – „Witwer!"

Bei alternden Männern wird die Durchblutung „oben" und „unten" schwächer – für „unten" gibt's seit wenigen Jahren Viagra – und jede Menge Witze über dieses peinliche Problem.

Max sonnt sich nackt am Strand, nimmt vorher Viagra und legt eine Zeitung auf seine Blöße. Da kommen zwei Blondinen vorbei. Sagt die eine: „Guck mal, da steht was Interessantes in der Zeitung!"

Die heiße Gabi klagt im Büro: „Ach, ich habe im Moment 'ne tiefe Krise!" – Meint Jürgen, der regelmäßig Viagra nimmt: „Da kann ich dir mit meinem Krisenstab sicher helfen!"

„Wie beschreiben Sie einen älteren Mann?" –
„Ganz einfach: Fast alle seiner Glieder werden steif!"

Ein Patient kommt zum Urologen: „Ich hab ein Anliegen ..." – Meint der Arzt: „Na und, denken Sie vielleicht, meiner steht den ganzen Tag?"

Jugend und Fruchtbarkeit ist bei den Frauen biologisch stärker verbunden als bei den Männern, die bis ins hohe

Alter zeugungsfähig sein können. Anderseits werden Frauen früher reif und erwachsen, bleiben durchschnittlich länger fit und leben einige Jahre länger als das sogenannte starke Geschlecht. Manche Frau kann sich im Alter am Mann für frühere Kränkungen und Verletzungen rächen.

Die sozialen, kulturellen und wirtschaftlichen Verhältnisse haben sich für die Frauen dank Emanzipation, Demokratisierung, sexuelle und ideologische Aufklärung verbessert. Aber Freiheit ist immer in Gefahr und bedarf wachsamer Aufmerksamkeit. Auch die Verteilung der Waffen im Kampf der Geschlechter ist ausgeglichener als noch vor 20 Jahren.

Mißmutig sagt der Ehemann zu seine Frau: „Manche Frauen können anziehen, was sie wollen. Denen steht einfach nichts!" – Da sagt sie cool: „Und manche Männer können ausziehen, was sie wollen, da ist es genauso!"

Der folgende Witzeteppich ist eine schaurige Symphonie starker Gefühle und pointierter Gedanken zu den Partnerschaftsthemen Enttäuschungen und Entwertungen, Narzißmus, Heirat, Untreue, Streit und Todeswünsche. Manchmal bleibt einem das Lachen im Hals stecken. Aber manchmal ist es auch faszinierend zu sehen, wie unterschiedlich bestimmte Konflikte im Witz beleuchtet und aufgefaßt werden. Es ist offensichtlich: Witze sind verkleidete Enthüllungen von Problemen. Manchmal ist die Verkleidung kaum noch sichtbar.

Enttäuschung und Entwertung

Im jungen Frauenwitz wird der Mann gründlich auf die Schaufel genommen und entwertet. Es ist wohl an der Zeit, die erlittene Entwertung zurückzugeben. Und es gibt äußerst gelungene Retourkutschen:

Im Schlafzimmer. Um Mitternacht rutscht er zu ihr rüber und flüstert zärtlich: „Ach, wäre das schön, wenn du jetzt geil wärst!" – Sagt sie gähnend: „Ach, wäre das geil, wenn du jetzt schön wärst!"

Die Frau kommt vom Arztbesuch heim und sagt zum Gatten: „Mein Arzt hat gesagt, daß ich für eine Fünfzigjährige eine sehr schöne Haut habe! Auch meine Brüste und Beine fand er toll!" – Da fragt ihr Mann: „Und was hat er über deinen 50jährigen Arsch gesagt'?" – „Na, von dir haben wir nicht gesprochen!"

Die vierjährige Anna sitzt in der Badewanne und ruft: „Du, Mama, wo ist denn der Waschlappen?" – Stimme aus der Küche: „Ach der ist gerade Zigaretten holen gegangen!"

Frau Klein hat ein Kleid gekauft und führt es ihrem Mann vor: „Gefällt es dir?" – „Es erinnert mich an Wasser." – „Wieso? Ist es so durchsichtig?" – „Nein, aber so geschmacklos!"

„Was ist der Unterschied zwischen einem Mann und einem Tumor?" – „Ein Tumor kann auch gutartig sein!"

Sex in der Ehe: „Er will sie nicht." – „Er will! Sie nicht!"

Brigitte füllt ein Kreuzworträtsel aus. „Lebensende mit drei Buchstaben!" murmelt sie vor sich hin. Der Vater versucht ihr zu helfen und sagt: „Ehe?"

„Mein Mann und ich haben eine einzige große Gemeinsamkeit!" – „Ja, welche?" – „Wir haben am selben Tag geheiratet!"

Gespräch im Café. „Acht Jahre waren meine Frau und ich die glücklichsten Menschen!" – „Und dann?" – „Dann haben wir uns kennengelernt!"

Unterhalten sich zwei Freunde. „Sag mal, was reizt dich noch an deiner Frau?“ – „Eigentlich jedes Wort!“

Kollegen treffen sich. „Sag, Peter, du siehst so erholt aus. Hattest du Urlaub?“ – „Ich nicht, aber meine Frau war vier Wochen weg!“

Sagt Max zu seinem besten Freund: „Tut mir leid, daß deine Frau mit dem Koch durchgebrannt ist!“ – Meint Fritz gelassen: „Ach, das macht nichts! Ich wollte ihn sowieso entlassen!“

Zwei Ehemänner an der Theke. Seufzt der eine: „Meine Frau spielt immer die Beleidigte!“ – Meint der andere: „Sei froh! Meine spielt Klavier!“

Nach dem heftigen Streit eines sehr frommen Ehepaares. Sagt Dieter: „Immer, wenn ich dich sehe, bete ich: ‚Und führe mich nicht in Versuchung‘! Darauf erwidert Maria: „Und ich bete: ‚Erlöse mich von dem Übel‘!“

Frau Berger ist wütend. „Karl! Du hast ja schon wieder getrunken!“ – „Sei ruhig, Gerda! Es ist Strafe genug, daß ich dich doppelt sehen muß!“

Zwei Freundinnen im Café. „Gestern war ich mit meinem Mann beim Ausverkauf.“ – „Gute Idee! Und bist du ihn losgeworden?“

Der Gatte bekommt mitten in der Nacht Lustgefühle. Er weckt seine Frau. – Da murmelt sie verschlafen: „Wozu weckst du mich, Schatz! Du weißt doch, wo alles ist!“

Der Mann kommt spät nachts vom Beisl heim. Seine Frau erwartet ihn an der Wohnungstür: „Daß du mir überhaupt noch ins Gesicht sehen kannst!“ – Er antwortet lallend: „Man gewöhnt sich an alles!“

Narzissen

Ein Narziß ist etwa ein Mann, der sagt: „Ich und meine Frau lieben mich über alles." Daß erst eine gesunde Selbstliebe von narzißtischer Selbstumkreisung befreit, ist als Einsicht klar, aber offensichtlich nicht einfach erreichbar.

Schwärmt Heidi: „Mein Mann bewundert alles an mir! Meine Figur, meinen Gang, meine Augen!" – Fragt Jutta: „Und was bewunderst du an ihm?" – „Seinen guten Geschmack!"

Der Ehemann führt ein Selbstgespräch und sagt: „Die größten Trottel heiraten die schönsten Frauen!" – Da vernimmt er die Stimme seiner Frau: „Du Schmeichler!"

Unterhalten sich zwei Freundinnen. Sagt die eine: „Mein Mann ist für mich das Licht meines Lebens!" – „Ach, deshalb läßt du ihn nie ausgehen!"

Den finde ich besonders liebenswürdig und frech:

Europäische Frauenkonferenz bei einem Meeting über Liebe, Sex und Partnerschaft. Es stellt sich heraus, daß der Name für den Mannesstolz von Land zu Land verschieden ist. Sagt die Schwedin: „Wir nennen ihn Schneeball. Er wird erst beim Drücken fest". Meint die Engländerin: „Wir nennen ihn den kleinen Kavalier. Er erhebt sich vor jeder Dame!" Da erklärt die Französin: „Wir nennen ihn Gerücht. Er geht von Mund zu Mund". Und die Italienerin sagt: „Wir nennen ihn Vorhang. Er fällt nach jedem Akt!"

Ehe, Sex und Dominanz

Die beiden folgenden sind sehr weise und gescheit. Freud hätte teuflisch gelacht, wenn er sie gekannt hätte:

Ein erfahrener Ehemann fragt seinen jungen Freund: „Wer hat in einer glücklichen Ehe die Hose an?" – „Niemand!"

„Meine Frau ist schrecklich", klagt ein Freund dem anderen: „Jeden Tag nörgelt sie an mir herum und ist stinksauer!" – „Da ist meine das genaue Gegenteil, immer zu Scherzen aufgelegt", erzählt der andere: „Erst gestern hatte sie einen ihrer Brüder, den ich noch gar nicht kannte, bei uns im Kleiderschrank versteckt!"

„Was macht eine gute Ehefrau?" – „Sie geht mit ihrem Mann wohin sie will!"

Frau Berger erzählt der Nachbarin: „Mein Mann hat mit dem Rauchen aufgehört!" – Sagt die Nachbarin anerkennend: „Meinen Glückwunsch! Dazu gehört wirklich ein starker Wille!" – „Ja! Den hab´ ich!"

Ehepaar im Gespräch. Sagt sie vorwurfsvoll: „Du redest immer nur von den Schattenseiten unserer Ehe!" – Meint er: „Du führst mich ja auch oft genug hinters Licht!"

Fragt der Standesbeamte nach der Trauung den Bräutigam: „Kann ich noch etwas für Sie tun?" – „Nein, danke! Jetzt ist mir nicht mehr zu helfen!"

Untreue

Fremdgehen und Seitensprünge blühen in der Ehewitzlandschaft. Während Männer oft große Worte machen und angeben, verhalten sich Frauen meist schlauer und raffinierter. Das mußten sie auch lange Zeit, wo Fremdgehen den Männern offiziell vorbehalten war. Frauenwitze zu diesem Thema sind oft kaltschnäuzig und aggressiv, während Männer mit ihrer Potenz protzen.

Ein Gentleman bedankt sich für schöne Stunden bei einer edlen Dame: „Ich danke Ihnen sehr, liebe gnädige Frau, daß ich wieder einmal in Ihrer Mitte habe weilen dürfen."

Goldweins Frau soll beerdigt werden. Die Trauerversammlung ist vollzählig, nur Goldwein fehlt. Man sucht ihn im ganzen Haus. Schließlich findet man ihn in der Mansarde beim Dienstmädchen: „Aber Goldwein! Wie kannst du nur!" – „Weiß ich", antwortet er, „was ich tu in meinem Schmerz?"

Treffen sich zwei Freundinnen. „Stimmt es eigentlich, daß Gabi extrem sparsam ist?" – „Und ob. Die geht sogar mit anderen Männern aus, um den eigenen zu schonen!"

Der Ehemann stürzt ins Schlafzimmer: „Schnell, Erika, zieh dich an! Das Haus brennt!" – Da ertönt eine aufgeregte Stimme aus dem Kleiderschrank: „Rettet die Möbel!"

Hans trifft den Liebhaber seiner Gattin und sagt: „Nicht wahr, Walter, wir lieben unsere Frau!"

Familie Berger hat eine Studentin in Untermiete. „Mutti!" ruft der kleine Tobias, „bei der Studentin liegt ein fremder Mann im Bett!" Die Mutter läßt entsetzt die Zeitung sinken, als Tobias entwarnt. „Gar nicht wahr! Ist ja nur Vati!"

Zwei Topmanager im Gespräch: „Was halten Sie vom Verhältnis unseres Generaldirektors zu seiner Sekretärin?" – „Den Mund."

Der Ehemann kommt unerwartet früh heim und findet seine Frau mit seinem besten Freund im Bett. Da sagt er kopfschüttelnd: „Karl, ich muß es ja tun. Aber wer zwingt denn dich dazu?"

Erzählt Moritz seinem Freund: „Ich habe jetzt einen Privatdetektiven engagiert!" – „Warum denn das?" – „Ich will wissen, warum meine Frau so ausgeglichen, gut aufgelegt und glücklich ist!"

Der Mann brüllt seine Frau an: „Ich hab' es satt, bei dir immer nur die zweite Geige zu spielen!" – Darauf sie erbost: „Sei froh, daß du überhaupt noch in meinem Orchester spielen darfst!"

Sagt der Chef zur Sekretärin: „Ich bin jetzt zwanzig Jahre verheiratet und liebe immer noch dieselbe Frau!" – „Na, wunderbar!" – „Finden Sie? Wenn meine Frau das erfährt, bringt sie mich um!"

Junges Paar vor der Hochzeit. Sagt sie: „Liebling, wirst du mich auch noch so stürmisch lieben, wenn wir verheiratet sind?" – „Ganz sicher! Ich hatte schon immer besonderes Interesse an verheirateten Frauen!"

Geschäftsleute im Gespräch. Fragt der eine: „Betrügen Sie eigentlich manchmal Ihre Frau?" – „Wen sonst?"

Der Mann kommt verfrüht nach Hause und findet einen fremden nackten Mann im Kleiderschrank. Bevor er noch etwas zu seiner Frau sagen kann, meint sie mit unschuldigem Augenaufschlag: „Reg dich nicht auf, Erwin! Gestern im Theater hast du über die gleiche Szene Tränen gelacht!"

Streit, Haß und Todeswünsche

Sehr aggressive Todeswünsche spielen im Ehewitz eine extrem starke Rolle. Das Pulverfaß der Aggression füllt sich offensichtlich immer wieder, ausgelöst durch Frustrationen, die nicht konstruktiv ausgetragen und bewältigt werden können. Es ist nicht einfach, mit all den unterschiedlichen Gefühlen, Enttäuschungen und Konflikten offen, ehrlich und konstruktiv umgehen zu lernen.

„Wie geht's denn in Charlys neuer Ehe?" – „Nu, wie soll's schon gehen. Sie wirft ihm das Trinken vor und er ihr das Essen nach!"

Freunde im Gespräch. „Unser erster Ehestreit war ganz besonders süß!" – „Wieso das?" – „Meine Frau hat mir die Hochzeitstorte ins Gesicht geworfen!"

Ausweglose Situation. Richter: „Schlagen Sie eigentlich Ihre Frau immer noch? Antworten Sie mit ‚Ja' oder ‚Nein'."

Nach einem Ehekrach. Schweigend gehen sie in eine Kneipe. Die Frau seufzt hörbar auf. Da fragt er versöhnlich: „Was seufzt du, Karla?" – „Am liebsten Bier!"

Zwei Freunde im Gespräch. „Du siehst aber gar nicht gut aus! Gibt es zu Hause wieder dicke Luft?" – „Kann man sagen! Neuerdings hält meine Frau sogar unserm Hund den Schwanz fest, damit er bei meiner Heimkehr nicht wedelt!"

Ehestreit. Der Mann brüllt: „Mir reicht's! Du kannst dir einen Dümmeren suchen!" – Sagt sie trocken: „Das dürfte aber kaum möglich sein!"

Heftiger Ehekrach. Da sagt er: „Du kannst sagen, was du willst! Das geht bei einem Ohr rein und beim anderen raus!" – Keift sie schlagfertig: „Kein Wunder! Ist ja nichts dazwischen, das es aufhalten könnte!"

Zwei Saufbrüder treffen sich. „Was hat deine Frau gesagt, als du neulich so spät nach Hause gekommen bist?" – „Ach, eigentlich nicht viel! Und die beiden Vorderzähne wollt ich mir sowieso richten lassen!"

Der folgende hat Seltenheitswert: Er ist humorvoll.

Ein streitbares Ehepaar sitzt im Restaurant. Plötzlich läßt der Kellner ein Tablett mit Geschirr und Gläsern fallen. Es kracht und scheppert. Da sagt der Ehemann: „Hör mal! Sie spielen unser Lied!"

Aber jetzt dominieren massive Todeswünsche:

Freundinnen im Gespräch: „Also mein Mann hat doch immer ein Mordsglück. Unlängst hat er eine große Lebensversicherung abgeschlossen. Und vorgestern ist er von einem Lastauto überfahren worden!"

Sagt der Richter zur Ehefrau: „Sie bestreiten nicht, daß Sie ihren Mann während einer Fußballübertragung im Fernsehen erschossen haben?" – „Nein", sagt die Angeklagte: „Aber ich habe nur getan, was er verlangt hat." – „Was waren seine letzten Worte gewesen?" – „Schieß doch! Schieß doch endlich, du Pfeife!"

Der Direktor tobt: „Ich kündige meinen Chauffeur! Er hat mich schon dreimal in Lebensgefahr gebracht!" – Da sagt seine Frau beschwichtigend: „Aber Heinz! Gib ihm doch noch eine Chance!"

Zwei Männer im Gespräch. „Welches ist der schnellste Weg zum Herzen einer Frau?" – „Durch die Brust mit einem scharfen Messer!"

Die Wahrsagerin sagt entsetzt zur Ehefrau: „Ich sehe Schreckliches! Morgen wird Ihr Mann ganz plötzlich sterben!" – „Das weiß ich! Aber werde ich freigesprochen?"

Sagt er begeistert: „Schatz! Du hast heute wunderbar gekocht! Kannst du morgen nochmals so ein tolles Essen machen?" – „Tut mir leid, Liebling! An diesen Pilzen kann man sich nur einmal im Leben sattessen!"

6. Jüdischer Humor und Witz: Lebenswissen und Lebensweisheit

„Moses gab uns das Gesetz.
Rabbi Jehoschua von Nazareth gab uns die Liebe.
Karl Marx gab uns das soziale Gewissen.
Freud gab uns die Selbsterkenntnis.
Und Einstein sagte: Alles ist relativ.“
Gerhard Bronner

Der jüdische Witz und Humor zählen zum Besten, was menschliche Kultur und Komik zur höchsten Kunst, zur Lebenskunst beigetragen haben. Jüdischer Witz ist Ausdruck komplexer Gewitztheit. Er ist geistreich und weise – oft voll Selbstironie und humorvoll. Die Verwischung der Grenze zwischen Ernst und Spaß, Wirklichkeit und Utopie, Lachen und Weinen, Tiefsinn und Schwachsinn ist typisch für jüdischen Witz und Humor, der oft noch unter Tränen lacht.

> Ein Jude liegt auf der Straße, mit einem Messer im Rücken. Jemand geht vorbei und fragt: „Tut das weh?“ – Da kommt röchelnd die Antwort: „Nein, nur wenn ich lache.“

Selbstironie als Rettungsanker in aussichtslosen Situationen, Lachen gegen Elend, Gewalt und Verfolgung, das ist ein entscheidender Aspekt dieses witzreichen Humors. Juden lachen meistens über sich selbst und ihre Widersacher. Das Spezifische dieses Witzes liegt nicht in den Themen, nicht in der Ausdrucksweise, sondern im Tonfall, in der vielschichtigen Sensibilität. Weiters enthalten jüdischer Humor und Witz viel Intellekt, häufig auch surrealistische Tendenzen. Sie haben einen eigenen Stil, ein eigenes Aroma. Der folgende alte Witz, der in vielen Versionen erzählt wird, macht darauf aufmerksam:

> Auf einer Zugreise setzt sich ein Jude zu einer Gruppe orthodoxer Talmudschüler. Plötzlich sagt einer von ihnen: „Fünfzig", und alle lachen. Der nächste ruft „Siebenundzwanzig", und die Chassiden brüllen vor Lachen. So geht das eine Weile. Dann sagt der Reisende: „Was soll das? Seid ihr vollkommen meschugge geworden?" – Da erklärt ihm sein Nachbar: „Wir erzählen einander Witze. Und weil wir schon alle kennen, haben wir die Witze durchnumeriert und rufen bloß die Zahl auf." – „ Was für großartige Idee", meint der Neuling: „Gebt mir die Liste." Sie machen weiter und lachen sich halb tot. Als der Reisende an die Reihe kommt, ruft er: „Hundertsiebzehn." Aber niemand lacht. Alle bleiben stumm. – „Aber das ist doch ein großartiger Witz", sagt der Reisende: „Warum lacht ihr nicht?" – Meint der Nachbar: „Der Witz ist schon gut, aber man muß ihn auch richtig erzählen können!"

Dieser Witz erscheint auf den ersten Blick paradox. Doch dem Erzählen wohnt das Zählen inne. Im Hebräischen hat jeder Buchstabe einen Zahlenwert. Die jüdische Religion und Kultur wurzeln in einem Heiligen Buch, in einem Gespräch zwischen Gott und Menschen. Und das Buch setzt sich aus Buchstaben zusammen, deren Deutung und Bedeutung auch von der konkreten Lebenssituation abhängig ist. Der Außenseiter im vorigen Witz ist hier ein Fremder, es fehlt die Stimmigkeit und Sensibilität. Deshalb kommt sein Witz nicht an.

Doron Rabinovici gibt eine kleine Anleitung für das Erzählen jüdischer Witze. Der Witz und seine Pointe zünden nur, wenn die Erzählsituation stimmig ist. Es hängt alles davon ab, wer, wann und wie den Witz erzählt – und wem er erzählt wird. Weiters sind jüdischer Witz und

Humor niemals eine Mordshetz, weil sie kaum Spott über andere ergießen, sondern selbstironisch und subtil auftreten. Wenn Raum, Zeit und Stimmung nicht passen, verkümmern sie. Treffender Witz entlarvt blinde Flecken in unserer Wahrnehmung und in unserem Leben. Diesen hat Freud sehr gemocht:

> Ein älteres Ehepaar im Gespräch. Sagt der alte Mann zu seiner Frau: „Wenn einer von uns beiden stirbt, fahre ich nach Amerika!"

Wenn man einen jüdischen Witz erzählt, sind Stimmigkeit und musikalisches Gespür wichtig. Lustig und ansprechend ist ein Witz nur dann, wenn er unser Dasein und Sosein berührt. Guter Witz hat viele Aspekte, die in verschiedenen Situationen unterschiedlich stark anklingen und aufblitzen.

Gerhard Bronner, der als einziger seiner Familie den Holocaust überlebt hat, faßte das Wesentliche des großen jüdischen Humors in zwei Worte: „Tränen gelacht". Was eigentlich zum Weinen ist, führt – trotzdem – zu oft wehmütigem und doch befreiendem Lächeln und Lachen. Daß ausgerechnet ein Volk, das in den Jahrtausenden seiner Geschichte so wenig zu lachen hatte, in der Lage war, so viel Humor zu entfalten, das ist fast schon mysteriös.

Manchmal bleibt einem das Lachen im Hals stecken. Die folgende, vielleicht traurigste Pointe wurde angeblich in einem Konzentrationslager erdacht und ging um die ganze Welt:

> Der SS-Kommandant eines Konzentrationslagers rief einen jüdischen Gefangenen zu sich und sagte: „Hör zu, Jud! Ich habe ein Auge verloren und trage seitdem ein Glasauge, das von einem echten nicht zu unterscheiden ist. Wenn es dir gelingt zu erraten, welches meiner Augen das gläserne ist, dann laß' ich dich am Leben. Wenn nicht,

dann ..." – Der Jude nickte verständnisvoll und betrachtete aufmerksam die beiden Augen des Kommandanten. Nach einer Weile sagte er: „Ihr linkes Auge ist aus Glas." – „Unglaublich! Du bist der erste, der das erkannt hat. Wieso eigentlich?" – Der Jude zögerte eine Weile, dann fragte er: „Darf ich die Wahrheit sagen?" – „Natürlich!" – „Ich habe es erkannt, weil es mich so menschlich angesehen hat ..."

Wo dieser Witz wirkte und blüht

Der Nichtjude Mark Twain (1835–1910), einer der größten Humoristen und Satiriker aller Zeiten, hat Aufschlußreiches über das Judentum geäußert: „*Wenn man der Statistik glauben darf, so stellen die Juden nicht einmal fünf Promille der Weltbevölkerung dar ... Der Beitrag des Judentums zu den großen Errungenschaften der Menschheit auf den Gebieten der Literatur, der Musik, der Medizin, der Wirtschaft, sowie auf allen Sparten des abstrakten Denkens steht in keinem wie immer gearteten Verhältnis zu den oben erwähnten fünf Promille.*"

Mark Twain sagt weiters: „*Der Jude führt seit alters her einen bewundernswerten Überlebenskampf in dieser Welt ... Wäre er hoffärtig – man müßte es ihm verzeihen ... Er zeigt keine Altersschwäche, keine Verfallserscheinung, kein Erschlaffen seiner Energien, keine Trübung seines stets wachen und angriffslustigen Geistes. Wer vermag das Geheimnis seiner Unsterblichkeit zu ergründen?*" Bronners Antwort auf diese Frage ist überzeugend: „*Ich glaube, daß es der Humor ist, der diesen Geist über Jahrhunderte voller Katastrophen am Leben erhalten hat.*" (Bronner 1999, 9f.)

In den USA hat der jüdische Witz die Landschaft der Komik im 20. Jh. entscheidend verändert. Das rohe und aggressive Imponiergehabe des amerikanischen Humors bis etwa 1914 wurde allmählich durch den jüdischen Einfluß verfeinert und mit Ironie gewürzt. Während der komische Westernheld seine Rohheit zelebrierte, gesteht der jüdische Antiheld die eigenen Schwächen ein – Woody Allen ist ein Beispiel dafür. Die meisten Komiker in den USA sind Juden, die schon sehr viele Nichtjuden beeinflußt und begeistert haben.

Berlin war eine Metropole des jüdischen Geisteslebens. Dort wohnte noch 1933 jeder dritte deutsche Jude, und der berlinerisch-jüdische Geist war erfüllt von Provokation und Kritik, von Schabernack, Verneinung und Witz, besonders ausgeprägt bei Kurt Tucholsky, Erich Mühsam und Alfred Kerr. Max Reinhardt begründete das Kabarett „Schall und Rauch“, Walter Mehring schrieb die Texte. Dort konnte man 1920 den Song „Heimat Berlin“ hören:

„Die Linden lang! Galopp! Galopp! Zu Fuß, zu Pferd, zu zweit!
Mit der Uhr in der Hand, mit' m Hut auf' m Kopp. Keine Zeit! Keine Zeit! Keine Zeit!“

Und vom Berliner Maler Max Liebermann gibt es köstliche Anekdoten und Witze:

Max Liebermann wurde 1933 von einem Freund besorgt gefragt, ob er auch genug esse. Er sähe so schlecht aus. Seine Antwort: „Heutzutage kann man gar nicht so viel fressen, wie man kotzen möchte!“

Auch Wien war vor allem seit dem 19. Jh. stark geprägt durch die jüdische Geisteskultur. Kabarett, Satire und Witz wurden weithin von jüdischem Geist gespeist. Nach 1945 kamen einige Komiker, die den NS-Wahnsinn überlebt hatten, zurück und belebten neuerlich Kabarett und Witz mit ihrer Mischung aus Satire, Chuzpe und Selbstironie: Friedrich Torberg, Karl Farkas, Georg Kreisler und Gerhard Bronner. Das „Kabarett Simpl“ wurde wieder eine tröstliche Oase der Heiterkeit im grauen Alltag des Nachkriegslebens. Dazu kamen später weitere Talente wie Helmut Qualtinger, Peter Wehle, Carl Merz und andere. Die Spielarten ihres Witzes und Humors waren sehr unterschiedlich. Farkas und Waldbrunn hatten einen versöhnlichen Humor, voll kluger Heiterkeit und verspielter Blödelei. Bronner und vor allem Kreisler können hochgeistig bissig und satirisch werden.

Nach 1933 wurde in Deutschland – und ab 1938 in Österreich – der jüdische Witz durch brutale und geistlose Judenwitze ersetzt, mit all den schaurigen Folgen. Doch auch angesichts des aufkommenden Wahnsinns verblühte der jüdische Witz nicht:

> Ein Berliner Jude fährt 1934 in der U-Bahn und liest den „Völkischen Beobachter". Da steigt ein Bekannter ein und sagt entsetzt zu ihm: „Moritz, bist du ganz meschugge geworden? Wieso lieste denn so' n Naziblatt?" – „Na weißt, in der ‚Jüdischen Rundschau' erfahre ich jede Woche neue Schreckensmeldungen. Da les ich doch lieber 'ne Zeitung, in der man berichtet, wie reich wir sind und daß wir die Welt beherrschen."

Bekanntlich gab und gibt es international zahllose Schriftsteller, Satiriker, Komiker, Spaßvögel und Humoristen jüdischer Abstammung: Heinrich Heine, Karl Kraus, Anton Kuh, Peter Altenberg, Fritz Grünbaum, Roda Roda, Peter Hammerschlag, Charly Chaplin, Ephraim Kishon. Offensichtlich gibt es im Judentum eine lange Tradition des Witzes – Witz im ursprünglichen Sinn verstanden, nämlich Klugheit, Lebenswissen, Weisheit und Geistesreichtum. Vermutlich waren auch die nicht-jüdischen Humoristen und Satiriker Johann Nestroy, Christian Morgenstern, Joachim Ringelnatz und Karl Valentin vom Geist des jüdischen Witzes beeinflußt.

Es gibt auch heute im Staat Israel eine Witzkultur, die oft nicht mehr die Feinsinnigkeit und Tiefe des alten jüdischen Humors hat. Schon in den zwanziger Jahren des 20. Jh. begann sich ein hebräischer Humor in Tel Aviv zu entfalten. Dieser Immigrationshumor der Einwanderer existierte schon vor der Gründung des Staates Israel. Anfangs war sein Hauptthema der wandernde Jude und seine Schwierigkeit, in einer neuen Welt Fuß zu fassen.

Aus den Pionierjahren des neuen Staates stammt der folgende Witz, der Selbstironie als sehr feine Form des Humors aufweist:

> Ein Jude mußte aus seiner Heimat flüchten. Nun betritt er israelischen Boden und seufzt: „Zweitausend Jahre haben wir vergeblich um Rückkehr gebetet – und ausgerechnet mich muß es treffen!"

Humor und Witz im Staat Israel sind rauher geworden. Die Muskelkraft hat zugenommen, die feine ironische Sprachkraft ist ärmer geworden. Spott und Schadenfreude sind wichtige Ingredienzien. Ephraim Kishon war der einflußreichste Satiriker des Landes. Die israelische Unterhaltungskunst wurde seit den siebziger Jahren bissiger, oft grausam, was etwa auch der Staatspräsident in der wöchentlichen TV-Sendung „Wunderbares Land" schmerzlich zu spüren bekommt. Schwarzer Humor blüht aber auch im modernen Staat Israel, wo die Furcht vor dem Terror und der entwürdigende Besatzungsalltag der Palästinenser makabre Witzblüten treiben.

> „Wie kann man in Israel ein kleines Vermögen machen?" – „Indem man mit einem großen einwandert!"

> Roni, ein junger Israeli, fährt seinen amerikanischen Vetter zum Flughafen: „Und? Wie hat dir Israel gefallen?" – „Großartig!" antwortet der Vetter. „Nur eines hat mich gestört: Die Leute reden immer nur vom Geld, von Häusern und vom Essen. In den USA reden wir von Musik, von

Literatur und von der Kunst." – „Natürlich", sagt Roni, „man spricht immer von dem, was man nicht hat!"

Nach dem Sechstagekrieg schlug Präsident Nixon Golda Meir vor, General Moshe Dayan gegen drei Generäle ihrer Wahl einzutauschen. Golda Meir willigte ein: „Sie erhalten General Dayan gegen General Motors, General Electric und General Telephone."

Wurzeln dieser Lebenskunstwerke

Die Wurzeln des jüdischen Humors und Witzes sind vielfältig. Der Strom dieses Witzes hat viele Zuflüsse, deren Zusammenfließen diese köstliche Geisteskultur und Lebenseinstellung hervorbrachte. Der geistreiche Umgang mit der Bibel und der Talmudliteratur, die Neigung der Rabbiner, ausgeklügelt zu argumentieren und durch kurze Geschichten das Wesentliche zu veranschaulichen, und die jiddische Kultur Osteuropas im Stetl und außerhalb haben dieses Kleinod hervorgebracht.

Die intellektuelle Schärfe, die sich im Umgang mit der Bibel herausgebildet hat, und die Außenseitersituation der heimatlosen und oft verfolgten Juden sind von ganz entscheidender Bedeutung. Auch Einflüsse aus der komischen Kultur des Mittelalters und der Renaissance sind nachweisbar. Durch die Emanzipation der Juden im 19. Jh. und durch die Assimilation an die jeweiligen Wirtskulturen, kam es vor allem in den Metropolen Europas zur Prachtmischung mit dieser urkomischen Kultur. Und viele Nichtjuden wurden durch die zauberhafte Welt des jüdischen Humors angesprochen und angeregt. Dieser Witz hat wenig vom schallenden, derben Karnevalsgelächter, er ist eher fein und subtil.

Ein besonders wichtiger Grund für die Entstehung des jüdischen Humors ist die marginale Existenz der heimatlosen Juden. Viele Jahrhunderte lang waren sie Außenseiter, geprägt durch die Ambivalenz des Dazugehörens und zugleich Fremdseins. Dieser Status bedingt einen ungewöhnlich scharfen, skeptischen und illusionslosen Blick auf die Spielregeln der jeweiligen Gesellschaft. Die jüdischen Soziologen Georg Simmel und Alfred Schütz haben sich nicht zufällig mit der Rolle des Fremden beschäftigt.

Der Fremde ist sensibel für Nähe und Ferne und somit für distanzierende Objektivität. Was für den Einheimischen selbstverständlich ist, ist für den Fremden fragwürdig. Er sieht die Spielregeln des kulturellen und alltäglichen Lebens von außen, muß sie erst lernen und erfährt viel Unsicherheit in der Fremde. Es ist deshalb „schwer zu sejn a jid". Dieser provozierende Außenseiterblick erscheint für die Einheimischen verunsichernd und gefährlich, was auch zur antisemitischen Mentalität bei den Wirtsvölkern beigetragen hat. Sie hatten selbst Angst vor dem Fremden. (Berger 1998, 107)

Jüdischer Humor und Witz sind Ausdruck der Überlebenskunst in dieser schwierigen Situation des Fremdseins. Das Ghetto zwang die Juden fast zur Ironie, zum Leben mit den Fremden, als Fremde unter Fremden. Und jeder gute Witz spricht etwas Fremdes an, das in uns ist, das wir aber verdrängen und unterdrücken müssen, wie Freud überzeugend nachweisen konnte. Die Beziehung zwischen dem eigenen, kulturell Angeeigneten, und dem als fremd Abgelehnten, Ausgestoßenen und Verdrängten spielt im Witz grundsätzlich eine wichtige Rolle. So mancher Witz mit einem spezifischen Galgenhumor entstand aus diesem Dilemma. In solchem Witz gibt es kein Tabu. Auch wenn einem das Lachen im Hals steckenbleibt, es ist ein Triumph über das Verbrechen. Auch über die Nazis kann mitten im Elend gelacht werden:

In Berlin hält 1941 ein Gestapo-Beamter einen Mann auf der Straße an, zeigt auf seinen Judenstern und fragt: „Jude, was?" – „Nona, Sheriff!"

> Unter einer tyrannischen Regierung stehen drei Juden vor dem Hinrichtungskommando. Der Offizier bietet ihnen eine letzte Zigarette an. Die beiden ersten nehmen sich eine, der dritte lehnt ab. Der zweite wendet sich ihm zu und sagt: „Moische, forder nix heraus!"

Die ausgeprägte intellektuelle Tradition im Judentum spielt eine zentrale Rolle. Die Bibel, das Gesetz Gottes, und die Auslegungskunst und Interpretationsweisen der Rabbiner förderten diese Gewitztheit und andauernde intellektuelle Anstrengung. Das rabbinische Judentum ist eine Religion der Gesetze. Und diese Gesetze wurden andauernd studiert, disputiert und differenziert, um ihre Bedeutung für immer wieder neue Situationen verstehen und anwenden zu können. Die große Wertschätzung für Studium und Gelehrsamkeit äußert sich etwa im folgenden Dialog:

> Ein berühmter und hochverehrter Rabbi wurde einst von einem Schüler gefragt: „Was macht Gott in seiner Ewigkeit?" – „Nu", antwortete der Rabbi, „er studiert!"

Das Talmudstudium wird nämlich durch die Methode des pilpul begleitet, einer Form des dialektischen Argumentierens. Das Wort leitet sich von pilpel = Pfeffer ab, und bezeichnet eine scharfsinnige Argumentierkunst in allen möglichen Lebens- und Denkbereichen. Pilpul äußert sich in intelligenten Bemerkungen, komplizierten Wortspielen und in paradoxer und geistreicher Kritik. Lehrer und Schüler pflegen das Spiel des Diskurses, des Fragens und Antwortens, des Zitierens von Gesetzen und Autoritäten angesichts neuer Situationen. Dieser Erkenntnisstil bewirkt sehr feine Unterscheidungen und natürlich auch Spitzfindigkeit. Die Ausbildung eines scharfen Intellekts mit viel Sinn für das Paradoxe und Widersprüchliche ist ein wesentlicher Aspekt des jüdischen Witzes.

Ein wichtiger Moment zum Verständnis des jüdischen Geistes und Witzes ist die sehr konkrete Gottesbeziehung schon in der Bibel. Nicht nur Hiob hadert mit Gott. Es ist urjüdisch, mit Gott zu sprechen, zu streiten und Kompromisse auszuhandeln. Die chassidischen Schriften enthalten viele solche Dispute mit Gott. Alle möglichen Widersprüche des Universums und der Lebenswelt können Inhalt von Streitgesprächen mit Gott sein.

Drei Chassidim prahlen mit der Größe ihres jeweiligen Rabbis. Der erste sagt: „Mein Rabbi ist so fromm, daß er unablässig an Gott denkt, und deshalb zittert er die ganze Zeit." – Der zweite sagt: „Mein Rabbi ist so fromm, daß Gott die ganze Zeit an ihn denkt, und deshalb zittert Gott die ganze Zeit." – Da sagt der dritte Chassid: „Mein Rabbi kennt beides gut. Und so hat er letzte Woche zu Gott gesagt: Ist das denn wirklich notwendig, daß wir zwei die ganze Zeit zittern?"

Übrigens haben schon die rabbinischen Gleichnisse aus dem Talmud einen erstaunlich hohen Unterhaltungswert. Auch Sigmund Freud und Albert Einstein versuchten immer wieder, ihre komplizierten Lehren unterhaltsam und verständlich darzustellen, mit witzigen Vergleichen und Anekdoten gewürzt. Denn auch geistige Nahrung soll bekömmlich bereitet sein, damit sie Leib und Seele gut tut.

Für die Tatsache, daß so viele Juden unter den Komikern, Satirikern und Humoristen zu finden sind, hat Bronner eine geistreiche Überlegung anzubieten. Vor der Emanzipation des Judentums hatten Juden kein Amt, keine politischen Funktionen, keine Autorität und keine Aufstiegschancen – warum sollte man einem Juden zuhören? Nun, günstigstenfalls hatte er Witz, Witz im ursprünglichen Sinn von Klugheit und Geistesreichtum. Und die größten Geister des Judentums haben ihre Klugheit nicht zum Erwerb irdischer Güter verwendet, sondern zur Kultivierung ihrer geistigen Fähigkeiten und Werte.

Versetzen wir uns also in die Lage eines Juden, der kein Rabbi, kein Wissenschafter, kein Finanzgenie ist und dennoch glaubt, etwas für die Menschen Wichtiges sagen zu können. Welche Chance hat er, Zuhörer zu finden? Nu, er wird Spaßmacher! Auch bittere Wahrheiten, als Pointe verkleidet, finden eher Gehör als Belehrung und Warnung in feierlich-ernstem Gewand.

Und solche Wahrheiten in humorvoller, witziger Kleidung treffen wir als Witze, als humorvolle Geschichten und als Anekdoten immer wieder: Sie geben zu denken, machen uns aufmerksam und machen uns lachen. Die erbauliche und erheiternde Lektüre derartiger humorvoller jüdischer Lebensweisheiten und Witze läßt eine vergangene und wohl auch untergehende Ära wieder lebendig werden.

Der große jüdische Volksdichter Scholem Alejchem bringt die schmerzliche Seite des Humors auf den Punkt:

> *„Wenn ein Tier einen tiefen Schmerz fühlt, dann schreit es. Der Mensch – als einziges Lebewesen dieser Erde – hat noch eine zweite Möglichkeit: Er kann lachen.“*

Selbstironie als Markenzeichen

Besonders charakteristisch für den jüdischen Witz sind Selbstironie und warmherzige Selbstkritik. Bronner sieht diese Charakteristik in erster Linie in der „ironischen Distanz zum eigenen – meist trüben – Schicksal“. Weiters ist es oft Hilflosigkeit, die eine Pointe entstehen läßt: Wenn man schon unterlegen und ausgeliefert ist, tut es gut, die Unterdrücker lächerlich zu machen. Häufig ist es die ausgeprägte Selbstkritik, die den jüdischen Witz auszeichnet.

Zwei Juden im Gespräch. „Weißt du, warum Moses mit den Juden vierzig Jahre durch die Wüste gezogen ist?" – „Weil er sich geschämt hat, mit der Mischpoche auf der Straße zu gehen!"

„Ich bin stolz darauf, Jude zu sein!" sagte Awroimele eines Tages. – „Warum?" wurde er gefragt. – „Nu, würde es mir etwas nützen, nicht stolz darauf zu sein? Ein Jude würde ich trotzdem bleiben."

Der Psychoanalytiker Theodor Reik, der angesichts der jüdischen Selbtironie 1929 noch von der „Grausamkeit der Selbstherabsetzung" gesprochen hatte, erkannte 25 Jahre später, daß diese Selbstironie ein hohes Selbstwertgefühl voraussetzt und keineswegs eine masochistische Selbstanklage darstellt: „*Nur ein Mensch, der erhöht steht, kann herabspringen, nur ein stolzer Mensch kann sich dazu herablassen, sich selbst zu verspotten.*"

Zwar meint Loewenthal, daß der Psychoanalytiker Martin Grotjan folgendes zu Recht bemerkt hätte: „*Das selbstzerstörerische Element ist typisch für den jüdischen Witz. Es ist, als wollten die Juden ihren Gegnern sagen: Greift uns bloß nicht an. Das können wir selber – und obendrein viel besser.*" Das sehe ich anders, denn ironievolle Selbstkritik hat nichts mit Selbstzerstörung zu tun.

Für das jüdische Volk war der Witz immer wieder eine Waffe, um mit den äußeren und inneren Feinden und Gegnern fertig zu werden. Er stellt aber auch ein Bollwerk dar, hinter dem man sich verschanzen kann, und ebenso eine heilsame Salbe für alle Arten von Übel und Gebrechen.

Natürlich sind die Witze von Juden auch Witze über Juden. Aber es macht einen großen Unterschied, ob es die Juden selbst sind, die sich über sich lustig machen, sich selbst an der Schippe nehmen, oder ob sie von Nichtjuden lächerlich gemacht werden. Im jüdischen Witz und Humor lachen die Juden selbst über ihre Schwächen und

Widersprüche und über ihr oft so schlimmes Schicksal. Dagegen zählen Witze, die Nichtjuden über Juden machen, fast immer zur Kategorie „Spott über andere".

Auch Freud sieht die Selbstkritik als Wesenszug des jüdischen Witzes: *„Diese Bedingung der Selbstkritik mag uns erklären, daß gerade auf dem Boden des jüdischen Volkslebens eine Anzahl der trefflichsten Witze erwachsen sind ... Es sind Geschichten, die von Juden geschaffen und gegen jüdische Eigentümlichkeiten gerichtet sind."* Und er fährt fort: *„Die Witze, die von Nicht-Juden (sprich: Gojim!) über Juden gemacht werden, sind zuallermeist brutale Schwänke, in denen der Witz durch die Tatsache erspart wird, daß der Jude den anderen als komische Figur gilt."*

Und Freud sagt weiters: *„Auch die Judenwitze, die von Juden herrühren, geben dies zu, aber sie kennen ihre wirklichen Fehler wie deren Zusammenhang mit ihren Vorzügen ... Ich weiß übrigens nicht, ob es sonst noch häufig vorkommt, daß sich ein Volk in solchem Ausmaß über sein eigenes Wesen lustig macht."*

Die Wirkung jüdischer Witze und Anekdoten hat Loewenthal treffend beschrieben: *„Sie erregen selten grölendes Gelächter ... Hier und da können sie das unbeschwerte Lachen unserer Kindheit in uns auslösen, oft bringen sie uns nur zum Schmunzeln ... Aber irgend etwas lassen sie immer zurück."* Und schließt: *„Deshalb kann es auch nie schaden, sie sich mehrmals zu Gemüte zu führen, im Gegenteil, oft hilft das, sie besser zu verstehen, eine neue Nuance zu entdecken, einen mildernden – oder auch verschärfenden – Umstand, der uns vorher entgangen war."*

Das Jiddische

Ein wesentliches Medium des jüdischen Witzes ist die Muttersprache, das Jiddische. Es ist fast so unentbehrlich, wie das Salz für die Suppe und der Bart für den Rabbi. Es hat sehr viel Sinn für Wortspiele, Anspielungen und Alltagskomik. Das Jiddische ist in der Diaspora entstanden und stellt eine sehr vielschichtige Sprache dar, und zwar als Mischmasch mittelhochdeutscher Überreste, verquickt mit Hebräisch, Aramäisch und anderen Sprachen. Weiters ist es auch ein Mischmasch aus kreischenden, krächzenden, gurgelnden und knarrenden Lauten. Nach Loewenthal ist es aber noch mehr: *„Das Jiddische ist wie eine Knospe, die eine ganze Welt in sich einschließt, eine Geschichte, eine Lebensweise, Landschaften und menschliche Gestalten."*

Typisch ist das berühmte und vielsagende „Nu", das vielleicht meistbedeutende Empfindungswort des Jiddischen. In ihm klingen Wut oder Resignation, Nachsicht oder Mitleid, Schmerz oder Trost, Mißbilligung oder Protest an – je nachdem. Es sagt alles und es sagt nichts. Die Bedeutung wird aber im Kontext der Witzgeschichte völlig klar.

Drei Juden sitzen in einem Zugabteil. Einer streicht sich über den Bart, hebt die Augen, seufzt, streckt die Beine aus, so gut es in dem engen Abteil geht und sagt: „Nu", worauf er den Kopf schüttelt und sich in der harten Holzbank zurücklehnt. Pause. Eine ganze Weile hört man nur das Rattern der Räder auf den Gleisen. Dann verschränkt der zweite Jude die Arme vor der Brust, nickt ein paarmal schwach und erklärt im selben Tonfall: „Nu." Erneutes Schweigen. Irgendwann meldet sich der dritte Jude zu Wort und sagt halb gelangweilt, halb gereizt: „Jetzt hört endlich auf, über Politik zu reden, sonst setze ich mich in ein anderes Abteil."

Vielsagend ist auch das jiddische „Oj", das als Seufzer und als Wort dient.

Und „Oj, wawoj" drückt Staunen, Entsetzen, Angst oder Trauer aus – und noch viel anderes.

Vier Frauen treffen sich zum Tee. Kaum daß sie im Salon der Gastgeberin Platz genommen haben, seufzt die erste: „Oj!"(Ach je!) Wenige Sekunden später seufzt die zweite: „Oj waj!" (Ach herrje!) Die dritte sucht den Blick ihrer Freundinnen, bevor sie auftrumpft: „Oj waj is mir!" (Ach herrjemine!) An diesem Punkt beginnt die vierte, die bisher noch nichts gesagt hat, indigniert zu protestieren: „Jetzt hört aber auf! Wir hatten doch abgemacht, daß das Thema Kinder heute tabu ist."

Für den Alltag ist das Jiddische, die „Mutter-Sprache", also „Mamalaschen" zuständig. Eigentlich war das Jiddische niemals nur eine Sprache im herkömmlichen Sinn, vielmehr ein anpassungsfähiger Behälter für Zeichen, Wörter und Gefühle. Hebräisch dagegen, archaisch und modern zugleich, ist die Sprache des Gebetes, der heiligen Schriften und des gelehrten Disputs.

Zur jüdischen Identität

Die jüdische Identität ist mit Fremde und Verfolgung ebenso verbunden wie mit Sprache und Kultur. Loewenthal versucht, die Vielschichtigkeit des Judeseins zu beschreiben: Jude sein heißt: „Ein Glaube, eine Geschichte, eine Zugehörigkeit, eine Wurzel, ein Brandmal, eine Qual, eine Ehre, ein Widerspruch, ein Mysterium … ein bißchen von allem, je nach dem Blickwinkel, aus dem man die Sache betrachtet!"

Es ist, wie in der Anekdote von jenem Dorfjuden, der immer nur in seinem winzigen Schtetl gewohnt hat – einige Holzhütten, ein kleiner Platz, vier Schotterwege – und sich zum ersten Mal im Leben in die Hauptstadt begibt, das babelgleiche Warschau. Als er zurückkehrt, ist er erschöpft und etwas verwirrt, aber zutiefst beeindruckt: In der Großstadt leben Hunderttausende von Glaubensgenossen! „Stellt euch vor", erzählt er, „in Warschau habe ich einen atheistischen Juden erlebt! Einen, der so orthodox war, daß es orthodoxer gar nicht mehr geht! Einen Zionisten der ersten Stunde! Einen, der überzeugter Sozialist war! Einen hochgelehrten, der den ganzen Talmud auswendig wußte! Einen skeptischen, der an überhaupt nichts glaubte! Einen, der jeden Moment den Messias erwartet!" – „Nu, bei Hunderttausenden von Juden ist das doch nicht verwunderlich!" – „Das war aber alles ein und derselbe!"

Der berühmte Wiener Humorist Moritz Shapiro wurde während der Unruhen des Jahres 1848 festgenommen, weil er öffentlich proklamiert hatte: „Wir brauchen keinen Kaiser!" Beim anschließenden Verhör auf dem Polizeirevier konnte er sich jedoch geschickt herausreden: „Herr Shapiro, Sie haben in aller Öffentlichkeit zur Revolution aufgerufen. Ist Ihnen klar, daß darauf die Todesstrafe steht?" – „Der Herr Gendarm irren", erwiderte Shapiro: „Er hat mich meinen Satz nicht zu Ende sagen lassen: „Wir brauchen keinen Kaiser, weil wir schon einen haben!"

Ein Zug verläßt den Bahnhof von Moskau. Unter den Passagieren befindet sich ein Jude, der wie alle Juden auf Erlaß des Zaren aus der Hauptstadt verbannt worden ist. – Irgendwann betritt der Schaffner das Abteil und herrscht den Juden an: „Raus hier! Dieses Abteil ist für einen General reserviert, der im Auftrag Seiner Majestät reist!" – Doch der Jude läßt sich nicht aus der Ruhe bringen: „Richten Sie Ihrem General bitte aus, daß ich ebenfalls im Auftrag Seiner Majestät reise."

„Ah, diese Juden, was die nicht schon angerichtet haben! In allem haben sie ihre Nase drin. Überleg mal: Lenin, Rothschild, Eisenberg, Einstein ... Kommunismus, Kapitalismus, Weltwirtschaftskrise, Erfindung der Atombombe,

Untergang der Titanic..." – „Untergang der Titanic? Was hat der denn damit zu tun?" – „Was der damit zu tun hat? Blöde Frage! Sagt dir der Name Eisberg nichts?"

Gespräch: „Die Juden sind an allem Unheil schuld!" – „Die Radfahrer sind an allem Unheil schuld!" – „Warum die Radfahrer?" – „Warum die Juden?"

Chuzpe – eine köstliche Frechheit

Eine Besonderheit des jüdischen Witzes heißt Chuzpe und bedeutet eine besondere Art von Frechheit und Unverschämtheit. Sie besteht aus einer bunten Mischung aus Naivität, Unschuld, Unverfrorenheit, Dünkel, Liebenswürdigkeit und Zynismus. Aus dem Kontext geht hervor, welcher Aspekt dieser vielschichtigen „Frechheit" im Vordergrund steht.

Mitte der zwanziger Jahre. Zwei deutsche Offiziere sitzen in einer Gastwirtschaft. Ein Jude kommt herein, blickt sich kurz um und setzt sich dann zu ihnen an den Tisch. Der Kellner, der die Szene mitbekommen hat, eilt mit besorgter Miene zu dem Juden und flüstert ihm ins Ohr: „Das sind Antisemiten ..." – Statt sich aus der Ruhe bringen zu lassen, erwidert der Jude lächelnd und so, daß alle es hören können: „Kein Problem. Wenn sie sich anständig benehmen, können sie ruhig bleiben ..."

Der empörte Gast pfaucht den Kellner an. „Herr Ober, was macht diese Fliege in meinem Vanilleeis?" – „Wahrscheinlich will sie sich abkühlen. Wissen Sie, in der Küche ist es sehr heiß."

Chuzpe ist es, wenn ein Mann, der verurteilt werden soll, weil er Vater und Mutter erschlagen hat, um ein mildes Urteil bittet, da er schließlich Vollwaise sei.

Samuel Weizenbaum, soeben erst zum Katholizismus übergetreten, kniet zum ersten Mal im Beichtstuhl: „Ich habe mit der Frau meines Kompagnons geschlafen", sagt er. – „Wie oft, mein Sohn?" klingt es zurück. „Nu, Pfarrersleben", entgegnet Weizenbaum, „bin ich gekommen, mich zu zerknirschen, oder bin ich gekommen, mich zu berühmen?"

Sinn für Paradoxes und Widersprüchliches

Die jüdische Kultur hatte immer schon viel Sinn für Paradoxie, Widersinniges und Absurdes. Manchmal wird das Logische paradox und das Paradoxe logisch. Der größte Unsinn kann eine tiefe Wahrheit in sich bergen. So erweist sich der Dorftrottel nicht selten als Weiser. Es ist offensichtlich, daß die Juden, besonders die Rabbiner, gerne mit Widersprüchen spielen. So wird das Schwierige oft ganz einfach und das Einfache unheimlich kompliziert.

Rätselraten: „Es hängt an der Wand und gibt jedem die Hand. Was ist das?" – „Das Handtuch!" – „Falsch! Ein Hering!" – „Bist du verrückt? Ein Hering hängt doch nicht an der Wand!" – „Aber man kann ihn dort hinhängen, wenn man will." – „Und die Hände trocknet man sich auch nicht an ihm ab!" – „Nu, zwingen tut einen keiner, aber verboten ist es auch nicht ..."

Rabbi Koppelbaum überrascht seine Frau mit einem anderen im Bett. „Liebe Frumele, das gefällt mir gar nicht. Du weißt ja: So fängt's meistens an, und zum Schluß raucht man am Sabbat ..."

Der folgende köstliche Witz handelt von einem armen Juden in Sibirien:

„Papa, wie heißt der höchste Berg der Welt?" fragt der aufgeweckte kleine Schmulik. – „Weiß ich nicht." – Zwei

Minuten später: „Papa, wie heißt der König von Italien?" – „Weiß ich nicht", erwidert der Vater und kratzt sich am Kopf. – „Papa, wieso kocht das Wasser bei hundert Grad?" – „Verflixt noch mal", sagt der Vater, „das weiß ich auch nicht." – Es vergehen einige Minuten, in denen keiner was sagt. Dann schaut der Vater seinen Sohn an und sagt mit einem gutmütigen Lächeln: „Frag nur, frag mein Sohn. Sonst lernst du ja nie was dazu ..."

Rabbi David von Novoharodoq hat einmal gesagt: „Warum hat der Mensch nicht, was er will? Weil er nicht will, was er hat. Wenn er wollte, was er hat, hätte er, was er will."

Hader, Streit, Haarspalterei und Lust an Widersprüchen sind sehr tief in der jüdischen Seele verankert. Schon im Paradies gab es die aufmüpfige Eva, die Adam den Apfel gab. Gott hatte es mit seinem Volk nicht leicht – und das Volk mit seinem strengen Gott auch nicht. Im Laufe ihrer Geschichte lernten die Juden weiters in Büchern, in Diskussionen über den Talmud, in der Schule, in der Schneider- und Schuhmacherwerkstatt und beim Handeln am Markt jene Freiheit auszuleben, die in der Diaspora vielfach eingeschränkt war.

Frage: „Warum beantworten die Juden Fragen immer mit Gegenfragen?" Antwort: „Warum sollten sie nicht?"

Nach dieser allgemeinen Charakterisierung möchte ich auf einige wichtige Lebensthemen des jüdischen Witzes und Humors eingehen. Nichts Wirkliches und Menschenmögliches ist von der humorvollen und witzigen Verarbeitung ausgenommen. Es fällt auf, daß das Sexuelle und auch anale Schmutzlust im jüdischen Witz vergleichsweise seltener angesprochen werden als in den meisten Witzkulturen. Die Themen Essen, Familie und Geschäft, Reichtum und Armut, Gesundheit und Überleben, Antisemitismus und Religion spielen eine wichtige Rolle.

Die Religion und die Gojim

Die Religion ist von größter Bedeutung. Glaube, Zweifel und Skepsis sind häufige Themen des Witzes. Innerhalb der jüdischen Glaubenszugehörigkeit gibt es weiters unglaublich viele Schattierungen. Global könnte man ultraorthodoxe, konservative und reformierte Gruppen unterscheiden, die wieder viele Untergruppen bilden, so daß man etwas überspitzt sagen könnte: Es gibt kaum zwei Juden in der Welt, die die gleiche Religion haben.

„Die Stimme von oben“, das direkte Gespräch mit Gott, spielt eine große Rolle, natürlich auch der Rabbiner, kurz Rabbi oder Reb genannt, und die Ökumene. Das geistlich-geistige Oberhaupt der Gemeinde ist die Hauptfigur des jüdischen Witzes, und die christlichen Pfarrer und Pastoren ziehen in diesen Witzen fast immer den kürzeren. Andererseits wird der Rabbi durch Mehrheitsbeschluß von der Gemeinde gewählt und nicht von Gott bestimmt, womit er auch eine zentrale Streitfigur der widersprüchlichen Glaubenstendenzen in der Gemeinde darstellt. Auch das Verbot der Bibel, fertige Bilder von Gott und der Welt zu machen, hat den Geist enorm herausgefordert:

Der kleine Benjamin sitzt am Küchentisch und zeichnet. Da kommt seine Mutter in die Küche und fragt: „Was zeichnest du da, Benny?“ – „Ich zeichne ein Bild von Gott!“ – „Aber Benny, es weiß doch kein Mensch, wie Gott aussieht.“ – Benny ist nicht aus der Ruhe zu bringen: „Wenn ich mit dem Bild fertig bin, wird man es wissen.“

Der Papst ist auf Besuch in New York. Ein langer, blitzender Wagenkonvoi eskortiert ihn durch Brooklyn. Reb Garelik,

der vom Fenster seiner ärmlichen Wohnung aus zuschaut, schüttelt den Kopf und seufzt: „Man sollte nicht glauben, daß die mal mit einem Esel angefangen haben."
Jankele liegt im Sterben. Er verlangt nach einem Pfarrer. Seine Frau ist völlig von den Socken: „Jankele! Was, zum Teufel, fällt dir ein? Dein Leben lang warst du ein frommer Jude. Willst du dich ausgerechnet jetzt noch taufen lassen?" – „Ja, Esther. Besser, es stirbt einer von denen als einer von uns."

Ein Mann, der sich eine Uhr kaufen möchte, betritt ein Geschäft, in dessen Schaufenster eine Pendeluhr hängt. Seltsamerweise ist das Geschäft so gut wie leer. Es gibt nur einen wackeligen Tisch, an dem ein bärtiger alter Jude mit Käppchen auf dem Kopf sitzt. – „Guten Tag. Ich bräuchte eine Uhr." – „Ich verkaufe keine Uhren", erwidert der Jude mürrisch. „Ich bin Beschneider." – „Beschneider? Warum haben Sie dann eine Uhr im Schaufenster hängen?" – „Nu, was soll ich denn sonst raushängen?"

Finkelstein beklagt sich bei einem Freund, daß sein Sohn zum christlichen Glauben übergetreten ist. „Schrecklich", sagt der Freund, „mein Sohn ist auch vor einiger Zeit Katholik geworden." – „Na, was hast du gemacht?" – „Ich habe tagelang um meinen Sohn getrauert, habe geweint und mit dem Schicksal gehadert ..." – „Und dann?" – Dann habe ich mich an den Allmächtigen gewandt, in der Hoffnung, daß ER mir raten kann." – „Und was war?" – „ER hat gesagt, ich bin kein Einzelfall. IHM selbst ist es auch nicht anders ergangen." – „Und hat ER dir auch gesagt, was ER dann gemacht hat?" – „Ein Neues Testament."

Der große Wunderrabbi ist eingeschlafen, während seine Schüler sich am anderen Ende des Raumes flüsternd unterhalten. – „Er gibt sich so viel Mühe mit uns", sagt einer der Schüler, „er hat sich eine kleine Ruhepause redlich verdient." – „Wirklich wahr", sagt ein anderer, „der Mann ist wie ein Heiliger." – „Seine Hilfsbereitschaft kennt keine Grenzen", stellt ein dritter fest, „er ist ein wirklicher Wohltäter der Menschheit." – „Und wie gutmütig er ist! Habt ihr je erlebt, daß er seine Beherrschung verliert?" – „Dazu kommt noch das ungeheure Wissen, das er hat. Wahrlich, im ganzen Land gibt es keinen Menschen wie ihn!" – Eine Pause entsteht. Da schlägt der Rabbi die Augen auf und wendet sich vorwurfsvoll an seine Schüler: „Und über meine Bescheidenheit sagt ihr gar nichts?"

Das Verhältnis zu den Nichtjuden, den Gojim, ist ein häufiger Anlaß für Witze.

Das hebräische Wort „Goj" bedeutet ursprünglich „Volk", aber auch den „anderen", also jedermann, der nicht Jude ist. Diese „anderen" waren für gewöhnlich den Juden nicht freundlich gesinnt, meist sehr feindlich eingestellt und obendrein eine erdrückende Mehrheit. So kam es, daß Goj, der Nicht-Jude und „Andersgläubige", eine abschätzige Bedeutung bekam. Im jüdischen Witz wird der Goj meistens als ein wenig dumm dargestellt, sei es aus Notwehr oder Überheblichkeit.

Der Lehrer fordert seine Schüler auf, berühmte Männer der Vergangenheit zu nennen. Maxi zeigt auf und sagt: „Moses." Der Lehrer sagt. „Sehr gut!" Franzi sagt: „Jesus Christus." Der Lehrer nickt befriedigt. Hansi sagt: „Karl Marx." Der Lehrer nimmt dies – wenn auch etwas widerstrebend – zur Kenntnis. – Peter meldet sich und sagt: „Sigmund Freud." „Einverstanden", sagt der Lehrer. – Der kleine Pauli sagt: „Albert Einstein." „Ausgezeichnet", sagt der Lehrer. – Da meldet sich der kleine Moritz und fragt. „Bitte, Herr Lehrer, darf es auch ein Goj sein?"

Schadchen, Schnorrer und Mame als glänzende Witzfiguren

Der Schadchen (Heiratsvermittler) zählt zu den beliebtesten und originellsten Figuren des jüdischen Witzes. Die Heirat war früher etwas sehr Existentielles, und häufig wurden Heiratsvermittler eingeschaltet. Wie ein fliegender Händler reiste der Schadchen herum, um verwandte Seelen zusammenzuführen, Fragen der Mitgift zu klären und für jeden die richtige Ergänzung zu finden. Das ging nicht ohne Ironie, Chuzpe und viel Sinn für Paradoxie.

Der Heiratskandidat ist stocksauer auf den Schadchen, der ihm soeben die in höchsten Tönen besungene Braut in spe vorgestellt hat: „Wollen Sie mich zum Narren halten? Ein bezauberndes Geschöpf, haben Sie gesagt, ein Bild von einem Mädchen ... alles erstunken und erlogen! Die reinste Mißgeburt ist das; ein Ohr größer als das andere, Schielaugen, Kartoffelnase, Hängebacken ... ein Scheusal!" – „Verstehe, verstehe", nickt der Schadchen seelenruhig: „Picasso ist nicht Ihr Fall."

Der Bräutigam ist bei der Vorstellung der Frau sehr unangenehm überrascht und zieht den Vermittler beiseite, um ihm flüsternd seine Einwände mitzuteilen: „Wozu haben Sie mich hierher gebracht?" fragt er ihn vorwurfsvoll. „Sie ist häßlich und alt, schielt und hat schlechte Zähne und triefende Augen ..." – „Sie können laut sprechen", wirft der Schadchen ein, „taub ist sie auch."

Weiters zählt der Schnorrer zu den beliebtesten jüdischen Witzfiguren. Er stellt eine Mischung aus Bettler, armem Teufel und Magnaten dar. Er ist selbstbewußt, weder bescheiden noch unterwürfig und erwartet sich Respekt. Schließlich ist jeder Reiche per Gesetz verpflichtet, den

Armen auch finanziell zu helfen. In gewisser Weise ist er das Gegenteil eines Proletariers, denn er bittet in den seltensten Fällen um Geld, meistens verlangt er es. Aber unfreundlich oder aufsässig ist er nicht. In den meisten Schnorrerwitzen ist Rothschild, Archetypus des jüdischen Reichtums, der Gesprächspartner. Häufig zeichnet sich der Schnorrer durch Chuzpe aus.

Ein Schnorrer wendet sich vor dem Eingang zur New Yorker U-Bahn an eine betucht wirkende Dame: „Verzeihung, Madame, ich muß nach Hause und habe kein Geld für den Fahrschein ..." – „Tut mir leid, aber ich habe kein Kleingeld bei mir, nur Scheine." – „Kein Problem, Madame. Dann nehme ich ein Taxi."

Überall gibt es Mütter, die in ihrer Mutterliebe übertreiben. Die jiddische Mamme ist die Verkörperung dieser Eigenschaft. Im Stetl war sie das Zentrum der Großfamilie. Dort war sie mächtig, und ihre Fürsorge fiel nicht weiter auf. Doch in der Großstadt wird sie wegen ihrer übertriebenen Liebe zu den Kindern mit vielen Witzen bedacht. Sie ist ein Gemisch aus Liebe und Fürsorge, Schutz und Belästigung, Aufdringlichkeit, Kontrolle und Indiskretion. Ein Witzbold charakterisierte sie so.

„Sie ist ein Wesen, das seinem Sohn nachts mal rasch das Bett macht, während er pinkeln geht."

„Wodurch unterscheidet sich eine jüdische Mutter von einem Terroristen?" – „Mit einem Terroristen kann man verhandeln."

Die Mamme geht wieder mit ihrem kleinen Sohn spazieren. Es ist Winter und eisig kalt. Da sagt die Mamme zu ihrem Sohn: „Moischele, knöpf dir den Mantel zu, und stell den Kragen auf, mir ist kalt!"

Die jüdische Mamme kauft ihrem Sohn zum Geburtstag zwei Krawatten: eine rote und eine blaue. Am Wochenende besucht er seine Mutter und trägt die rote Krawatte. – Die Mutter sieht ihn mißbilligend an und sagt vorwurfsvoll: „Und die blaue Krawatte gefällt dir nicht?"

Frage: Warum hat Gott zuerst den Mann und dann die Frau geschaffen? – Antwort: Ist doch klar! Weil er keine Lust hatte, sich vorschreiben zu lassen, wie er den Mann zu erschaffen habe.

Eine junge Mutter geht mit ihren beiden Söhnen spazieren. Einen hat sie an der Hand, der andere sitzt noch im Kinderwagen. – „Ach, wie niedlich!" meint eine Passantin. „Wie alt sind die denn?" – „Der Arzt vier Jahre und der Rechtsanwalt zweieinhalb."

Weitere Schwächen und Grillen

Jede längere Zweisamkeit stellt hohe Anforderungen an die Betroffenen und ist mit vielen Schwierigkeiten verbunden. Die Witze über diese allgemeine Misere sind bei allen Völkern zu finden, seien es Enttäuschung, Aggression oder sexuelle Untreue.

„Sind Sie verheiratet?" wurde Schmulik von Srulik gefragt. „Nein", antwortete Schmulik, „ich schau nur so drein, weil mir eben mein Auto gestohlen wurde."

Die junge Sarele steht kurz vor der Hochzeit und heult wie ein Schloßhund. – „Hör doch auf zu weinen. Auch ich habe einmal geheiratet", versucht die Mutter sie zu trösten. – „Kunststück, Mama: Du hast Papa geheiratet", schluchzt die Tochter: „Ich aber muß einen wildfremden Mann heiraten!"

„Ich versteh' das nicht", beklagte sich eines Tages die Gattin bei ihrem Mann, „nie bringst du mir ein kleines Geschenk nach Hause. Bevor wir geheiratet haben, hast du mir immer Blumen gebracht oder eine Bonbonniere oder wenigstens eine Tafel Schokolade ..." – „Wieso verstehst du das nicht?" sagte der liebende Gatte, „hast du schon einmal einen Angler gesehen, der einen Fisch mit Würmern füttert, nachdem er ihn gefangen hat?"

Feigenbaum vertraut seinem Freund Goldstein an: „Stell dir vor: Als ich gestern nachmittag nach Hause kam, lagen meine Frau und mein Geschäftspartner zusammen auf dem Sofa ..." Goldstein ist entsetzt: „Du mußt augenblicklich die Scheidung einreichen!" – „Das geht nicht. Wir haben doch Kinder ... Was würden die Leute sagen?" – Goldstein hat noch eine Lösung parat: „Dann wirf deinen Geschäftspartner raus!" – „Das kann ich nicht ... Er steckt das Geld in unsere Firma." – „Ja, aber irgend etwas mußt du doch unternehmen!" – „Nu, eine Idee hätte ich schon. Ich dachte mir, ich verkauf das Sofa."

Mit viel Selbstironie werden die eigenen Schwächen und Grillen dargestellt und belacht:

Moischele und Awroimele treffen sich auf der Straße. „Nu, Awroimele, ich hab gehört, daß du dich neuerdings für den Messias hältst?" – „Was heißt da hältst? Ich bin der Messias!" – „So? Und woher weißt du das?" – „Das hat Gott mir gesagt!" – „Ich? Stimmt ja gar nicht!"

Beerdigung eines nicht näher identifizierten Rothschild. Jankele Opatovic, ein armer Flickschuster aus dem Getto, weint bitterlich und kann gar nicht mehr aufhören. – „Waren Sie mit dem Verstorbenen verwandt?" wird er mitfühlend gefragt. – „Eben nicht!" antwortete Jankele schluchzend.

„Sag mal, Awroimele: Wann gibst du mir eigentlich das Geld zurück, das ich dir geliehen habe?" – „Was fragst du mich, Moischele? Bin ich ein Prophet?"

Auf dem Markt. Ein Mann zupft einen andern Mann am Ärmel und sagt: „Könnten Sie mir hundert Taler leihen?" Der andere dreht sich um, schaut ihn an und erwidert dann entrüstet: „Aber ich kenne Sie doch gar nicht!" – Sagt der erste: „Da soll einer schlau werden: Dieser Mann leiht mir kein Geld, weil er mich nicht kennt, und daheim im Dorf leiht mir keiner was, weil sie mich alle kennen ..."

„Ich bade einmal im Jahr", erzählt Treitel seinem Freund Godel. „Ob ich's nötig habe oder nicht."

Armut, Reichtum und Geschäft

Viele köstliche Witze betreffen die Themen Armut und Reichtum, Geschäft, Markt, Betrug und Gaunerei. Der Großteil der Juden in aller Welt war keineswegs mit irdischen Gütern gesegnet. Die Armut war in den Gettos der Mittelmeerländer und in den Schtetlak Nord- und Osteuropas Dauergast. Aber die Reichen sind immer aufgefallen und wurden von vielen beneidet. Dabei blickt so mancher arme Gelehrte verächtlich auf den reichen Kaufmann herab, und umgekehrt.

So soll ein armer Dorfschullehrer in einem kleinen Schtetl gesagt haben: „Wenn ich Rothschild wäre, hätte ich noch mehr Geld als er, weil ich könnte nebenbei noch Stunden geben!"

Das Streben nach Wohlstand ist keine jüdische Erfindung, denn jeder Mensch ist bestrebt, sich und den Seinen das Leben möglichst angenehm zu gestalten. Dennoch herrscht weltweit das Vorurteil, daß die Juden geldgieriger wären als andere Menschen. Bronner findet eine mögliche Erklärung dafür: *„Die Juden haben ganz genau die gleichen Eigenschaften wie alle anderen Menschen dieser Welt – nur etwas mehr davon."* Und er erwähnt einen weiteren Ausspruch jüdischer Selbstironie: *„Ein Antisemit ist ein Mensch, dem die Juden mehr zuwider sind, als unbedingt nötig ist."*

Ein armer und ein reicher Jude beten nebeneinander in der Synagoge zu ihrem Gott. Der Reiche tut es so: „Allmächtiger, ich brauche dringend eine Million, damit ich das Geschäft meines Lebens finanzieren kann. Für Dich ist es doch eine Kleinigkeit, also bitte, hilf!" – Der Arme hingegen hat ein ganz anderes Anliegen: „Lieber guter Gott, ich flehe Dich an, hilf mir! Ich weiß nicht mehr aus und ein, meine Kinder hungern, meine Frau weiß nicht, wo sie das Geld für unser nächstes Mahl hernehmen soll, vielleicht könntest Du mir irgendwie fünf Tscherwonzen zukommen lassen?" Da unterbricht der Reiche seine Andacht: „Hier haben Sie fünf Tscherwonzen und lenken Sie ihn mir nicht ab!"

Ein armer Jude betritt ein Gasthaus, studiert lange die Karte und fragt den Kellner, was ein Brötchen mit kaltem Braten kostet. Der Kellner teilt es ihm freundlich mit, worauf der arme Jude erneut die Karte studiert. Nach einer Weile fragt er: „Was kostet ein Schinkenbrötchen?" – Noch bevor der Kellner den Mund aufmachen kann, zuckt draußen ein greller Blitz über den Himmel, gefolgt von dumpfem Donnergrollen. Der Jude fällt mit zur Decke gerichtetem Blick auf die Knie und schreit halb erschrocken, halb verärgert: „Schon gut, schon gut! Hab ja nur mal gefragt ..."

Ausspruch eines Fischhändlers am Marktplatz von Jehupitz: „Sehr geehrter Kunde, entweder Sie ziehen einen längeren Rock an – oder Sie stehlen einen kürzeren Fisch!"

Das Geschäft, die Werkstatt und der Markt sind zentrale Orte des jüdischen Lebens und natürlich auch bevorzugte Schauplätze des Witzes. Den in der Diaspora lebenden Söhnen Israels waren die meisten Berufe verboten. So wurde der Handel zur Hauptbeschäftigung. Langwierige und spitzfindige Verhandlungen über Preise, Qualität und Zahlungsmodus werden lautstark und gestenreich – eben handelnd – geführt.

Der Rabbi kam eines Tages zum reichsten Mann der Stadt, mit der Bitte um Spenden für das jüdische Altersheim. „Ich habe zu viele Verpflichtungen", sagte der Reiche, „ich kann es mir nicht leisten, Menschen fürs Nichtstun zu bezahlen." – „Aber es handelt sich doch um arme, alte Menschen, die längst nicht mehr in der Lage sind, etwas für ihren Lebensunterhalt zu tun." – „Wenn sie, so wie ich, ihr Leben lang schwer gearbeitet hätten, dann müßten Sie jetzt nicht für sie betteln gehen, Rabbi!" – Statt einer Antwort führte der Rabbi den Reichen an das Fenster, zeigte hinaus und fragte: „Was sehen Sie, wenn Sie durch dieses Fenster schauen?" – „Was soll ich schon sehen? Ich sehe Leute, die hin und her rennen." – „Sehr gut", sagt der Rabbi. Dann führte er den Mann zu einem Spiegel. „Und was sehen Sie jetzt?" – „Jetzt sehe ich mich. Was soll diese dumme Fragerei?" – „Ich wollte Ihnen zur Wahrheit verhelfen. Wenn Sie durch ein normales Glas schauen, dann sehen Sie andere Menschen. Kaum aber tut man ein wenig Silber hinter so ein Glas, sieht man nur noch sich selbst. Sollte man nicht hin und wieder das Silber vergessen, damit man auf der Welt nicht so allein ist ...?"

Ein Jude geht über einen Friedhof und entdeckt dort ein Grab mit der Aufschrift: „Hier ruht Ruben Kornblum, ein ehrlicher Kaufmann und ein guter Familienvater." – Da denkt sich der Mann: „Recht geschieht dem alten Ganeff: Jetzt haben sie ihn mit zwei wildfremden Menschen in ein Grab hineingelegt."

Lebensweisheit – absurd und humorvoll

Die polnische Stadt Chelm, unweit von Lublin gelegen, wurde durch die Weisen von Chelm berühmt. Chelm ist das jüdische Pendant zum deutschen Schilda und zum englischen Gotham. Es handelt sich sozusagen um jüdische Schildbürgerstreiche. *„Isaac Singer ist es zu verdanken, daß Chelm in die Weltliteratur eingegangen ist. Viele der schönen, jiddisch verfaßten Geschichten des Literaturnobelpreisträgers handeln von dem Ort, der beim Leser durchaus gemischte Gefühle weckt: Sympathie und Empörung, Mitleid und Spott.“* (Loewenthal 1999, 241)

„Wie gut der liebe Gott doch ist!“ pflegte der berühmte Chelmer Talmudist Baruch zu sagen. „Selbst seine Güter verteilt er stets gerecht. So hat er den Reichen beispielsweise die Nahrung und den Armen den Hunger gegeben!“

„Was ist wichtiger: die Sonne oder der Mond?“ wurde der Chelmer Rabbi von einem seiner wißbegierigen Schüler gefragt. Der Rabbi klärt und überlegt eine ganze Weile. Dann verkündet er: „Der Mond natürlich!“ – „Warum der Mond?“ wollte der Schüler wissen. „Ganz einfach: In der Nacht, wenn es finster ist, dann scheint der Mond und schenkt uns sein mildes Licht. Am Tag hingegen ist es hell genug, da braucht kein Mensch die Sonne.“

Doktor Levinsohn wird zum neunzigjährigen Rabbiner Weise gerufen. Nach gründlicher Untersuchung sagt er: „Verehrter Rabbi, tut mir leid, aber es steht nicht in meiner Macht, Sie jünger zu machen.“ – „Das hat auch keiner von Ihnen verlangt, lieber Doktor. Sie sollen mir nur helfen, älter zu werden!“

Frage: „Was ist der Unterschied zwischen einem Psychotiker und einem Neurotiker?“ – „Ganz einfach: Der Psychotiker ist überzeugt, daß zwei plus zwei fünf macht. Der

Neurotiker dagegen weiß, daß zwei plus zwei vier macht, aber es geht ihm wahnsinnig auf die Nerven!"

Diesen finde ich ganz besonders humorvoll:

„Tag, Jankele, wie geht's?" – „Miserabel, Jossel. Meine Zähne tun weh, mein Blutdruck ist viel zu hoch, meine Bronchien sind entzündet, mein Magengeschwür wird von Tag zu Tag größer, meine Beine sind geschwollen und selber fühle ich mich auch nicht ganz wohl."

Der jüdische Witz und Humor lebt und kann beleben, weil er geistreich und sensibel grundmenschliche Probleme anspricht. Er ist ein wichtiges Vitamin für die Bewußtseinserheiterung und wird es auch bei aller kulturellen Veränderung bleiben.

7. Der große Humor – sein Wesen und seine Verwandten

Im 16. Jh. tauchte in England das Wort „humour“ als Bezeichnung für eine komische Figur auf. Bereits im 17. Jh. bezeichnet „humour“ sowohl eine lächerliche Figur, als auch eine geistige Haltung, die mit der Begabung zur Heiterkeit verbunden ist. Erst im beginnenden 18. Jh. wird „humour“ im Sinne einer menschlichen Begabung zur Heiterkeit verstanden und wurde zu einem wichtigen Wort der aufgeklärten Humanität. Im Unterschied zum aggressiven Witz bedeutet „humour“, manchmal auch „good humour“ genannt, schlicht eine heitere, tolerante, wohlwollende Haltung und Stimmung. Ende des 18. Jhs. hat sich diese Auffassung des Humors als positive, wohlwollende und heitere Einstellung weitgehend durchgesetzt.

Laurence Sterne's Auffassung von Humor war revolutionär. Er sah im nonkonformistischen Menschen, der ein Steckenpferd, ein „hobbyhorse“, besitzt, das Ideal des Humanismus. Die Liebe zum Kleinsten, zum Unscheinbaren verdient unsere Aufmerksamkeit, weil das Kleinste Sinnbild des Großen sein kann. Und damit verbunden gewinnt die Empfindsamkeit, die „sensibility“, eine zentrale Bedeutung. Sie äußert sich in inniger Anteilnahme am Schicksal auch der geringsten Kreatur und bildet einen wichtigen Aspekt des „humours“.

Sehen wir uns eine klassische humorvolle Szene an, die Sterne in „Tristram Shandy“ schildert, wo eine lästige Fliege das Wohlwollen des Humors erfährt:

> *„Onkel Toby hatte kaum das Herz, an einer Fliege Rache zu üben. Geh! sprach er eines Tages bei Tisch zu einem großen Brummer, der ihm während des Essens um die Nase herumgesummt war und ihn arg gequält*

hatte und den er nun nach vielen vergeblichen Versuchen endlich im Fluge erhascht hatte – ich will dir nicht wehe tun, sprach Onkel Toby, indem er vom Sessel aufstand und mit der Fliege in der geschlossenen Hand das Zimmer durchschritt – und ich will dir nicht ein einziges Härchen ausreißen aus deinem Kopf." Und weiters heißt es: „*Flieg! rief er, das Fenster aufschließend und die Hand öffnend, um sie wegfliegen zu lassen, flieg, armes kleines Wesen, mach dich auf und davon! Warum soll ich dir wehe tun? Die Welt ist sicherlich groß genug für uns beide.*"

So konnte der berühmte Knigge in seinem weitverbreiteten Buch „Über den Umgang mit Menschen" bereits 1788 ein Loblied auf den Humor singen:

„*Wahrer Humor und ächter Witz lassen sich nicht erzwingen, nicht erkünsteln, aber sie würken, wie das Umschweben eines höheren Genius, wonnevoll, erwärmend, Ehrfurcht erregend … Mit muntern, aufgeweckten Leuten, die von ächtem Humor beseelt werden, ist leicht und angenehm umzugehen. Ich sage, sie müssen von ächtem Humor beseelt werden; die Fröhlichkeit muß aus dem Herzen kommen, muß nicht erzwungen, muß nicht eitle Spaßmacherey, nicht Haschen nach Witz seyn.*"

Das Wort Humor ist bekanntlich lateinischen Ursprungs (humor) und bedeutet Flüssigkeit und Saft. Im Medizinerlatein werden mit den „humores" die Hauptsäfte des Körpers bezeichnet, deren Mischungsverhältnis für Gesundheit, Krankheit und Temperament als verantwortlich aufgefaßt wurden. Hippokrates hat in seiner Medizin auch die Lehre von den Temperamenten begründet. Aus der Kombination der Eigenschaften der vier Elemente (Feuer, Wasser, Luft, Erde) und den entsprechenden „humores" des Körpers (Blut, gelbe Galle, Schleim, schwarze Galle) ergeben sich die vier Temperamente, die auch als Charaktertypen bezeichnet wurden: Sanguiniker, Choleriker, Phlegmatiker und Melancholiker.

Im landläufigen Sprachgebrauch versteht man aber unter Humor ungefähr alles, was mit Witz, Spott, Spaß, Ironie, Clownerie und Karikatur zu tun hat. Humor wird dadurch mit allen möglichen seiner näheren und ferneren Verwandten gleichgestellt. Besonders im angloamerikanischen Raum ist dieses weite Verständnis von Humor sehr verbreitet. Das erscheint mir problematisch, weil die Verwandten des Humors, die das Reich des Komischen bevölkern, sehr unterschiedliche Phänomene darstellen.

Bremmer und Roodenburg haben unlängst eine „Kulturgeschichte des Humors" veröffentlicht, in der die verschiedenen kulturellen und geschichtlichen Äußerungsweisen von Humor von der Antike bis heute exemplarisch untersucht und dargestellt werden. Dabei verwenden sie den Begriff Humor im weitesten Sinn: „*Wir sehen Humor als jede durch eine Handlung, durch Sprechen, durch Schreiben, durch Bilder oder durch Musik übertragene Botschaft, die darauf abzielt, ein Lächeln oder ein Lachen hervorzurufen.*"

Im Duden wird Humor im engeren Sinn als Begabung zur Heiterkeit trotz widriger Umstände verstanden: „*Gabe eines Menschen, der Unzulänglichkeit der Welt und der Menschen, den Schwierigkeiten und Mißgeschicken des Alltags mit heiterer Gelassenheit zu begegnen.*"

Kurz möchte ich auf mentalitätsbedingte Unterschiede zwischen deutschem und britischem Humor hinweisen, die Hans Dieter Gelfert sehr klar analysiert und dargestellt hat. In einem bekannten Gedicht von Wilhelm Busch geht es um Galgenhumor:

Es sitzt ein Vogel auf dem Leim,
Er flattert sehr und kann nicht heim.

Ein schwarzer Kater schleicht herzu,
Die Krallen scharf, die Augen gluh.
Am Baum hinauf und immer höher
Kommt er dem Vogel immer näher.

Die Pointe kommt dann in der nächsten Strophe:

Der Vogel denkt: Weil das so ist
Und weil mich doch der Kater frißt,
So will ich keine Zeit verlieren,
Will noch ein wenig quinquilieren
Und lustig pfeifen wie zuvor.
Der Vogel, scheint mir, hat Humor.

Dieser Vogel zeigt den deutschen Humor metaphysischer Gelassenheit und Fügsamkeit ins Unabwendbare. Der englische Humor, dem diese Fügsamkeit fehlt, hält dagegen pragmatisch nach etwas Tröstlichem Ausschau, auch wenn es noch so unbedeutend ist. Seine Devise ist: Always look on the bright side of life! Das schaut dann so aus:

Das Eigenheim steht lichterloh in Flammen, umgeben von eifrig löschenden Feuerwehrleuten. Der Besitzer steht beim Gartentor. Da kommt der Nachbar vorbei und sagt: „Und wie geht's sonst so?"

Oder:

Ein Ehepaar kann sich gerade noch aus dem lichterloh brennenden Haus ins Freie retten. Da sagt sie zu ihm: „Ach, Schatz! Das ist das erste Mal nach zwanzig Jahren, daß wir gemeinsam ausgehen!"

Wenn ich jetzt von Humor spreche, meine ich den eigentlichen, den „großen Humor", der eine Frucht menschlicher Reife und Versöhntheit mit sich selbst und dem Leben ist, trotz allen Elends, trotz aller menschlichen Beschränktheit. Denn man kann fast alles humorvoll oder humorlos sehen, machen, auffassen und erleben. Humor ist ein zentrales anthropologisches Phänomen. Und ohne Sinn für das Spiel des Lebens, ohne Sinn für erotische Kultur kann sich kaum eine humorvolle Lebenseinstellung entwickeln.

Definitionsversuche

Jeder Versuch, Humor zu begreifen oder zu definieren, kann nur ein Annäherungsversuch sein. Deshalb werde ich zuerst einige charakteristische Definitionen – eher literarisch als akademisch – anführen, und zwar in einer Art von Zitateteppich.

Bekannt ist der Ausspruch des Schriftstellers Otto W. Bierbaum:

„Humor ist, wenn man trotzdem lacht.“

Von Erich Kästner stammt der Satz:

„Humor ist das ernsteste Thema der Welt.“

Peter Altenberg betont einen anderen Aspekt:

„Humor ist der Schwimmgürtel des Lebens.“

Der große Theologe Hugo Rahner, der Bruder des Konzilstheologen Karl Rahner, verdichtet zwei grundlegende Elemente in seinem tiefsinnigen Verständnis von Humor:

„Humor ist Ernstheiterkeit.“

Jean Paul beschrieb das Wesen des Humors vor etwa 200 Jahren so:

„Humor ist überwundenes Leiden an der Welt … Er erniedrigt das Große, um ihm das Kleine, und er erhöht das Kleine, um ihm das Große an die Seite zu setzen und so beides zu vernichten, weil vor der Unendlichkeit alles gleich und nichtig ist.“

Diese Relativierung ist grundlegend für die humorvolle Lebenseinstellung. Man betrachtet so manche belastende Dinge des Lebens wie durch ein umgedrehtes Fernrohr – und gewinnt heilsame Distanz.

Martin Buber sieht schließlich eine innere Verwandtschaft zwischen Humor und reifem religiösen Glauben, wenn er sagt:

„Humor ist der Milchbruder des Glaubens."

Denn eine gewisse Relativierung und Überwindung der Welt ist beiden eigen.

Psychologische Aspekte

Fragen wir uns nun, was denn bei einer humorvollen Äußerung psychisch geschieht, was angesichts von Belastungen trotzdem zu entlastendem Lachen und Lächeln führt. In dieses Phänomen hatte Freud ein wenig Licht bringen können – das werden wir später genauer ansehen. An einem Beispiel für Galgenhumor hat Freud versucht, den Lustgewinn und das Lachen des Humors zu erklären:

> Ein Delinquent, der zum Tode verurteil ist, wird frühmorgens am Montag vom Gefängniswärter aus der Zelle geholt, um in einer Stunde erhängt zu werden. Als dieser Mann aus der Zelle tritt, sagt er: „Na, die Woche fängt gut an!"

Dieser Mann hat offensichtlich Humor. Auch als Zuhörer wird man von dieser Äußerung überrascht sein, muß zumindest schmunzeln. Denn der Situation entsprechend hätte man Klage, peinliche Affekte oder Verzweiflung erwartet. Man kann sich einem gewissen Mitgefühl mit dem „Gauner" doch nicht entziehen. Aber diese Gefühlsbereitschaft wird enttäuscht. Der Betroffene macht einen Scherz. Freud folgert daraus, daß sich die humoristische Lust aus diesem ersparten Gefühlsaufwand herleitet, und faßt seine Einsicht in folgende Worte: *„Kein Zweifel, das Wesen des Humors besteht darin, daß man sich die Affekte erspart, zu denen die Situation Anlaß gäbe, und sich mit einem Scherz über die Möglichkeit solcher Gefühlsäußerung hinwegsetzt."*

Der folgende Witz ist zwar harmlos, aber er zeigt, wie ein Mißgeschick humorvoll bewältigt werden kann:

> Ein junger Mann rutscht auf einer Bananenschale aus und fällt hin. Beim Aufstehen sagt er schmunzelnd: „Was für ein Glück, daß es kein Hundehaufen war!"

Über den Charakter des Humors nachdenkend, meint Freud weiters: „*Der Humor hat nicht nur etwas Befreiendes, wie der Witz und die Komik, sondern auch etwas Großartiges und Erhabenes, welche Züge an den beiden anderen Arten des Lustgewinns aus intellektueller Tätigkeit nicht gefunden werden …*" Und Freud weiter: „*Der Humor ist nicht resigniert, er ist trotzig, er bedeutet nicht nur den Triumph des Ichs, sondern auch den des Lustprinzips, das sich hier gegen die Ungunst der realen Verhältnisse zu behaupten vermag.*"

Hier noch köstliche Beispiele für Galgenhumor:

> Während der Französischen Revolution wird ein Adeliger zum Schafott geführt. Der Henker verbindet ihm die Augen. Der Adelige fragt den ihn begleitenden Priester: „Sagen Sie, Hochwürden, was gibt man in dieser Situation dem Henker an Trinkgeld?"

> Ein zum Tode verurteilter Mann, dem noch ein letzter Wunsch vor dem Erhängtwerden gewährt wird, sagt: „Bitte geben Sie mir ein Halstuch, damit ich mich nicht verkühle."

Die Relativierung, die Selbstdistanz, die kreative Verarbeitung von Angst, Wut und Verletzungen, die in der humorvollen Einstellung geleistet wird, hat viel mit Trauerarbeit zu tun, mit der Bewältigung von Verlust- und Unlusterfahrungen. Eine der größten psychischen Leistungen und Errungenschaften besteht in der Fähigkeit, die eigene Endlichkeit, die Begrenztheit der eigenen Existenz erkennen und akzeptieren zu lernen.

Vera M. Robinson berichtet in ihrem „Praxishandbuch Therapeutischer Humor“ viele Beispiele für die humorvolle Bewältigung banaler Alltags- und oft schwieriger Gesundheitsprobleme:

> Ein schwarzer Patient wartet im Krankenhaus auf einen Arzt und beschwert sich lautstark: „Ich bin jetzt schon zwei Stunden hier!“ Die schwarze Schwesternhelferin sagt lächelnd zu ihm: „Na und? Ich bin schon seit vier Stunden hier!“ – Der Patient lacht, setzt sich wieder hin und wartet geduldig.

> Eine 15jährige Schülerin, die nach einem schweren Verkehrsunfall im Gipsbett liegen muß, sagt zur Schwester, daß sie beschlossen hat, im nächsten Ferienjob Zementsäcke zu schleppen.

> Eine Patientin, der eine Hysterektomie bevorstand, hatte auf ihren Bauch geschrieben: „Zwangsräumung!“

Besonders Jugendliche entfalten viel Witz und Humor, wenn es um die Bewältigung von schwierigen Situationen geht:

> Eine Gruppe junger Leute wäre bei einem Verkehrsunfall beinahe ums Leben gekommen. Die Lenkerin rief zu Hause an, um den Eltern Bescheid zu geben. Die Mutter hörte im Hintergrund Lachen und fragt die Tochter, was es da zu lachen gäbe! Darauf antwortet die Tochter: „Ach, Mama, wenn wir nicht lachen würden, könnten wir das alles gar nicht aushalten!“ Einer der Mitfahrer, der am Rücksitz eingeschlafen war, witzelte: „Mein erster Unfall, und ich verschlaf ihn!“

Immer wieder wird uns mehr oder weniger intensive Trauerarbeit abverlangt, wie Goethe in einem bekannten Vierzeiler schrieb:

Und solang du das nicht hast,
Dieses: Stirb und werde!
Bist du nur ein trüber Gast
Auf der dunklen Erde.

Der Ort des Humors im Reich des Komischen

Nach diesen kurzen Annäherungsversuchen an das Wesen des Humors – der Begriffsgeschichte, dem Zitateteppich, der Freudschen Analyse – möchte ich noch einen weiteren Annäherungsversuch machen, in welchem die Position des Humors im Reich des Komischen beleuchtet wird. Sein Lebensgefühl und seine Grundeinstellung betrifft die gesamte Welt- und Lebensanschauung. Und die Kenntnis der Phänomene des Komischen wird unser Humorverständnis sicher vertiefen und klären.

Das weite Land des Komischen wird von einer Vielfalt von Phänomenen bewohnt, die alle irgendwie zum Lachen und Lächeln in Beziehung stehen. Ich werde vier zentrale Äußerungsformen des Komischen kurz beschreiben, und zwar mit dem Ziel, das Spezifische des Humors noch deutlicher zu machen. Diese vier Phänomene sind Spaß, Spott, Witz und Humor.

Diese vier Bereiche des Komischen lassen sich schwerpunktmäßig vier verschiedenen Seelenkräften zuordnen. Der *Spaß,* verbunden mit Streichen, Possen usw., ist vor allem eine Äußerung der Vitalsphäre. Der *Spott,* etwa als Satire und Karikatur, entspringt vor allem den Kräften der Aggression und der moralischen Kritik. Der *Witz* mit seinem Esprit steht dem Intellekt und der Verstandeskraft nahe. Dagegen steht der *Humor* den Kräften der Liebesfähigkeit und des Gemüts nahe. Natürlich gibt es bei allen diesen Phänomenen des Komischen viele Mischformen. So können Witze ebenso von Spott erfüllt sein wie von einer humorvollen Einstellung.

Sehen wir uns die acht wichtigsten Verwandten des Humors kurz an, wobei die erstgenannten dem Humor nahestehen und die letzteren mit im fast nichts mehr zu tun haben, nämlich: Selbstironie, Scherz, Komik, Witz, Ironie, Satire, Sarkasmus und Zynismus.

Selbstironie ist meistens mit liebevoller Selbstkritik verbunden – der Satz des Sokrates: *„Ich weiß, daß ich nichts weiß"*, ist ein gutes Beispiel dafür. Selbstironie ist meistens eine wohlwollende Äußerung über eigene Beschränktheiten und Schwächen. Der Scherz ist ein typisches Produkt heiterer Stimmung und steht dem Spiel sehr nahe, oft auch dem Wortspiel.

In seinem Atelier wird ein berühmter Bildhauer gefragt: „Ist es nicht wahnsinnig schwer, solch einen Löwen zu meißeln?" – „Eigentlich nicht", antwortet der Meister, „man schlägt vom Marmorblock einfach alles weg, was nicht nach Löwe aussieht."

Die Komik im engeren Sinn ist ein sehr facettenreiches Phänomen, das sich nur schwer definieren läßt. Denn Komik ist alles, was zum Lachen reizt, und meist ist sie mit dem Tragischen verbunden. Im Humor kommt es dann zur Integration von Tragik und Komik – am extremsten im Galgenhumor, wie wir bereits gesehen haben. Ohne Sinn für diese beiden extremen Erfahrungsweisen des menschlichen Lebens kann es keinen Humor geben.

Der Witz ist eher ein intellektuelles Phänomen, ein Vergnügen des Verstandes beim Hervorbringen von überraschenden und völlig unerwarteten Bezügen. Während sich der Witz wie ein Blitz entlädt, entspricht der Humor eher einem „still spielenden, unschuldigen Wetterleuchten.“ (Jean Paul) Nach Oskar Wilde ist der Witz „ein Intellekt auf dem Bummel“ – eine treffende Formulierung. Goethe sah dies ähnlich: *„Der Witz gehört unter den Spielbetrieb. Das Spiel offenbart die große Freiheit des Geistes.“* Dazu fällt mir eine witzige Anekdote ein:

> Der große Philosoph Hegel hat eines Tages an der Türe seines Hörsaals in Berlin die folgende Ankündigung anschlagen lassen: „Die Vorlesung von Herrn Professor Hegel muß heute leider entfallen, weil Herr Professor Hegel mit dem Nachdenken nicht fertiggeworden ist.“

Die Ironie besteht darin, das Gegenteil von dem zu äußern, was man in Wirklichkeit mitteilen will. Sie ist meist von kühler Distanz bestimmt, während im Humor die Anteilnahme, das sympathische Moment überwiegt. Karl Kraus gibt für Ironie ein witziges Beispiel:

„Erkenne dich selbst“ dürfte sein: „Verkenne dich selbst.“

Die letzten drei Phänomene des Komischen, nämlich Satire, Sarkasmus und Zynismus, sind eigentlich nur weitschichtige Verwandte des Humors. Denn sie werden von den Kräften der Aggression genährt und sind sehr verletzend. Man könnte sie als die „schwarzen Schafe“ in der großen Familie des Komischen bezeichnen.

Die Satire will verletzen, lächerlich machen und oft auch Verlogenes entlarven. Sie kann ein mutiges und notwendiges Kampfmittel sein und etwas Heiterkeit in bitterernste Zeiten bringen. Häufig dient sie dem Kampf gegen Heuchelei und ideologische Verlogenheit, oft auch in Form der Karikatur. Treffend ist der Ausspruch von Kurt Tucholsky:

„Der Satiriker ist ein gekränkter Idealist.“

Bekannt und treffend ist das bissige Epigramm von Anatole France:

„In dieser Welt der vollkommenen Gerechtigkeit haben Reich und Arm gleicherweise das Recht, unter der Brücke zu schlafen.“

La Fontanes Fabeln oder George Orwells „Farm der Tiere“ sind bittere Satiren mit einem scheinbar harmlosen Unterhaltungswert.

Die Satire weist bissig auf Grundwidersprüche hin: zwischen Schein und Sein, Wirklichkeit und Ideal, Heuchelei und Wahrhaftigkeit, politische Ideologie und gesellschaftliche Realität. Sie macht oft engagiert auf diese Widersprüche aufmerksam und will die Ideologien und ihre Vertreter vom Thron stürzen.

Bernhard Shaw liefert im Gespräch mit Isadora Duncan ein Beispiel für einen witzigen, selbstironischen Sarkasmus – oder ist es doch eher eine tief ironische Bemerkung?

> Die schöne Isadora Duncan sagt zu Shaw: „Think of the child we could have – my body und your brain!“ – Darauf sagt Shaw trocken: „I know, but suppose the child was so unlucky as to have my body and your brain?“

Im Sarkasmus ist die aggressive Komponente noch dominanter. Er äußert sich als beißender Spott. Sein Lachen ist eher bitter und nicht selten vernichtend. Und schließlich ist der Zynismus eine Form der „Bewältigung“ von Leiden, Elend und Unrecht, die dem Humor geradezu entgegengesetzt ist. Der Zynismus macht noch die höchsten Werte lächerlich.

Als zynisch könnte man Heinrich Heines totale Nivellierung und Gleichsetzung von hohen Idealen mit einem Lieblingsgericht auffassen:

„Apfeltörtchen waren damals meine Passion – jetzt sind es Liebe, Wahrheit, Freiheit und Krebssuppe ...“

Auch Oscar Wildes böser Satz über die unendliche Güte des Allmächtigen wirkt zynisch:

> *„Erkennt man nicht, daß Missionare die gottgesandte Nahrung für Kannibalen sind? Wann immer sie vor dem Verhungern stehen, schickt ihnen der Himmel in*

seiner unendlichen Barmherzigkeit einen netten, fetten Missionar.“

Humor – Integration von Gegensätzen

Im Humor ist vor allem die Weisheit des reifen Menschen mit der Torheit des Kindlichen in seltsamer Harmonie vereint. Ein herrliches Beispiel dafür ist das humorvolle und ironische Werk „Lob der Torheit“ von Erasmus von Rotterdam. Der Humor erlaubt uns, ein kleines Stück „Kindlichkeit“ in unsere Erwachsenheit zu integrieren. Denn nur dann, wenn das Kind im Erwachsenen nicht verdrängt wird, kann echte Reife, Geistesgegenwart und Humanität entfaltet werden. Humor erwächst geradezu aus der Synthese des Kindlichen und des Erwachsenen, ohne Illusion und ohne Verzweiflung.

Sehen wir uns noch einige anthropologische Gegensatzpaare an, die das Wesen des Humors aufschlußreich beleuchten. Vor allem sind es die folgenden drei: Lachen und Weinen, Optimismus und Pessimismus, Ernst und Heiterkeit.

Wie schon eingangs erwähnt, kann der Clown als Symbolfigur des Humors bezeichnet werden, weil er ein lachendes und ein weinendes Auge hat. Arthur Schopenhauer bringt eine tiefe Einsicht zur Sprache, wenn er sagt:

„Je mehr ein Mensch des ganzen Ernstes fähig ist, desto herzhafter kann er lachen.“

Auch die Betrachtung des Gegensatzpaares Optimismus–Pessimismus kann das Humorphänomen deutlich erhellen. Carl Fürstenberg hat die beiden geistreich und witzig definiert:

„Der Optimist und der Pessimist haben einen gemeinsamen Nenner: den Mist.“

Der Humor steht dem Pessimismus deshalb näher als dem Optimismus, weil er die emotionale und geistige Kraft hat, trotz der bedrohlichen Realität, die nüchtern wahrgenommen wird, auch das Gute zu sehen. Dabei werden die vielen Übel keineswegs verniedlicht. Dagegen steht der Optimismus eigentlich dem Zynismus deshalb nahe, weil ihm die Sensibilität für das Wahrnehmen und Erleben des vielfältigen menschlichen Elends fehlt. Deshalb bezeichnet Arthur Schopenhauer den Optimismus als „ruchlose Denkungsart ... als einen bitteren Hohn über die namenlosen Leiden der Menschheit."

Von der tiefsinnigen Bezeichnung des Humors als „Ernstheiterkeit" durch Hugo Rahner war schon die Rede. Das ist ein Aspekt der Großartigkeit des Humors, daß sich in ihm die Grundstimmung der Heiterkeit mit dem großen Ernst verbindet. Damit grenzt sich Humor von unreifer Albernheit und Oberflächlichkeit ebenso ab, wie von einseitiger und vielleicht auch fanatischer Ernsthaftigkeit. Denn einseitiger Ernst ist oft mit Dummheit, Egozentrik und nicht selten mit Fanatismus verbunden. Das folgende taoistische Sprichwort bringt diese Integration von Ernst und Heiterkeit tiefsinnig zur Sprache:

„Wenn du einen Satz geschmiedet hast, lerne, darüber zu lächeln."

Sigmund Freud: Der Humor – eine köstliche, seltene und großartige Gabe

Meine Annäherungsversuche an das Phänomen Humor sind der Betrachtung einer Skulptur in einer Kunstgalerie vergleichbar. Deshalb möchte ich abschließend die tiefen Einsichten Freuds in wesentlichen Zügen darstellen, obwohl sie oben schon kurz erwähnt wurden.

In seiner genialen empirischen und systematischen Studie über den Witz (1905) hat Freud den Humor kurz im

Zusammenhang mit Witz und Komik beleuchtet. Und der siebzigjährige Freud widmete 1927 dem faszinierenden Wesen des Humors eine kleine Studie – voll Bewunderung für diese „köstliche und seltene Begabung". Er vertiefte seine Einsichten in den Humor, die er bereits 1905 in wesentlichen Zügen angesprochen hatte. Sehen wir uns seine wichtigsten Erkenntnisse an.

Im Zusammenhang mit der Komik und dem Witz behandelte er 1905 auch kurz den Humor, der mit beiden Phänomenen eng verwandt ist: *„Der Humor ist die genügsamste unter den Arten des Komischen; sein Vorgang vollendet sich bereits in einer einzigen Person, die Teilnahme einer anderen fügt nichts Neues zu ihm hinzu."* Aber der mitgeteilte Humor hat etwas Großartiges, weil er uns negative Gefühle erspart: *„Die Arten des Humors sind außerordentlich mannigfaltig je nach der Natur der Gefühlserregung, die zugunsten des Humors erspart wird: Mitleid, Ärger, Schmerz, Rührung ... Den kleinen Humor, den wir etwa selbst in unserem Leben aufbringen, produzieren wir in der Regel auf Kosten des Ärgers, anstatt uns zu ärgern."**

Letzteres passiert in den folgenden humorvollen Witzen:

> Die junge Kellnerin stolpert und gießt einem älteren Gast etwas von der heißen Soße auf die Glatze. Der Gast betastet seinen Kopf und fragt erstaunt: „Glauben Sie wirklich, daß das noch helfen könnte?"

---

* Sigmund Freud, aus: Der Witz und seine Beziehung zum Unbewußten. In: ders., Gesammelte Werke in 18 Bänden. Band VI. Copyright 1940 by Imago Publishing Co., Ltd., London. Alle Rechte vorbehalten S. Fischer Verlag GmbH, Frankfurt am Main. Die Seitenangaben beziehen sich auf die Taschenbuchausgabe desselben Verlages. Verlag und Autor danken dem S. Fischer Verlag für die Abdruckgenehmigung.

Zum ersten Mal rasiert der Friseurlehrling einen Kunden. Nach der Rasur verlangt der Mann ein Glas Wasser. Höflich erkundigt sich der Lehrling: „Sie haben Durst, mein Herr?" – „Nein, ich möchte nur mal prüfen, ob mein Hals noch dicht ist!"

Freud erwähnt zwei großartige Figuren der Weltliteratur, die mit Humor viel zu tun haben. Die enorme humoristische Wirkung des dicken Ritters Sir John Falstaff beruht auf ersparter Verachtung und Entrüstung. Er ist zwar ein unwürdiger Schlemmer und Hochstapler, aber sein Witz, seine körperliche Mißgestalt wirken so, „als ob unsere Anforderung von Moral und Ehre von einem so dicken Bauch abprallen müßten". Was sonst zu Entrüstung führt, verwandelt sich uns in komische Lust. Er selbst ist humorvoll, läßt sich Heiterkeit und Sicherheit nicht rauben. Und der geistreiche Ritter Don Quijote de la Mancha hat zwar selbst keinen Humor, wirkt aber in seiner Ernsthaftigkeit komisch wie ein großes Kind, dem die Phantasien seiner Ritterbücher zu Kopf gestiegen sind.

Freud spricht weiters voll Bewunderung über die Leistung von Künstlern in Sachen Humor: *„Die Künstler des ‚Simplizissimus' z. B. haben Erstaunliches darin geleistet, den Humor auf Kosten von Grausen und Ekel zu gewinnen … Der Humor kann erstens mit dem Witz oder einer anderen Art des Komischen verschmolzen auftreten, wobei ihm die Aufgabe zufällt, eine in der Situation enthaltene Möglichkeit von Affektentwicklung, die ein Hindernis für die Lustwirkung wäre, zu beseitigen. Er kann zweitens diese Affektentwicklung gänzlich aufheben oder bloß partiell, was sogar der häufigere Fall ist, weil die leichtere Leistung, und die verschiedenen Formen des ‚gebrochenen' Humors, den Humor, der unter Tränen lächelt, ergibt.*" Dazu ein treffliches Beispiel:

Die Titanic sinkt. Das Chaos ist ausgebrochen. In einem Winkel, abseits der großen Panik, murmelt ein Mann, als ihm das Wasser bis an den Hals steigt, vor sich in: „Eigentlich wollte ich mich ja verbrennen lassen."

Ebenso wie die Komik und der Witz steht der Humor in Freuds Auffassung mit dem Infantilen in Zusammenhang: *„Im Kinderleben allein hat es intensive peinliche Affekte gegeben, über welche der Erwachsene heute lächeln würde, wie er als Humorist über seine gegenwärtigen peinlichen Affekte lacht. Die Erhebung seines Ichs ... könnte er wohl aus der Vergleichung seines gegenwärtigen Ichs mit seinem kindlichen entnehmen.*" Der Humor steht aber dem Komischen näher als dem Witz und wird im Vorbewußten lokalisiert.

1927 vertiefte Freud sein Verständnis des Humors, der „eine der höchsten psychischen Leistungen" darstellt. Im Bereich des Witzes und des Komischen erweisen sich nämlich peinliche und schmerzliche Affekte als größtes Hindernis für die komische Wirkung. Wenn jemand beispielsweise akut von einem Todesfall betroffen ist, wirken diesbezügliche Witze und komische Darstellungen schlicht deplaziert, peinlich und keineswegs komisch.

Dagegen ist der Humor ein Mittel, um Lust trotz der sie störenden peinlichen Affekte zu gewinnen. Eine von Schaden, Schmerz und Enttäuschung akut betroffene Person erspart sich selbst und den Zuhörern in der humorvollen Einstellung und Äußerung diese negativen Gefühle. Betrachten wir – nochmals – ein Beispiel von Galgenhumor, dem gröbsten Fall von Humor, um die humoristische Abwehr und Bewältigung negativer Gefühle besser verstehen zu können:

Vor dem Erschießen wird dem Delinquenten eine letzte Zigarette angeboten. Er lehnt ab mit den Worten: „Rauchen ist schädlich!"

Freud spricht von „Seelengröße", die man besitzen müsse, um Selbstmitleid so souverän abwehren zu können und den Zuhörern oder Lesern das zu erwartende Mitgefühl zu ersparen. Doch der Betroffene erspart sich selbst und uns dieses negative Gefühl, das sich als unnötig erweist und „abgelacht wird".

Aber wie kommt diese humoristische Einstellung zustande? Was ist der Charakter des Humors? Was macht sein Wesen aus? *„Kein Zweifel, das Wesen des Humors besteht darin, daß man sich die Affekte erspart, zu denen die Situation Anlaß gäbe, und sich mit einem Scherz über die Möglichkeit solcher Gefühlsäußerungen hinweggesetzt."* Das ist eben das Großartige am Humor, der vielleicht größten Kulturleistung, zu der wir Menschen fähig sind.

Freud faßt seine Einsichten zusammen: *„Der Humor hat nicht nur etwas Befreiendes wie der Witz und die Komik, sondern auch etwas Großartiges und Erhebendes, welche Züge an den beiden anderen Arten des Lustgewinns aus intellektueller Tätigkeit nicht gefunden werden. Das Großartige liegt offenbar im Triumph des Narzißmus, in der siegreich behaupteten Unverletzlichkeit des Ichs. Das Ich verweigert es, sich durch die Veranlassung aus der Realität kränken, zum Leid nötigen zu lassen ... ja es zeigt, daß sie ihm nur Anlässe zu Lustgewinn sind."* Und weiters: *„Der Humor ist nicht resigniert, er ist trotzig, er bedeutet nicht nur den Triumph des Ichs, sondern auch den des Lustprinzips, das sich hier gegen die Ungunst der realen Verhältnisse zu behaupten vermag."*

Freuds Einsichten in die psychischen Abwehrvorgänge, die uns vor Unlust bewahren und oft auch regressive und pathogene Auswirkungen haben, werfen auf den Humor ein klärendes Licht: *„Der Humor kann nun als die höchststehende dieser Abwehrleistungen aufgefaßt werden."* Denn was Freud so faszinierend findet, ist die Tatsache, daß auch der Humor eine schmerzliche Seite der

Realität abwehrt und dieser negativen Seite auch noch eine gewisse Lust abgewinnen kann, „ohne den Boden der seelischen Gesundheit zu verlassen" oder in regressiven Rückzug zu flüchten. Humor erweist sich als progressive und kreative Bewältigungsstrategie und nicht als regressive Abwehrstrategie.

Also spricht Freud, der große Psychopathologe, aus reicher Erfahrung: „*Mit seiner Abwehr der Leidensmöglichkeit nimmt (der Humor) einen Platz ein in der großen Reihe jener Methoden, die das menschliche Seelenleben ausgebildet hat, um sich dem Zwang des Leidens zu entziehen, einer Reihe, die mit der Neurose anhebt, im Wahnsinn gipfelt und in die der Rausch, die Selbstversenkung, die Ekstase einbezogen sind. Der Humor dankt diesem Zusammenhang eine Würde, die z. B. dem Witze völlig abgeht, denn dieser dient entweder nur dem Lustgewinn, oder er stellt den Lustgewinn in den Dienst der Aggression.*"

Der humorvolle Mensch gewinnt diese Überlegenheit dadurch, daß er sein Leiden relativiert – aber wie kann er das? Freud versucht das durch die Einsichten in die Entwicklung des Ichs und in die große Verschiebbarkeit der psychischen Energien bzw. der libidinösen Besetzung von Selbstanteilen und Objekten der Umwelt zu erklären. Einfach gesagt: Der humorvolle Mensch behandelt sich selbst wie ein Kind, das des Trostes bedarf, indem er gleichzeitig auch die Rolle des überlegenen Erwachsenen einnimmt. Denn wir wissen, daß das Ich nichts Einfaches ist. Es beherbergt in sich als seinen Kern das Über-Ich, mit dem es manchmal in Streit liegt, manchmal aber zusammenfließen kann. Und dieses Über-Ich ist genetisch Erbe der Elterninstanz, die streng, verbietend und fordernd, aber auch wohlwollend, ermutigend, lobend und tröstend mit dem Ich umgehen kann.

Durch die große Flexibilität und Möglichkeit der Verschiebung der psychischen Energien bzw. der libidinösen Besetzung von inneren und äußeren Objekten versucht

Freud, das Humorphänomen zu erklären. Er weist auf ein plausibles Beispiel hin: Der Zustand der Verliebtheit bewirkt, daß der Großteil der psychischen Energie und des Interesses auf das „Liebesobjekt" verlagert wird und das Ich, das sonst viel stärker libidinös besetzt ist, sich gleichsam nach dem geliebten Objekt hin entleert. Die Quantität der Besetzung von Es, Ich, Über-Ich, Ich-Ideal und von Objekten der Umwelt ist sehr stark veränderbar. Auch die psychische Dynamik des Umschlagens von Manie in Melancholie kann durch derartige Besetzungsverschiebungen erklärt werden. Während in der Melancholie das strafende und strenge Über-Ich extrem stark besetzt ist, wird es in der Manie fast ausgehungert.

Freud weist weiters auf den Zusammenhang des Humors mit dem Infantilen hin: „*Im Kinderleben allein hat es intensive peinliche Affekte gegeben, über welche der Erwachsene heute lächeln würde, wie er als Humorist über seine gegenwärtigen Affekte lacht.*" Er erklärt abschließend die Humorreaktion durch eine starke Besetzung des Über-Ichs, das hier nicht als gestrenger Herr auftritt, sondern als tröstende, ermutigende mütterliche und väterliche Elterninstanz. Dadurch wird die Realität relativiert, umgewertet und bewältigt:

„*Sieh' her, das ist nun die Welt, die so gefährlich aussieht. Ein Kinderspiel, gerade gut, einen Scherz darüber zu machen! … Wenn es wirklich das Über-Ich ist, das im Humor so liebevoll tröstlich zum eingeschüchterten Ich spricht, so wollen wir daran gemahnt sein, daß wir über das Wesen des Über-Ichs noch allerlei zu lernen haben.*"

Sehen wir uns noch einige humorvolle Witze an, die verschiedene negative Gefühle ersparen helfen.

Statt Kränkung und Ärger wird ein humorvoller Witz geboren:

Ein als Frauenhasser bekannter Vorgesetzter will eine Kandidatin im Einstellungsgespräch auflaufen lassen:

„Das weibliche Gehirn ist deutlich kleiner als das männliche. Was schließen Sie daraus?" – „Daß es auch hier ganz offensichtlich mehr auf die Qualität als auf die Quantität ankommt!"

Narzißtische Kränkung wird humorvoll und schlagfertig abgewehrt. Diese beiden sind besondere Blüten des witzigen Humors:

Besorgt sagt der Arzt zum Patienten: „Ihr Gesundheitszustand ist sehr schlimm. Sie haben Wasser in den Beinen, Kalk in den Adern und Steine in den Nieren!" – Sagt der Patient: „Wenn Sie mir noch sagen, daß ich Sand im Kopf habe, fange ich sofort an zu bauen!"

Bei der Beerdigung eines Komödianten sind viele betagte Kollegen anwesend. Während der Trauerfeier fragt einer von ihnen seinen Nachbarn: „Wie alt bist du, Charlie?" – „Neunzig", antwortet der Veteran. „Lohnt sich kaum, nach Hause zu gehen, was?"

Schließlich möchte ich Ihnen, geschätzte Leserin, geschätzter Leser, noch einige mehr oder weniger humorvolle Witze erzählen. Sie haben in der weithin aggressiven Witzlandschaft, in der meistens auf Kosten anderer gelacht wird, wirklich Seltenheitswert.

Als Rothschild einmal von einem Taschendieb bestohlen wurde, und ihn ein Bekannter darauf aufmerksam machte, sagte er nur: „Lassen Sie ihn doch! Wir haben alle einmal klein angefangen!"

„He, Sam", sagt ein Freund zu dem zum Tode verurteilten Viehdieb im Wilden Westen, „noch irgendein letztes Wort, bevor sie dich raufziehen?" – Sam, den Kopf bereits in der Schlinge, nickt und sagt: „Ja, sag dem Richter, daß er vollkommen recht hat. Ich werde mir die Strafe eine Lehre sein lassen."

Ein weltberühmter Pianist wird von einer Dame gefragt: „Sagen Sie, großer Meister, ist das Klavierspielen eigentlich sehr schwer?" – „Überhaupt nicht, meine Dame. Sie müssen nur im richtigen Moment die passende Taste drücken."

Ein junger Versicherungsvertreter beklagt sich bei einem älteren Kollegen: „Ein mieser Job ist das! Überall, wo man hinkommt, wird man beleidigt!" – Meint der Kollege: „Also ich kann das nicht sagen. Mich hat man schon hinausgeworfen, den Hund auf mich gehetzt, man hat mich auch schon angespuckt und geohrfeigt – aber beleidigt hat mich noch niemand!"

Gegen Mitternacht steigt ein altes Mütterchen singend in den Bus ein. – „Wo kommen Sie denn her?" fragt der Fahrer neugierig. – „Vom Klassentreffen. Wissen Sie, ich bin schon fünfundneunzig Jahre auf diesem Planeten!" – „Alle Achtung! Da sind wohl nicht mehr viele gekommen?" „Nein, leider nicht. Seit zwei Jahren bin ich die einzige!"

Als der Freund ihrer Tochter anruft, ist die Mutter am Telefon, ohne daß der Freund das gleich merkt. Da unterbricht sie ihn: „Tut mir leid, mein Junge, aber hier ist nicht ihre Luxusyacht, hier spricht der alte Schraubendampfer!"

Osterbeichte. „Zu welchem Pater gehen Sie, Frau Meier? I geh' zum Pater Hermann." – „Ich geh' lieber zum Pater Kosimo. Wissen S', der fragt nach so schöne Sünden, daß man sich gleich dreißig Jahre jünger fühlt!"

Der Bus ist voll. Eine alte Dame steigt zu und drückt sich mit Mühe ins Wageninnere. Ein junger Mann sieht sie auf sich zukommen und stellt sich schlafend. Die alte Dame, die das Spiel durchschaut hat, klopft ihm auf die Schulter und sagt freundlich: „Bei welcher Station möchten Sie denn geweckt werden?"

Hochwürden repariert eigenhändig den Gartenzaun. Ein kleiner Junge kommt vorbei, als sich der Pfarrer gerade auf den Daumen gehauen hat und vor Schmerzen stöhnt. – „Gell, Hochwürden", sagt der Junge, „jetzt sollte man halt kräftig fluchen dürfen!"

„Jeder kann sich 'mal irren", sagt der Igel, und klettert von der Haarbürste.

Ein berühmter General liegt schwerkrank im Bett. Um ihn stehen mehrere Ärzte. Er überfliegt die Liste der verordneten Medikamente, blickt die Ärzte skeptisch an und sagt: „Aber, aber, meine Herren, so viele Arzneien, um einen einzigen Menschen zu töten?"

Ein Mann ist aus dem zehnten Stock gefallen. Viele Leute umdrängen die Unglücksstelle. Einer drängelt sich zum Opfer vor und fragt, was passiert ist. – „Ich weiß es auch nicht", sagt der Verunglückte mit letzter Kraft, „ich bin eben erst angekommen."

Schapiros Sohn hat sich taufen lassen. Der Rabbi macht dem alten Schapiro Vorhaltungen: „Wenn einst der Allmächtige Sie fragen wird, wie Sie es zulassen konnten, daß sich Ihr Sohn taufen läßt – was werden Sie dann antworten?" „Nu", sagt Schapiro, „ich werde antworten: ‚Und Ihr Herr Sohn?'"

Eine ältere Dame kommt aus dem Irland-Urlaub, auf den sie sich sehr lange gefreut hatte. Zufrieden meint sie: „Der Regenwechsel hat mir gut getan."

Zwei alte Männer sitzen im Park auf einer Bank. Fragt der eine: „Kannst du mir erklären, warum du zu deiner Frau noch immer ‚Schatzi' sagst, wo ihr schon fast siebzig Jahre verheiratet seid?" – „Weil ich nicht mehr weiß, wie sie heißt."

Vor einer Ampel ist der Kleinwagen eines Anfängers abgesoffen. Die Ampel zeigt grün, dann gelb, dann rot und schließlich wieder grün. Da tritt ein Polizist heran und fragt: „Haben wir denn keine Farbe, die Ihren Geschmack trifft?"

Werner versucht krampfhaft, sein Auto in eine Parklücke zu zwängen. Bald stößt er gegen den vorderen, bald gegen den hinteren Wagen. Da eilt ein Polizist herbei und fragt: „Wollen Sie parken oder Billard spielen?"

Ein Ehepaar im Gespräch. Sagt er: „Dieses Jahr brauchen wir nicht ans Meer zu fahren." – „Ja, warum denn nicht?" – „In meiner Brieftasche ist Ebbe und auf meinem Schreibtisch liegt eine Flut unbezahlter Rechnungen!"

Sagt der Chef zu seinem Lehrling: „Jetzt sind Sie zwei Jahre bei uns und haben viel gelernt. Heute machen wir Pleite, damit Sie auch das lernen."

Zwei Juden wollen direkt an Hitler ein Gesuch um Auswanderungsgenehmigung stellen. Sie können sich aber über die Anrede im Brief nicht einigen. – „Majestät? Paßt nicht für einen Maler." – „Na, und Exzellenz?" – „Paßt auch nicht." – „Herr Diktator?" – „Noch schlechter!" – „Ich hab 's! Wir schreiben: Sehr geehrter Herr! Durch Ihr Buch „Mein Kampf" auf Sie aufmerksam geworden ..."

8. Ein Jubiläum: 100 Jahre Sigmund Freud „Der Witz und seine Beziehung zum Unbewußten" (1905)

Anläßlich dieses Ereignisses möchte ich für die genußreiche und anregende Lektüre dieses Werkes von Freud werben. Freuds Studie über den Witz zählt bis heute zu den großen Klassikern der Witzforschung und wird nicht nur von Psychoanalytikern viel zu wenig wahrgenommen. Deshalb erscheint es mir wichtig und sinnvoll, die wesentlichen Erkenntnisse Freuds über den Witz, seine Techniken und Tendenzen, seine intensive Beziehung zum Traum und zum Komischen und seine wichtige Funktion zur Lusterzeugung und Unlustvermeidung kurz darzustellen – mit vielen köstlichen Witzen und deren Analyse gewürzt. Auch einige Aspekte, die Peter Gay im Vorwort (Freud 1992, 7–22) erwähnt hat, werde ich aufgreifen. Begleiten wir also Freud in seinen Gedankengängen, die aufschlußreiche Einsichten in den Witz und die Komik eröffnet haben.

Ein Hinweis scheint mir noch wichtig. Freud hat durch die Entwicklung der Psychoanalyse innerhalb von zehn Jahren den vier wichtigsten Wegen zum Unbewußten eine Studie gewidmet: 1895 dem neurotischen Symptom, 1900 dem Traum, 1901 der Fehlleistung und 1905 dem Witz. In diesen wichtigen psychischen Äußerungen aus dem Unbewußten ergibt sich eine zentrale Einsicht in die Seele des Menschen: Jede humane Veränderung geht von dem oder von den Verdrängten und Unterdrückten aus! Das gilt im psychischen, im gesellschaftlichen und politischen Bereich.

Wie entstanden die Philosophie und Praxis der Aufklärung, die Arbeiterbewegung, die Demokratie- und Frauenbewegung, die Emanzipation aus den vielen Herrschaftssystemen? Alle diese aus infantilisierender Herrschaft befreienden Bewegungen gingen vom Unterdrückten aus, von unterdrückten und ausgebeuteten Menschen, von unterdrückten geistigen, emotionalen oder vitalen Bedürfnissen und Kräften des Menschen.

Anton Kuh hat eine tiefsinnige Analyse vorgenommen:

> *„Ich könnte mir denken, daß die Geschichtsschreibung alle gewesenen Epochen der Menschheit, von der Urzeit bis zur Gegenwart, dereinst als das ‚Zeitalter des Infantilismus' zusammenfaßt."*

Das Studium des Witzes hat für das Gebäude der Psychoanalyse wichtiges Material geliefert. Dennoch ist Freuds Witzstudie bis heute ein „ungerechterweise vernachlässigter Text" (Peter Gay), ebenso wie auch seine grundlegenden kulturpsychologischen Schriften.

Es ist interessant, daß Freud 1897 in einem Brief an Fließ schrieb: *„Ich will gestehen, daß ich in letzter Zeit eine Sammlung tiefsinniger jüdischer Geschichten angelegt habe … Alle Träume sind ebenso unausstehlich witzig, und sie sind es aus Not, weil sie im Gedränge sind, ihnen der gerade Weg versperrt ist … Der scheinbare Witz aller unbewußten Vorgänge hängt intim mit der Theorie des Witzigen und des Komischen zusammen."* Es geht nämlich immer um Verdrängtes, das ins Bewußtsein drängt, aber durch innere und äußere Kräfte unterdrückt wird.

Freud liebte es, Witze zu erzählen, wie viele seiner Freunde und Mitarbeiter berichten. Sein trockener Humor begleitete seine Schriften und Briefe. Er konnte an den meisten Situationen etwas Amüsantes finden. Sein Sohn Martin charakterisierte seinen Vater als „Mann mit einem fröhlichen Herzen". Freud selbst bezeichnete sich in einem Brief an Oskar Pfister als „heiteren Pessimisten". Seine Vorlesungen zeichneten sich durch Sinn für Ironie und witzige Metaphern aus. Die schwere Kost der psychoanalytischen Theorie hat er verdaulich serviert. Oft zitiert er seine geistreichen und witzreichen Lieblingsschriftsteller Heinrich Heine, Georg Ch. Lichtenberg, Wilhelm Busch und Mark Twain.

Während des 1. Weltkriegs legte er eine humoristische Sammlung über das Militär an, zum Teil mit Witzen, die Schuljungen erzählen könnten. Witze waren für Freud nicht nur Freudenspender und Lustquellen sondern auch eine tiefgreifende Erkenntnisquelle bei der Erforschung des weiten Landes der Seele.

Die Technik des Witzes, die zum Lachen bringt, fand Freuds ausführliches Interesse. Der jüdische Witz ist ganz besonders geistreich und vielschichtig und deshalb für diese Studien bestens geeignet. Ähnlich wie die Traumanalyse ist die Witzanalyse für das Verständnis allgemeiner psychischer Prozesse sehr aufschlußreich. Witzarbeit und Traumarbeit sind nahe Verwandte, weil sie beide mit dem Verdrängten und Verpönten zu tun haben.

Ich stimme Peter Gay nicht zu, wenn er meint: *„Ein Witz auf der Schlachtbank der Analyse ist ein ruinierter Witz.“* Wie in der Kunst und Musik oder in der Pflanzenkunde wird durch das genaue Hinsehen und Analysieren die Wahrnehmung geschärft. Denn die Kommunikation über Kommunikation (Metakommunikation) verbessert die Aufmerksamkeit und Sensibilität für diese Vorgänge und nimmt ihr nichts von ihrer Spontaneität, weil sie nicht gleichzeitig vollzogen wird.

Besonders die jüdischen Witze fand Freud „amüsant, lehrreich und tiefsinnig“. Weiters gilt für alle witzigen Einfälle, daß sie ein Problem verbergen oder enthüllen. Die zu starke Verdrängungsarbeit der Kultur wird durch den Witz kurz unterbrochen, deshalb haben viele Witze aggressive und sexuelle Tendenzen. Der Witz überrumpelt die Zensur, er spricht aus, was nicht aus- oder angesprochen werden darf und „eröffnet sonst unzugänglich gewordene Lustquellen“. Der Witz ist natürlich auch eine

Waffe gegen Machthaber, Autoritäten, Höhergestellte und kann so das Leben erträglicher machen.

Einleitung: Freud beschreibt sein Vorhaben

„Wer einmal Anlaß gehabt hat, sich in der Literatur bei Ästhetikern und Psychologen zu erkundigen, welche Aufklärung über Wesen und Beziehungen des Witzes gegeben werden kann, der wird wohl zugestehen müssen, daß die philosophische Bemühung dem Witz lange nicht in dem Maße zuteil geworden ist, welches er durch seine Rolle in unserem Geistesleben verdient. Man kann nur eine geringe Anzahl von Denkern nennen, die sich eingehender mit dem Problem des Witzes beschäftigt haben.“ (25) Hier nennt er vor allem Theodor Lipps, Kuno Fischer, Theodor Vischer, Jean Paul und Emil Kraepelin, die den Witz immer im Zusammenhang mit dem Komischen und der Komik beleuchtet haben.

Er erwähnt, daß er Theodor Lipps Studie über „Komik und Humor“ (1898) „den Mut verdanke“, diesen Versuch über den Witz zu unternehmen. Witz heißt nach Lipps „jedes bewußte und geschickte Hervorrufen der Komik, sei es der Komik der Anschauung oder der Situation.“ Weiters ist die Kürze typisch für den Witz: Nach Jean Paul gilt: *„Kürze ist der Körper und die Seele des Witzes.“* Und Lipps meint: *„Der Witz sagt, was er sagt … immer in zu wenig Worten … er kann es auch sagen, indem er es verschweigt.“* Jedenfalls holt der Witz, so meint Kuno Fischer, *„immer etwas Verborgenes oder Verstecktes“* hervor. Nach Fischer bildet das Häßliche in irgendeiner seiner Erscheinungsformen den Gegenstand der Komik. Er kennzeichnet den Witz treffend als „spielendes Urteil“ und sieht im Gegensatz zur Arbeit „die ästhetische Freiheit in der spielenden Betrachtung der Dinge“.

Der große Systematiker psychiatrischer Krankheiten, Emil Kraepelin, sieht im Witz die willkürliche Verbindung kontrastierender Vorstellungen, meistens mittels sprachlicher Assoziation, wobei der Vorstellungskontrast, eine widersprüchliche Bedeutung oder der Gegensatz von Sinn und Unsinn eine wichtige Rolle spielen. Verblüffung und Erleuchtung, die sich etwa in ungewöhnlichen Wortverdichtungen zeigen, spielen eine große Rolle.

Freud weist nach diesem kurzen Ausflug in die Literatur selbstkritisch darauf hin, daß „die vorstehenden kümmerlichen Auszüge“ den „nuancierten Gedankengängen“ der angeführten Autoren keineswegs gerecht werden können. Er hat nur wesentliche Kriterien und Eigenschaften des Witzes herausgegriffen: spielendes Urteil, Paarung des Unähnlichen, Vorstellungskontrast, Sinn im Unsinn, Aufeinanderfolge von Verblüffung und Erleuchtung, Hervorholen des Versteckten, besondere Kürze.

Und er versucht in seiner Studie, diese „disiecta membra“ durch die Konstruktion seiner Theorie in ein „organisches Ganzes“ zusammenzufassen und so das Zusammenspiel der einzelnen Aspekte zu klären. Es geht ihm darum, neue Gesichtspunkte und neues Material zu finden, die Aufmerksamkeit zu verstärken und das Interesse zu vertiefen.

Es ist fast schon witzig, wie Freud sein ausführliches Forschungsinteresse für den Witz begründet:

„Ob das Thema des Witzes solcher Bemühung wert ist? Ich meine, daran ist nicht zu zweifeln.“ Und er beruft sich *„auf die Tatsache des intimen Zusammenhanges alles seelischen Geschehens …, welche einer psychologischen Erkenntnis auch auf einem entlegenen Gebiet einen im vorhinein nicht abschätzbaren Wert für andere Gebiete zusichern. Man darf auch daran mahnen, welch eigentümlichen, geradezu faszinierenden Reiz der Witz in unserer Gesellschaft äußert. Ein neuer Witz wirkt fast wie ein Ereignis von allgemeinstem Interesse; er wird wie die neu-*

este Siegesnachricht von dem einen dem anderen zugetragen.“

1. Technik des Witzes

Freud setzte sich zuerst genau mit der Technik des Witzes auseinander, wobei er viele köstliche Witze streng empirisch analysiert und immer neue Techniken und Aspekte aufdeckt, die in der Witzarbeit Anwendung finden. Sehen wir uns einige Beispiele an, die die jeweilige Technik anschaulich machen und zum Lachen reizen.

Wortwitze

Besonders genau analysierte er eine witzige Figur aus Heinrich Heines Reisebildern, nämlich den Hühneraugenoperateur Hirsch-Hyacinth: *„An diesem … sehr lachkräftigen Beispiel haben Heymans und Lipps die Ableitung der komischen Wirkung des Witzes aus der Verblüffung und Erleuchtung erläutert.“* (32) Die Herablassung eines reichen Mannes wird hier als etwas Mißliches witzig dargestellt.

> Der Hühneraugenoperateur Hirsch-Hyazinth rühmte sich wegen seiner Beziehungen zu Baron Rothschild und sagt: „Und so wahr mir Gott alles Gute geben soll, Herr Doktor, ich saß neben Salomon Rothschild, und er behandelte mich ganz wie seinesgleichen, ganz famillionär.“

Zum Witz wird diese Aussage durch die Verdichtung von familiär und Millionär durch die Bildung eines neuen Wortes: famillionär. Freud nennt diese Technik „Verdichtung mit Ersatzbildung“. Bei Heine finden sich viele solche Witze, wobei es zu Modifikationen oder Mischwortbildungen kommen kann. So sprach Heine von einem *„Millionarr“*. Bei dieser Verdichtung von Millionär und

Narr findet ein unterdrückter Nebengedanke witzig Ausdruck.

Verdichtung

Freud erzählt weitere Verdichtungswitze, die mit Anspielungen arbeiten:

> Zwei Schulfreunde treffen sich nach Jahren wieder. Da bemerkt der eine den Ehering an der Hand seines Freundes und sagt erstaunt: „Sieh mal, du bist ja verheiratet?" – Antwortet der Freund: „Trauring, aber wahr."

Die Technik dieses Witzes besteht in der Verdichtung von „Trauring" und „traurig, aber wahr". Die Verdichtung bewirkt eine Verkürzung und die Bildung eines neuen Wortes.

Etwas komplexer ist die Technik der Verdichtung bei folgendem Witz:

> Heinrich Heine sagt über einen Bekannten:
> „Ja, die Eitelkeit ist eine seiner vier Achillesfersen."

Hier haben sich zwei Gedanken verdichtet: Er ist eitel und er ist eigentlich ein Vierbeiner, ein Rindvieh oder so.

Im folgenden Ausspruch ist die Verdichtung mit einer leichten Modifikation verbunden:

> Ein junger Mann, der berufen schien, Führer einer großen Partei zu werden, scheiterte, weil seine Partei plötzlich schwere Verluste hinnehmen mußte. Ein Zeitgenosse sagte über ihn: „Er hat eine große Zukunft hinter sich."

Aus dem „vor sich" wurde ein „hinter sich" mit kritisch-komischem Beigeschmack.

Verdichtungswitze spielen in der Witztechnik eine große Rolle. So hat ein witziger Zeitgenosse Weihnachten als

„*alcoholidays*“ bezeichnet – eine gelungene Verdichtung aus den Worten alcohol und holidays. Ebenso wie bei der Traumarbeit spielt diese Technik bei der Witzarbeit eine große Rolle. So träumte ein Mann, er habe ein „Brett voll mit Nägeln vor dem Kopf“ – eine Verdichtung von „ein Brett vor dem Kopf haben“ und „vernagelt sein“.

Unifizierung

Freud analysiert weitere Witze, um festzustellen, ob die Verdichtung mit Ersatzbildung oder Modifikation bei allen Witzen nachweisbar ist. Er betrachtet einige Klangwitze, die man häufig bei witzigen Spielen mit Eigennamen antrifft, etwa bei Abraham a Santa Clara. In diesen Witzen liegt die Technik nicht in der Verkürzung, sondern darin, daß ein und dasselbe Wort in zweifacher Verwendung vorkommt, bald ganz, bald in seine Silben zerlegt. Diese Technik bezeichnet er als Unifizierung und führt köstliche Beispiele an.

> Eine Italienerin hat sich während eines Balles an Napoleon für eine taktlose Bemerkung gerächt: Napoleon sagt: „Tutti gli Italiani danzano si male.“ – Die Italienerin erwidert: „Non tutti, ma buona parte.“

> Ein junger Mann wird im ärztlichen Gespräch gefragt, ob er je masturbiert habe. Seine Antwort: „O na, nie!“

Die Möglichkeit der mehrfachen Verwendung von Worten oder Teilen derselben gibt viel Spielraum. Man kann zum Beispiel die Anordnung verändern:

> Das Ehepaar X lebt auf ziemlich großem Fuß. Nach der Ansicht der einen soll der Mann viel verdient und sich dabei etwas zurückgelegt haben, nach anderer wieder soll sich die Frau etwas zurückgelegt und dabei viel verdient haben!

Freuds Kommentar: *„Ein geradezu diabolisch guter Witz! Und mit wie geringen Mitteln er hergestellt ist! Viel verdient – sich etwas zurückgelegt, sich etwas zurück gelegt – viel verdient; es ist eigentlich nichts als eine Umstellung dieser beiden Phrasen.“* (49)

Und die mehrfache Verwendung des gleichen Materials kann mit kleinen Modifikationen verbunden sein. Im folgenden Witz ist nur ein Buchstabe verändert:

> Kohn hört von einem Herrn, der selbst als Jude geboren ist, eine gehässige Äußerung über die Juden. „Herr Hofrat“, sagt er, „Ihr Ant*e*semitismus war mir bekannt, Ihr Ant*i*semitismus ist mir neu!“

Freud ist fasziniert von der Vielschichtigkeit der Sprache und von den Spielen, die man mit ihr anstellen kann: *„Worte sind ein plastisches Material, mit dem sich allerlei anfangen läßt. Es gibt Worte, welche in gewissen Verwendungen die ursprüngliche volle Bedeutung eingebüßt haben, deren sie sich in anderem Zusammenhang noch erfreuen.“*

Im folgenden Witz von Lichtenberg bekommen die abgeblaßten Worte wieder ihre volle Bedeutung:

> „Wie geht 's?“ fragt der Blinde den Lahmen. „Wie Sie sehen“, antwortet der Lahme dem Blinden.

Und in Friedrich Schleiermachers Definition der Eifersucht wird diese durch ihren eigenen Namen definiert. Dieselben Worte finden eine mehrfache Verwendung:

> „Eifersucht ist eine Leidenschaft, die mit Eifer sucht, was Leiden schafft.“

Sicherlich handelt es sich dabei auch um eine Art von Doppelsinn, um Wortspiele, die sich aber durch mehrfache und ungewöhnliche Verwendung des Sprachmaterials auszeichnen. Bei dieser Technik gibt es viele Spielarten – und Freud erweist sich dabei als sprachsensibler Analytiker und Sprachzerleger. Der Doppelsinn kann im Namen, in der Bedeutung, in einem Ding liegen, er kann sachlich oder metaphorisch begründet sein.

> Ein als Witzbold bekannter Arzt sagte zu Arthur Schnitzler: „Ich wundere mich nicht, daß du ein großer Dichter geworden bist. Hat doch schon dein Vater seinen Zeitgenossen den Spiegel vorgehalten!"
> (Der Vater Schnitzlers war ein berühmter Arzt, der den Kehlkopfspiegel erfunden hatte.)

Doppelsinn und echtes Wortspiel

Der Idealfall einer mehrfachen Verwendung eines Wortes liegt im eigentlichen Doppelsinn, im echten Wortspiel, manchmal verbunden mit einer Anspielung. Dafür gibt es in der Welt des Witzes viele Beispiele.

> Der Arzt kommt vom Krankenbett der Frau und sagt zu ihrem Ehemann kopfschüttelnd: „Ihre Frau gefällt mir gar nicht!" – Darauf sagt der Ehemann zustimmend: „Mir gefällt sie schon lange nicht!"

Ein klassischer Fall von Doppelsinn: bald Ausdruck ärztlicher Sorge, bald Bestätigung ehelicher Abneigung.

Von einer satirischen Komödie sagte Heine: Diese Satire wäre nicht so bissig geworden, wenn der Dichter mehr zu beißen gehabt hätte.

Hier kommt eher ein metaphorischer Doppelsinn zum Ausdruck als ein richtiges Wortspiel.

> Saphir besucht seinen Gläubiger Rothschild. Da sagt Rothschild: „Sie kommen um ihre 300 Gulden?" Darauf sagt Saphir: „Nein, nicht ich, Sie!"

Das ist ein treffendes Beispiel für die doppelte Bedeutung von „um etwas kommen". Die Anrede ist zugleich die Antwort!

> Fragt ein Fremder einen Berliner: „Was stellen die beiden Statuen dieses Denkmals vor?" – „Je nu", antwortet der Berliner, „entweder das rechte oder das linke Bein."

Heine in der Harzreise: „*Auch sind mir in diesem Augenblick nicht alle Studentennamen im Gedächtnis, und unter den Professoren sind manche, die noch gar keinen Namen haben.*"

Ein weiteres Beispiel für Doppelsinn mit etwas derber Anspielung findet sich bei Heine:

Er schildert den Charakter einer gefälligen Dame mit den Worten: „Sie konnte nichts abschlagen außer ihr Wasser."

Der Witzforscher Freud hält dann kurz inne und faßt die bisher behandelten Witztechniken in drei Gruppen zusammen: Erstens die Verdichtung (mit Mischwortbildung oder Modifikation); zweitens die Unifizierung, also die mehrfache und unterschiedliche Verwendung des nämlichen Materials; drittens den Doppelsinn (Name und Sachbedeutung, Metaphorik, Zweideutigkeit). Er stellt dann fest: „*Diese Mannigfaltigkeit wirkt verwirrend ... Es müßte möglich sein, alle diese Techniken unter einen Hut zu bringen.*" (57)

Bevor er seine Erkenntnisse zusammenfaßt, bringt Freud noch ein starkes Beispiel für Verdichtung: Der „Wiener Spaziergänger" Daniel Spitzer beschreibt einen Typus Mensch der Gründerzeit kurz und bündig:

„*Eiserne Stirn – eiserne Kasse – eiserne Krone.*"

Das ist eine ausgezeichnete Unifizierung – alles ist gleichsam Eisen. Dieses „eisern" in mehrfacher Verwendung bewirkt die Verkürzung einer Beschreibung, die etwa so lauten könnte: Mit der nötigen Gewissenlosigkeit ist es leicht, ein großes Vermögen zu erwerben, und zur Belohnung für solche Verdienste bleibt oft der Adel nicht aus.

Und Freud beschreibt den gemeinsamen Nenner aller bisher behandelten Techniken des Witzes: *„Eine zusammendrängende oder richtiger ersparende Tendenz beherrscht alle diese Techniken."* Aber er bleibt vorsichtig, denn nicht jede Ersparung im Ausdruck ist witzig. Außerdem stellt sich die Frage, ob die Ersparung für alle Witze gilt. So sammelt und analysiert er neue Beispiele von Witzen.

Er betrachtet die Technik der *Kalauer,* die sehr beliebt sind und als niedrigste Art des Wortwitzes gelten. Doch der Kalauer spielt mit Worten nicht als Worte, sondern als Klang und ist deshalb kein echtes Wortspiel. Es genügt eine Ähnlichkeit bei zwei Worten, etwa reimartiger Gleichklang, ähnliche Struktur, und schon ist der Kalauer (calembourg) fertig. In der Kapuzinerpredigt in „Wallensteins Lager" wimmelt es davon:

„Und all die gesegneten deutschen Länder sind verkehrt worden in Elender."

Gedankenwitze – die Technik der Verschiebung

Mit Freud wenden wir uns jetzt den Gedankenwitzen zu. Er beschreibt deren Technik als Verschiebung, „weil das Wesentliche an ihr die Ablenkung des Gedankenganges, die Verschiebung des psychischen Akzents auf ein anderes als das angefangene Thema ist". Der anfangs eingeschlagene Gedankengang wird völlig unerwartet verlassen und in eine ganz andere Richtung fortgesetzt. Der Witz hängt also nicht vom Wort ab, sondern vom Gedankengang. Ein treffendes Beispiel:

Zwei Juden treffen in der Nähe des Badehauses zusammen: „Hast du genommen ein Bad?" fragt der eine. – „Wieso, fehlt eins?" fragt der andere.

Hier liegt die Technik im doppelten Sinn von „nehmen" oder in der Verschiebung des Akzents von „Bad" auf „nehmen". Es liegt eine Ablenkung des Gedankenganges vor. Auch im folgenden Witz dominiert das Spiel mit dem Gedankengang.

Ein bekannter Börsenspekulant geht mit einem Freund auf der Ringstraße spazieren. Vor einem Café macht er diesem den Vorschlag: „Gehen wir hinein und nehmen wir etwas." Der Freund hält ihn zurück: „Aber Herr Hofrat, es sind doch Leute darin!"

Und ein neuerer:

Treffen sich zwei Jäger – beide tot!

Im folgenden kommt es zur Umkehrung der Relation zwischen Mittel und Zweck. Die Nebensache erweist sich als Hauptsache, nämlich das Trinken:

Ein Mann, der dem Trunk ergeben ist, ernährt sich in einer kleinen Stadt durch Lektionengeben. Ein Bekannter mahnt ihn zur Besserung: „Sehen Sie, Sie könnten die schönsten Lektionen in der Stadt haben, wenn Sie das Trinken aufgeben würden!" – Der antwortet entrüstet. „Wie kommen Sie mir vor? Ich geb' Lektionen, damit ich trinken kann. Soll ich das Trinken aufgeben, damit ich Lektionen bekomme?"

Ein Pferdehändler empfiehlt dem Kunden ein Reitpferd: „Wenn Sie dieses Pferd nehmen und sich um 4 Uhr früh aufsetzen, sind Sie um 7 Uhr in Preßburg." – „Was mach' ich in Preßburg um 7 Uhr früh?"

Offensichtlich wird die Aufmerksamkeit von der Leistungsfähigkeit des Pferdes auf die Metapher verschoben; ein unerwarteter Gedankengang wird eingeschlagen.

Der Schadchen hat dem Bewerber versichert, daß der Vater des Mädchens nicht mehr am Leben sei. Nach der Verlobung stellt sich heraus, daß der Vater doch noch lebt und eine Kerkerstrafe abbüßt. Der Bewerber macht dem Schadchen Vorwürfe: „Nu", meint dieser, „was hab ich Ihnen gesagt? Ist denn das ein Leben?"

Der Doppelsinn des Wortes „Leben" und die Verschiebung des Gedankenganges machen die Technik dieses Witzes aus. Zugleich kommt die für den Heiratsvermittler typische Mischung von verlogener Dreistigkeit und schlagfertigem Witz zum Ausdruck.

Ein Schnorrer trägt dem reichen Baron seine Bitte um Gewährung einer Unterstützung für die Reise nach Oostende vor; die Ärzte hätten ihm Seebäder zur Herstellung seiner Gesundheit empfohlen. –„Gut, ich will Ihnen etwas dazu geben", meint der Baron, „aber müssen Sie gerade nach Oostende gehen, dem teuersten aller Seebäder?" – „Herr Baron", lautet die Antwort, „für meine Gesundheit ist mir nichts zu teuer!"

Dieser Schnorrerwitz ist ein reinrassiger und köstlicher Verschiebungswitz. Denn der Schnorrer nimmt den Standpunkt des Reichen ein und argumentiert so, als gingen Geld und Gesundheit die nämliche Person an – und das verblüfft.

Widersinn und Denkfehler

Itzig ist zur Artillerie assentiert worden. Er ist offenbar ein intelligenter Bursche, aber ungefügig und ohne Interesse für den Dienst. Einer seiner Vorgesetzten, der ihm wohlgesonnen ist, nimmt ihn beiseite und sagt zu ihm: „Itzig, du taugst nicht zu uns. Ich will dir einen Rat geben: Kauf' dir eine Kanon' und mach' dich selbständig!"

Über diesen Rat, der offenbar ein Unsinn ist, „kann man herzlich lachen". In diesem starken Judenwitz liegt ein Denkfehler, der eine Verschiebung des Gedankenganges verdeckt. Der Sinn, der in diesem Unsinn steckt, macht den Unsinn zum Witz. Ein guter Geschäftsmann ist im Militär, wo es um Unterordnen und nicht um Unternehmen geht, völlig fehl am Platz. Und der Offizier kopiert den Itzig und stellt sich dumm, um die Dummheit von Itzig darzustellen.

Als dem Phokion einmal nach einer Rede Beifall geklatscht wurde, fragte er zu seinen Freunden gewandt: „Was habe ich denn Dummes gesagt?"

Diese Frage klingt widersinnig. Doch der Sinn im Unsinn ist offensichtlich: Wenn dieses dumme Volk lacht, muß ich etwas Dummes gesagt haben!

Der folgende Witz von Lichtenberg ist ein besonderer Dummheitswitz. Er wundert sich über Selbstverständliches, aber da steckt was Gescheites dahinter:

Lichtenberg wundert sich, „daß den Katzen gerade an der Stelle zwei Löcher in den Pelz geschnitten wären, wo sie die Augen hätten".

Die Witztechnik bedient sich der Abweichung vom normalen Denken, also der Verschiebung und des Widersinns. Auch andere Denkfehler dienen dieser Technik.

Der Schadchen verteidigt sich gegen die Vorwürfe des Brautwerbers: „Die Schwiegermutter gefällt mir nicht, sie ist boshaft und dumm." – „Sie heiraten doch nicht die

Schwiegermutter." – „Ja, aber jung ist die Braut auch nicht und sie hat ein häßliches Gesicht." – „Das macht nichts; ist sie nicht jung und schön, wird sie Ihnen um so treuer bleiben." – „Geld hat sie auch keins." – „Wer spricht vom Geld! Heiraten Sie denn das Geld? Sie wollen doch eine Frau!" – „Aber sie hat einen Buckel!" – „Nu, was wollen Sie? Gar keinen Fehler soll sie haben?"

Der Schein von Logik soll den Denkfehler verdecken. Der Schadchen besteht darauf, jeden Faktor vereinzelt zu behandeln und weigert sich, sie als Summe wahrzunehmen. Es wird sophistisch isoliert, was zusammengehört.

Der Bewerber hat auszusetzen, daß die Braut ein kürzeres Bein hat und hinkt. Der Schadchen widerspricht ihm: „Sie haben unrecht. Nehmen Sie an, Sie heiraten eine Frau mit gesunden, geraden Gliedern. Was haben Sie davon? Sie sind keinen Tag sicher, daß sie nicht hinfällt, ein Bein bricht und dann lahm ist fürs ganze Leben. Und dann die Schmerzen, die Aufregung, die Doktorrechnung! Wenn Sie aber die nehmen, so kann Ihnen das nicht passieren; da haben Sie eine fertige Sach'."

Der Schein von Logik ist hier sehr dünn: Das „fertige Unglück" wird einem bloß möglichen gegenübergestellt, eine Phantasievorstellung soll mit der Realität versöhnen.

Solche Denkfehler können automatisch ablaufen, wie es bei vielen Schadchenwitzen geschieht. Der Automatismus der Antwort siegt über die zweckmäßige Abänderung des Denkens und Redens. Solche Denkfehler wirken besonders komisch und witzig:

Ein Schadchen hat zur Besprechung über die Braut einen Gehilfen mitgebracht, der seine Mitteilungen bekräftigen soll: Sie ist gewachsen wie ein Tannenbaum, meint der Schadchen. – Wie ein Tannenbaum, wiederholt das Echo. – Und Augen hat sie, die muß man gesehen haben. – Heiße

Augen! Bekräftigt das Echo. – Und gebildet ist sie, wie keine andere. – Und wie gebildet! – Aber das eine ist wahr, gesteht der Vermittler zu, sie hat einen kleinen Höcker – Aber was für einen Höcker!" bekräftigt das Echo.

Unifizierung bei Gedankenwitzen

Durch diese Technik werden bekanntlich neue und unerwartete Einheiten aus dem gleichen Sprachmaterial hergestellt. Lichtenberg hatte für diese Art von Witzen einen ausgeprägten Sinn:

„Der Januarius ist der Monat, da man seinen guten Freunden Wünsche darbringt, und die übrigen sind die, worin sie nicht erfüllt werden."

„Das menschliche Leben zerfällt in zwei Hälften, in der ersten wünscht man die zweite herbei, und in der zweiten wünscht man die erste zurück."

„Die Erfahrung besteht darin, daß man erfährt, was man nicht zu erfahren wünscht."

Bei den sogenannten schlagfertigen Witzen spielt die Unifizierung eine große Rolle. Denn die Schlagfertigkeit besteht weithin in der „Umkehrung des Spießes" im „Bezahlen mit der gleichen Münze", in der „Retourkutsche", also in der Herstellung einer unerwarteten Einheit zwischen Angriff und Gegenangriff.

Eine weitere Spielart dieser Technik liegt in der Anreihung, wodurch ein witziger Zusammenhang hergestellt werden kann. So sagt Heine in der Harzreise von Göttingen:

„Im allgemeinen werden die Bewohner Göttingens eingeteilt in Studenten, Professoren, Philister und Vieh, welche vier Stände doch nichts weniger als scharf geschieden sind."

Weiters spricht er von der Schule, wo er *„soviel Latein, Prügel und Geographie“* ausstehen mußte. Offenbar wurde das alles eingeprügelt.

Darstellung durch das Gegenteil – Ironie

Die Darstellung durch das Gegenteil dient der Witzarbeit in vielfältiger Weise. Sie ist ein häufig verwendetes und kräftig wirkendes Mittel der Witztechnik. Dazu zählen auch die indirekte Darstellung und entsprechende Metaphern. Schließlich ist ja die Ironie regelmäßig eine Darstellung durch das Gegenteil.

Heine hat viele glänzende Beispiele mit dieser Technik entwickelt:

„Diese Frau glich in vielen Punkten der Venus von Melos: Sie ist auch außerordentlich alt, hat ebenfalls keine Zähne und auf der gelblichen Oberfläche ihres Körpers einige weiße Flecken.“

Auch Lichtenbergs Beschreibung des großen Geistes ist dafür ein klassisches Beispiel:

„Er hatte die Eigenschaften der größten Männer in sich vereinigt: Er trug den Kopf schief wie Alexander, hatte immer etwas in den Haaren zu nesteln wie Cäsar, konnte Kaffee trinken wie Leibniz, und wenn er einmal recht in seinem Lehnstuhl saß, so vergaß er Essen und Trinken darüber wie Newton, und man mußte ihn wie diesen wecken …“

In der kleinen Gruppe der Überbietungswitze wird das „Ja“ durch ein „Nein“ ersetzt, das einem noch verstärkten „Ja“ gleichwertig ist. So hat Lichtenberg die Schulweisheit boshaft und scheinbar verteidigt, wenn er sagt:

„Es gibt mehr Dinge im Himmel und auf Erden, als Eure Schulweisheit sich träumen läßt. Aber es gibt auch vieles in der Schulweisheit, das sich weder im Himmel noch auf Erden findet.“

Im folgenden makabren Witz sagt der Chirurge das Gegenteil von dem, was er sagen will, und zwar als unglaubwürdige und untertänige Überbietung:

> Der König besucht die chirurgische Klinik und trifft den Professor bei der Vornahme einer Beinamputation, wobei er die einzelnen Stadien der Operation mit lauten Äußerungen seines königlichen Wohlgefallens begleitet. „Bravo, bravo, mein lieber Geheimrat!" Nach Beendigung der Amputation tritt der Professor an den König heran und fragt, sich tief verneigend: „Befehlen Majestät auch das andere Bein?"

Bei der großen Gruppe der Gedankenwitze ist die Technik der Darstellung durch Ähnliches, Verwandtes, Zusammenhängendes sehr verbreitet.

> Zwei skrupellose Unternehmer erwarben ein großes Vermögen. Und weil sie sich der guten Gesellschaft aufdrängen wollten, ließen sie sich vom berühmtesten Maler der Stadt portraitieren. Sie gaben dann ein großes Fest und führten einen prominenten Kunstkenner zur Wand des Salons, auf der die beiden Portraits nebeneinander aufgehängt waren. Der Kunstkenner sah die Bilder lange an und fragte dann, auf den freien Raum zwischen den Bildern deutend: „Und wo ist der Heiland?"

Dieser Witz ist ein geistreiches Beispiel für indirekte Darstellung. Wenn wir die Witzarbeit zurückverfolgen, assoziiert der Kunstkenner das Bild des Gekreuzigten, der zwischen zwei Verbrechern hängt. Damit werden die beiden als Halunken bezeichnet, allerdings ohne es direkt auszusprechen. Die geistreiche Anspielung sagt alles. Das geschieht nicht durch ein Wortspiel sondern durch einen neuen Gedanken.

Anklänge und Anspielungen

Durch Anklänge und Anspielungen an Sprichwörter kann häufig etwas Witziges ausgesagt oder irgendein verblüffender Zusammenhang hergestellt werden. Dabei ist oft auch die Technik der Verdichtung mit Ersatzbildung mit im Spiel. Freud: „*Die Anspielung ist vielleicht das gebräuchlichste und am leichtesten zu handhabende Mittel des Witzes und liegt den meisten der kurzlebigen Witzproduktionen zugrunde.*" Sie macht vor allem von der indirekten Darstellung und der Darstellung durch das Gegenteil gebrauch.

> *Jemand sagt über eine hochstrebende Person: „Er hat ein Ideal vor dem Kopf."*

Das ist eine geistreiche Modifikation der Redensart: „Jemand hat ein Brett vor dem Kopf."

Minimale Veränderungen von Buchstaben ermöglichen witzige Anspielungen, wie etwa Heines Aussage: „*Mein Unglaubensgenosse Spinoza.*"

Heines „Bäder von Lucca" enthalten „ein wahres Wespennest der stacheligsten Anspielungen", natürlich in polemischer Absicht:

> „Sie sind zu korpulent, und ich bin zu mager, Sie haben viel Einbildung, und ich habe desto mehr Geschäftssinn; ich bin ein Praktikus, und Sie sind ein Diarrhetikus, kurz und gut, Sie sind ganz mein Antipodex."

Denkfehler, Unifizierung und indirekte Darstellung sind die wichtigsten Techniken der Gedankenwitze. Durch ein winziges Detail wird ein ganzer Charakter beschrieben. Auch Gleichniswitze bedienen sich der indirekten Darstellung. Lichtenberg hat mit dieser Technik viele erhellende und witzige Gleichnisse produziert, über die sich Freud offensichtlich sehr gefreut hat:

„Es ist fast unmöglich, die Fackel der Wahrheit durch ein Gedränge zu tragen, ohne jemandem den Bart zu sengen."

Bei dieser Formulierung wirken mehrere Techniken zusammen. Die metaphorische Redewendung „Fackel der Wahrheit" und das Vollnehmen der sonst abstrakten Redensart.

„Wenn er philosophiert, so wirft er gewöhnlich ein angenehmes Mondlicht über die Gegenstände, das im ganzen gefällt, aber nicht einen einzigen Gegenstand deutlich zeigt ... Ein großes Licht war der Philosophieprofessor nicht, aber ein großer Leuchter."

Der nächste Gleichniswitz von Lichtenberg beruht auf einer verblüffenden Attribuierung, die sich durch den Vergleich der physischen mit der geistigen Nahrungsaufnahme aufklärt:

„Es ist schade, daß man bei Schriftstellern die gelehrten Eingeweide nicht sehen kann, um zu erforschen, was sie gegessen haben."

„Jeder Mensch hat auch seine moralische Backside, die er nicht ohne Not zeigt und die er so lange wie möglich mit den Hosen des guten Anstandes zudeckt."

Das letzte Beispiel hat eine sehr „herabziehende Tendenz": Das abstrakte Phänomen Anstand wird mit etwas sehr konkret Niedrigem, mit der Hose, zusammengebracht und verglichen. Am ehesten läßt es sich der indirekten Darstellung zuordnen, auch wenn andere Techniken mit im geistreichen Spiel sind.

Nach der Analyse dieser unterschiedlichen Witze faßt Freud die Ergebnisse vorsichtig zusammen. Er habe wohl die häufigsten und wichtigsten technischen Mittel der Witzarbeit beleuchtet, wodurch es möglich wird, den psychischen Vorgang der Witzbildung genauer zu analysieren. Besonders die große Übereinstimmung zwischen Witzarbeit und Traumarbeit legt dies nahe, zumal er vom Traum schon viel versteht:

„Die interessanten Vorgänge der Verdichtung mit Ersatzbildung, die wir als den Kern der Techniken des Wortwitzes erkannt haben, wiesen uns auf die Traumbildung hin, in deren Mechanismus die nämlichen psychischen Vorgänge aufgedeckt worden sind. Eben dahin weisen aber auch die Techniken des Gedankenwitzes, die Verschiebung, die Denkfehler, der Widersinn, die indirekte Darstellung, die Darstellung durchs Gegenteil, die samt und sonders in der Technik der Traumarbeit wiederkehren ... Eine so weitgehende Übereinstimmung wie die zwischen den Mitteln der Witzarbeit und denen der Traumarbeit wird kaum eine zufällige sein können.“ (103)

Diesem Phänomen werden wir uns mit Freud später zuwenden.

2. Die Tendenzen des Witzes

Unabhängig von der sprachlichen und intellektuellen Technik des Witzes spielt seine Tendenz eine große Rolle. Denn fast alle Witze stehen im Dienst der Befriedigung eines Triebbedürfnisses, einer Absicht, eben einer Tendenz. Solche Witze überlisten und überwinden ein kulturelles Hindernis und schöpfen Lust aus einer sonst unzugänglich gewordenen Lustquelle. Durch die Verdrängungsarbeit der Kultur, durch innere und äußere Hemmungen, gehen viele ursprüngliche Genuß- und Befriedigungsmöglichkeiten verloren. Freud unterscheidet deshalb zwischen harmlosen und tendenziösen Witzen. Bei den tendenziösen Witzen unterscheidet er den obszönen, den aggressiven und feindseligen, den zynischen und den skeptischen Witz. Die harmlosen machen fast nur wegen ihrer Technik lachen.

Harmlose Witze

Beispiele für harmlose Witze sind Schüttelreime, wie dieser:

> Und weil er Geld in Menge hatte, lag stets er in der Hängematte.

> Der Geist, den man beim Schütteln rief, wird meist vom vielen Rütteln schief.

Auch Lichtenbergs Vergleiche sind oft harmlose, aber geistreiche Gedankenwitze:

> Er glaubte nicht allein an keine Gespenster, sondern er fürchtete sich nicht einmal davor.

Der Witz liegt in der widersinnigen Darstellung, bringt aber eine weise Einsicht zum Ausdruck, die an Lessings Ausspruch erinnert:

„*Es sind nicht alle frei, die ihrer Ketten spotten.*“

Dazu etwas neuer:

Es ist nicht alles ein Vergleich, was hinkt.

Es ist weiters aufschlußreich, den Gedankengehalt eines Witzes von der witzigen Einkleidung, der Witztechnik, zu unterscheiden. Harmlose Witze können sehr gehaltvoll sein. Außerdem hängt unser Wohlgefallen an einem Witz vom summierten Eindruck beider Momente ab. Freud bringt einen Vergleich: So wie ein Uhrmacher manchmal ein besonders gutes Werk auch mit einem kostbaren Gehäuse ausstattet, so sind manche tiefsinnigen Witze auch technisch hervorragend gestaltet.

> Der kleine Nikita geht mit dem Opa in Moskau spazieren. Da fragt er: „Sag mal, Opa, was ist eigentlich der Unterschied zwischen Kapitalismus und Kommunismus?“ – „Das ist ganz einfach“, sagt Opa. „Im Kapitalismus beuten

die einen die anderen aus." – „Und wie ist das im Kommunismus?" – „Da ist es genau umgekehrt!"

Aufsatzthema in der Volksrepublik Ungarn: „Warum haben unsere sowjetischen Freunde im Oktober 1956 in Ungarn interveniert?" – Ein Schüler schreibt: „Weil die Ungarn versucht hatten, sich in ihre eigenen Angelegenheiten einzumischen!"

Die lichtenbergschen Witze sind vor allem durch den Gedankeninhalt und ihre Treffsicherheit hervorragend. Goethe sah in ihnen verborgene Probleme oder deren angedeutete Lösung.

Ein Mädchen, welches während seiner Toilette die Ankündigung eines Besuches erhält, klagt: „Ach wie schade! Gerade wenn man am anziehendsten ist, darf man sich nicht sehen lassen!"

Das ist natürlich kein tendenzloser Witz, wie Freud schelmisch angemerkt hat.

Der Witz hat die Funktion, Lust beim Hörer hervorzurufen, Lust aus intellektuellen und triebhaften Vorgängen zu gewinnen. Insofern ist er nie völlig absichtslos. Außerdem betrifft der ästhetische Genuß vor allem die Technik des Witzes, seine Kunstfertigkeit: „*Wenn wir unseren seelischen Apparat gerade nicht zur Erfüllung einer der unentbehrlichen Befriedigungen brauchen, lassen wir ihn selbst auf Lust arbeiten, suchen wir Lust aus seiner eigenen Tätigkeit zu ziehen.*"

Viele Kinderwitze sind tendenzlos:

Biologieunterricht. „Welchen Ausdruck gibt es noch für Staubgefäße?" – Sagt Fritz: „Mülleimer!"

Claudia hat einen neuen Plattenspieler bekommen.
Sie will ihn ihrer Freundin vorführen und fragt:
„Was ist deine Lieblingsplatte?" – Marlies Augen leuchten:
„Eine Wurstplatte."

„Die Lustwirkung des harmlosen Witzes ist zumeist eine mäßige; ein deutliches Wohlgefallen, ein leichtes Lächeln ... Fast niemals erzielt der tendenzlose Witz jene plötzlichen Ausbrüche von Gelächter, die den tendenziösen so unwiderstehlich machen."

Obszöne Witze

Wo der Witz nicht Selbstzweck, also harmlos ist, stellt er sich vor allem in den Dienst von zwei Tendenzen: Er ist feindselig oder obszön oder beides. Der obszöne Witz, der im Dienste der sexuellen Bedürfnisse steht, hat entblößende Wirkung. So besteht vor allem die Zote darin, sexuelle Tatsachen und Verhältnisse offen und unverschämt direkt auszusprechen. Es ist weiters auffällig, daß der Inhalt der Zote auch alles Exkrementelle umfaßt, so wie es der kindlichen Auffassung des Sexuellen entspricht. Es ist auffällig, daß Freud kein Beispiel für eine Zote anführt, er beschreibt sie nur genau:

„Die Zote ist also ursprünglich an das Weib gerichtet und einem Verführungsversuch gleichzusetzen ... Wer über die gehörige Zote lacht, lacht wie ein Zuschauer bei einer sexuellen Aggression ... Die Zote ist wie eine Entblößung der sexuell differenten Person, an die sie gerichtet ist ... Es ist nicht zu bezweifeln, daß die Lust, das Sexuelle entblößt zu sehen, das ursprüngliche Motiv der Zote ist."

Die ursprüngliche Lust, das Sexuelle zu berühren, weicht aus Scham der Schaulust, aber „Schau- und Tastlibido" bleiben verbunden. Die Schau- und Zeigelust wird durch die kulturelle Schamhaftigkeit zwar überlagert, aber „dem Weibe ist in der Kleidung ein Ausfallspförtchen“ offengeblieben.

Im Kapitel über die Sexwitze habe ich viele angeführt, die mit Schaulust verbunden sind. Sehen wir uns einige Zoten an, die Freud nicht kannte:

> „Was hat eine Blondine mit einem Fön gemeinsam?“ – „Wenn man sie anmacht, fangen sie an zu blasen.“

> Eine Blondine geht zum Arzt und sagt: „Es juckt mich zwischen den Zehen.“ – Fragt der Arzt: „Zwischen welchen?“ – Antwortet sie: „Zwischen den beiden großen Zehen.“

> Ein Mann drängt eine junge Frau in einen dunklen Hausflur und röchelt: „Du holst mir jetzt sofort einen runter!“ – Sagt sie: „Tut mir leid, ich kenne hier keinen Menschen.“

Der tendenziöse Witz braucht meist drei Personen, den Witzmacher, das Objekt des Witzes und den Zuhörer, an den sich die Absicht richtet, Lust zu erzeugen: „*Durch die zotige Rede des Ersten wird das Weib vor diesem Dritten entblößt, der nun als Zuhörer … bestochen wird. Es ist merkwürdig, daß solcher Zotenverkehr beim gemeinen Volke so überaus beliebt und eine nie fehlende Betätigung heiterer Stimmung ist … Die unverhüllte Nudität auszusprechen bereitet dem Ersten Vergnügen und macht den Dritten lachen.*“ (114)

Doch in feinerer Gesellschaft muß die Zote witzig sein, meist als Anspielung verkleidet, sonst wird nicht gelacht. Bei sexuellen Witzen ist die Technik des Witzes oft recht ärmlich, das ist bei den Blondinenwitzen offensichtlich, der Lacherfolg aber kann in entsprechender Stimmung und Situation sehr groß sein.

Feindseliger und aggressiver Witz

Freud wendet sich dann den feindseligen und aggressiven Witzen zu. Wir sind noch als Kinder „mit kräftigen Anlagen zur Feindseligkeit begabt", aber durch die Moral der Kultur erfährt unsere Aggression eine massive Einschränkung. Im Witz findet sie ein Ventil. Auch hier hat Freud wenige Witze angeführt. Deshalb habe ich einige eingefügt.

> Sagt der Angestellte zum Chef: „Ich würde heute gerne zu einer Beerdigung gehen." – Fragt der Chef: „Zu welcher?" – Sagt der Angestellte: „Zu Ihrer!"

> „Was ist der Unterschied zwischen Autoreifen und Managern?" – „Autoreifen brauchen ein Mindestprofil."

Besonders gern wird der aggressive Witz für die Schmähung und Kritik Höhergestellter und Autoritäten in Anspruch genommen. Denn der tendenziöse Witz ist bestens geeignet zum „Angriff auf Großes, Würdiges und Mächtiges … das durch innerliche Hemmung oder äußerliche Umstände gegen direkte Herabsetzung geschützt ist". Im Kapitel über den politischen Witz gibt es dafür viele Beispiele.

> Bundeskanzler Wolfgang Schüssel wurde unlängst als Millimetternich bezeichnet.

In Ägypten werden die Oberägypter wie bei uns die Burgenländer und in Deutschland die Österreicher gehandelt:

> Drei Oberägypter rücken zum Militärdienst ein. Sie werden der Ehrengarde zugeteilt. Während ihrer Ausbildung erklärt ihnen der Offizier. „Wenn ihr den Präsidenten seht, schießt ihr 21 Schuß Salut!" – Einer von ihnen fragt. „Und wenn er vom ersten Schuß stirbt, sollen wir weiterschießen?"

Der aggressive Witze hat viele Angriffsobjekte: Institutionen, Personen, Moralvorstellungen, Religion, Politik und Weltanschauung. Es sind eigentlich nur wenige existentielle Themen, aber ihre Formen und Einkleidungen sind äußerst mannigfaltig.

Und Freud wird ungewöhnlich kritisch: *„Es läßt sich laut sagen, was diese Witze flüstern, daß die Wünsche und Begierden des Menschen ein Recht haben, sich vernehmbar zu machen neben der anspruchsvollen und rücksichtslosen Moral, und es ist in unseren Tagen in nachdrücklichen und packenden Sätzen gesagt worden, daß diese Moral nur die eigennützige Vorschrift der wenigen Reichen und Mächtigen ist, welche jederzeit ohne Aufschub ihre Wünsche befriedigen können."* (124)

Freud veranschaulicht das an der Institution der Ehe, wobei er sagt, daß es sich dabei vor allem um zynische Witze handelt, denn „was sie verhüllen, sind Zynismen": *„Unter den Institutionen, die der zynische Witz anzugreifen pflegt, ist keine wichtiger, eindringlicher durch Moralvorschriften geschützt, aber dennoch zum Angriff einladender als das Institut der Ehe, dem also auch die meisten zynischen Witze gelten. Kein Anspruch ist ja persönlicher als der auf sexuelle Freiheit, und nirgends hat die Kultur eine stärkere Unterdrückung zu üben versucht als auf dem Gebiet der Sexualität."* (125)

Im Kapitel über die Ehewitze wird Freuds Einsicht reichlich durch Witze bestätigt. Freud selbst führt nur wenige an.

> Im Stammbuch des Prinzen Karneval findet sich folgende Eintragung. „Eine Frau ist wie ein Regenschirm – man nimmt sich dann doch einen Komfortabel."

Sein Kommentar: „Man heiratet, um sich gegen die Anfechtungen der Sinnlichkeit zu sichern", aber für stärkere Bedürfnisse nimmt man sich doch ein „öffentliches Verkehrsmittel".

Freud wendet sich dann dem aggressiven Witz zu, der das eigene Volk und somit auch die eigene Person betrifft. *„So sind auf dem Boden des jüdischen Volkslebens eine Anzahl der trefflichsten Witze erwachsen ... von denen wir ja hier reichliche Proben gegeben haben ... Es sind Geschichten, die von Juden geschaffen und gegen jüdische Eigentümlichkeiten gerichtet sind ... Ich weiß übrigens nicht, ob es sonst noch häufig vorkommt, daß sich ein Volk in solchem Ausmaß über sein eigenes Wesen lustig macht.*" (126)

Im Kapitel über den jüdischen Witz und Humor wird das ausführlich dokumentiert. Die Selbstironie ist eine Besonderheit im köstlichen jüdischen Witz.

Freud erzählt dann, nachdem er einige typische Schnorrerwitze beleuchtet hatte, eine Geschichte, die von pessimistischem Zynismus zeugt, die ich verkürzt als Witz berichte:

> Ein Schwerhöriger, der sehr viel Branntwein trinkt, konsultiert den Arzt. Dieser rät ihm dringend, das Trinken einzustellen, was der Patient verspricht. Als ihn der Arzt einige Monate später auf der Straße trifft, fragt er ihn sehr laut nach seinem Befinden – „Ich danke Ihnen. Aber Sie brauchen nicht so zu schreien! Ich habe das Trinken aufgegeben und höre wieder gut!" – Nach einigen Monaten begegnen die beiden einander wieder. Da der Gruß des Arztes nicht erwidert wird, schreit dieser ihn laut an: „Mir scheint, Sie trinken wieder!" – Da sagt der Patient: „Sie haben recht, Doktor. Ich will ihnen auch sagen, warum. Solange ich nicht getrunken hab', hab' ich gehört; aber alles, was ich gehört hab, war nicht so gut wie der Branntwein!"

Dazu sagt Freud verständnisvoll: *„Es ist das mannigfaltige hoffnungslose Elend der Juden, auf welches diese pessimistischen Geschichten anspielen, die ich dieses Zusammenhanges wegen dem tendenziösen Witz anreihen muß.*"

Von diesem Elend abgesehen sind auch religiöse Dogmen und Vorschriften, Aberglaube und manche Formen des Gottesglaubens Angriffspunkte für zynische Witze.

> Heinrich Heine lag in Paris im Sterben. Ein freundlicher Priester verwies ihn auf Gottes Gnade. Gott werde ihm alle seine Sünden vergeben. Darauf soll Heine gesagt haben: „Bien sur, qu'il me pardonnera; c'est son métier!"

Das vermeintliche Geschöpf gibt sich so als Schöpfer aus: Gewiß wird er mir verzeihen. Das ist sein Geschäft, sein Beruf. Dafür hab ihn mir angeschafft.

3. Der Lustmechanismus, die Psychogenese des Witzes

Wir wissen, daß die Witzeslust zwei Quellen hat, die Technik und die Tendenz. Es stellt sich aber die Frage nach dem Mechanismus der Lustwirkung. Beim tendenziösen Witz muß ein äußeres Hindernis oder eine innere Hemmung weggeräumt werden, damit der Zugang zu den sonst verbotenen Lustquellen geöffnet werden kann. Für die Herstellung und Erhaltung einer psychischen Hemmung ist ein psychischer Aufwand erforderlich. Falls diese Hemmung aufgelöst wird, wird psychische Energie frei. Der Lustgewinn entspricht dem ersparten Energieaufwand. Die „Ersparung an Hemmungs- und Unterdrükkungsaufwand" scheint das Geheimnis der Lustwirkung des tendenziösen Witzes zu sein.

Die folgende Zote kannte Freud nicht:

> „Wohin fährt eine Blondine mit einer Matratze auf dem Autodach?" – „Zum Bewerbungsgespräch mit Unterlagen."

Bei harmlosen Witzen ist es die Technik des Witzes selbst, die die Lustquelle darstellt. Es ist ähnlich wie bei kleinen Kindern, welche die Worte noch als Dinge behandeln oder wörtlich nehmen. Auch der Wortklang ist ursprünglich und nicht der abstrakte Sinn. Die Witzeslust entsteht oft aus solchen „Kurzschlüssen" zwischen Sinn und Klang.

Deutschstunde: „Max, was stellst du dir unter einer Hängebrücke vor? – „Wasser, Herr Lehrer, viel Wasser!"

Biologieunterricht: „Kennt ihr Tiere, die nicht hören können?" – „Die Tauben!"

Die kleine Eva betrachtet nachdenklich den Vater und entdeckt an seinen Schläfen die ersten weißen Haare. Da sagt sie erschrocken: „Papa, du fängst ja schon an zu schimmeln!"

Hilde strahlt: „Schön, daß du kommst, Tante Lena! Heute morgen hat Vati gesagt: ‚Tante Lena fehlt uns gerade noch'."

Die Lust am Reim, am Refrain und an anderen Formen der Wiederholung beruht auf dem Wiederfinden des Bekannten. Auch der Akt des Erinnerns ist oft mit Lust verbunden. Aus dieser „Erinnerungslust" erklärt sich auch die Wirkung von Witzen, die auf aktuelle Vorkommnisse, Personen und Situationen anspielen. Witze, die lange Kommentare benötigen, sind natürlich nicht witzig.

Ein US-amerikanischer Demokrat liegt mit seiner Frau im Bett. Plötzlich bemerkt er etwas und sagt erstaunt zu ihr: „Warum hast du denn deine Muschi ausrasiert?" – Sagt sie: „Du hast doch unlängst gesagt, der Bush muß weg!"

Wie sieht dieser Prozeß bei den Gedankenwitzen aus, die mit den Techniken der Denkfehler, der Verschiebung und Darstellung durch das Gegenteil arbeiten? Denn: *„Die Lust am Unsinn … ist im ernsthaften Leben allerdings bis zum Verschwinden verdeckt."* Das Kind, das sprechen lernt, spielt lustvoll mit den Worten, doch später sind ihm nur noch sinnreiche Wortverbindungen erlaubt. Aber es ist auch später lustvoll, sich dem Druck der Kritik und der Vernünftigkeit zu entziehen und sich gegen den Denk- und Realitätszwang aufzulehnen. Im Kapitel über das „Blödeln“ kamen diese Bedürfnisse ausführlich zur Sprache.

Freud wußte es: Wir Menschen sind „unermüdliche Lustsucher“. Studentischer Ulk, der „heitere Unsinn des Bierschwefels“ sind Ausdruck solcher „Lust am befreiten Unsinn“. Sowohl die Techniken des Wortwitzes als auch die der Gedankenwitze entlasten vom Zwang der intellektuellen und moralischen Erziehung und erlauben „alte Freiheiten“, besonders in veränderter heiterer Stimmungslage:

„Die Veränderung der Stimmungslage ist das Wertvollste, was der Alkohol dem Menschen leistet, und weshalb dieses ‚Gift‘ nicht für jeden gleich entbehrlich ist … Es ist überaus lehrreich zu sehen, wie die Anforderungen an den Witz mit einer Hebung der Stimmungslage sinken … Unter dem Einfluß des Alkohols wird der Erwachsene wieder zum Kind, dem die freie Verfügung über seinen Gedankenablauf ohne Einhaltung des logischen Zwanges Lust bereitet.“ (141)

Freud faßt seine Einsichten in die Lustwirkung des Witzes zusammen: *„Erleichterung des schon bestehenden und Ersparung an erst aufzubietendem psychischen Aufwand, auf diese beiden Prinzipien führt sich also alle Technik des Witzes und somit alle Lust aus diesen Techniken zurück.“* (141)

Auf diese Einsichten aufbauend, entwirft er eine Psychogenese des Witzes, die das Spiel und den Scherz integriert: *„Vor allem Witz gibt es etwas, was wir als Spiel oder ‚Scherz‘ bezeichnen können. Das Spiel … tritt beim Kinde auf, während es Worte verwendet und Gedanken aneinanderfügen lernt. Dieses Spiel folgt wahrscheinlich* *einem der Triebe, welche das Kind zur Übung seiner Fähigkeiten nötigen ... Es ist nicht verwunderlich, daß diese Lusteffekte das Kind zur Pflege des Spieles antreiben ... Spiel mit Worten und Gedanken, motiviert durch gewisse Lusteffekte der Ersparung, wäre also die erste Vorstufe des Witzes.*“ (142)

Die Entwicklung des Witzes führt dazu, die Kritik der Vernunft, die das sinnlose Spiel und die damit verbundene heitere Stimmung verbietet, zu vermeiden und die lustvolle Stimmung der Kindheit wiederzufinden. So ist der Scherz die zweite Vorstufe des Witzes. Er hat noch keine Pointe, ist technisch anspruchslos, aber er macht die Befriedigung des von der Vernunft Verbotenen möglich. Im üblichen Sprachgebrauch wird zwischen Scherz und Witz nicht klar unterschieden.

Der Freiherr von Rokitansky, Begründer der Pathoanatomie in Wien, wurde von einem Kollegen gefragt, welche Berufe seine vier Söhne ausüben. Darauf sagte er: „Zwei heilen und zwei heulen.“

Das ist ein trefflicher Scherz: Zwei sind Ärzte und zwei Sänger.

Beim eigentlichen Witz sind dann die Techniken selbst die Quellen der Lust, neben der Triebtendenz: „*Die Tendenz und Leistung des Witzes, die lustbereitenden Wort- und Gedankenverbindungen vor der Kritik zu schützen, stellt sich aber schon beim Scherz als sein wesentliches Merkmal heraus. Von Anfang an besteht seine Leistung darin, innere Hemmungen aufzuheben und durch sie unzugänglich gewordene Lustquellen ergiebig zu machen, und wir werden finden, daß er diesem Charakter durch seine ganze Entwicklung treu bleibt.*“ (144)

Wenn die Aussage eines Scherzes selbst gehaltvoll und geistreich wird, wandelt sich der Scherz zum Witz. Der Gedanke sucht nämlich die „Witzverkleidung“, weil diese Kleidung die Zensur besticht, verwirrt und überlistet. Genaubesehen ist nur der Scherz harmlos, tendenzfrei, weil er allein die Absicht hat, Lust zu erzeugen.

> Ein Mitglied des „Bürgerministeriums" in Österreich wurde gefragt, ob das Kabinett solidarisch sei. Der Angesprochene antwortet mit einem Witzwort. „Wie sollen wir füreinander einstehen können, wenn wir einander nicht ausstehen können?"

Dieses Spiel mit „einstehen“ und „ausstehen“ ist ein gelungener Witz: Ohne persönliches Einvernehmen kann es keine Solidarität geben.

Freud faßt seine Einsichten zusammen: „*Wir können nun die Formel für die Wirkungsweise des tendenziösen Witzes aussprechen: Er stellt sich in den Dienst von Tendenzen, um vermittels der Witzeslust als Vorlust durch die Aufhebung von Unterdrückungen und Verdrängungen neue Lust zu erzeugen ... Die Vernunft – das kritische Urteil – , die Unterdrückung, dies sind die Mächte, die er der Reihe nach bekämpft; die ursprünglichen Wortlustquellen hält er fest und eröffnet sich von der Stufe des Scherzes an neue Lustquellen durch die Aufhebung von Hemmungen. Die Lust, die er erzeugt, sei es nun Spiellust oder Aufhebungslust, können wir alle Male von Ersparung an psychischem Aufwand ableiten.*“ (151)

Die Witzeslust hat also einen Kern von ursprünglicher „Spiellust“ und eine Hülle von „Aufhebungslust“. Es gibt auch sinnlose witzähnliche Produkte, die bloß die Lust am Unsinn befreien und oft als „Aufsitzer“ dienen, weil sie Erwartungen wecken und enttäuschen. Mit einem solchen „witzig scheinenden Blödsinn“ beendet Freud dieses Kapitel:

> Sagt der eine: „Das Leben ist eine Kettenbrücke!" – „Wieso?" fragt der andere. – „Weiß ich?" lautet die Antwort.

4. Die Motive des Witzes, der Witz als sozialer Vorgang

Außer dem Motiv, Lust zu gewinnen, hat der Witz auch andere Beweggründe, nämlich soziale, und es gibt weiters subjektive Bedingungen, die erfüllt sein müssen, damit ein Witz zündet.

Zuerst behandelt Freud einige subjektive Bedingungen, welche die Beziehung zum Witz beeinflussen. Denn nicht jeder Mensch ist gleichermaßen fähig, sich des Witzes zu bedienen:

„*Die Witzarbeit steht nicht allen zu Gebote, und in ausgiebigem Maße überhaupt nur wenigen Personen, von denen man in auszeichnender Weise aussagt, sie haben Witz.*" Und „witzige Köpfe" weisen meist besondere Anlagen und bestimmte psychische Bedingungen auf. So war Lichtenberg schwer hypochondrisch und ein „mit allerlei Sonderbarkeiten behafteter Mensch". Freud meint, ohne diese Aussage zu generalisieren, daß witzige Köpfe oft „zwiespältige und zu nervöser Erkrankung disponierte Persönlichkeiten" seien. Die Triebfeder für die Witzproduktion können verschiedene gehemmte Triebe, eventuell exhibitionistische oder sadistische Tendenzen sein.

Ein weiterer wichtiger Aspekt verdient unsere Aufmerksamkeit: Mit der Witzarbeit ist nämlich der Drang zur Mitteilung des Witzes untrennbar verbunden. Im allgemeinen sind dafür drei Personen nötig, damit sich der psychische Vorgang des Witzes vollenden kann. Die dritte Person, der Hörer, wirkt bei der Vollendung des Witzvorganges mit und muß eine gewisse Bereitschaft dafür mitbringen. Der Hörer erkauft die Lust des Witzes mit sehr geringem eigenen Aufwand. Dagegen muß der Erzähler des Witzes die Kraft selber aufbringen, welche die Hemmung aufhebt.

Freud geht dann auf einige Bedingungen ein, die beim Hörer des Witzes gegeben sein müssen, damit der Witz ankommt. Er muß vor allem über ähnliche Hemmungen verfügen wie der Erzähler des Witzes: *„Jeder Witz verlangt so sein eigenes Publikum, und über die gleichen Witze zu lachen ist ein Beweis weitgehender psychischer Übereinstimmung."*

Die Aufmerksamkeit wird durch typische Aspekte des Witzes gefördert: etwa durch seine Kürze und Verständlichkeit und durch den Überraschungseffekt. Aber die Aufmerksamkeit wird gleichzeitig geweckt und gehemmt, denn die Verblüffung bewirkt eine „psychische Stauung" (Lipps), die dann plötzlich entladen wird. *„Der Witz ist so ein an sich doppelzüngiger Schelm, der gleichzeitig zwei Herren dient."*

Abschließend spricht Freud von der großen Bedeutung der Erleichterung, die der Witz bewirkt: *„So tritt für uns mit besserer Einsicht in die psychischen Vorgänge des Witzes das Moment der Erleichterung an die Stelle der Ersparung: Erstere ergibt offenbar das größere Lustgefühl. Der Vorgang bei der ersten Person des Witzes erzeugt Lust durch Aufhebung von Hemmung ... er scheint nun nicht eher zur Ruhe zu kommen, als bis er durch die Vermittlung der eingeschobenen dritten Person die allgemeine Erleichterung durch die Abfuhr erzielt hat."* (171)

5. Traumarbeit und Witzarbeit – Parallelen und Unterschiede

Freuds besonderes Interesse galt der Beziehung des Witzes zum Traum und zum Unbewußten. Die große Ähnlichkeit von Witzarbeit und Traumarbeit war für ihn der Anlaß, sich mit dem Problem des Witzes zu beschäftigen: *„Die reichliche und zügellose Anwendung der indirekten Darstellung, der Verschiebungen und insbesondere Anspielungen in der Traumarbeit hat eine Folge, die ich nicht ihrer eigenen Bedeutung wegen erwähne, sondern weil sie der subjektive Anlaß für mich wurde, mich mit dem Problem des Witzes zu beschäftigen."*

Werfen wir einen Blick in die Dynamik der Traumarbeit. Durch diese wird der latente Traumgedanke, also das eigentliche Motiv des Traumes, unter Einwirkung der Zensur in den manifesten Trauminhalt verwandelt. Auslöser sind häufig Tagreste, die im Traum im Sinne der Wunscherfüllung meist regressiv verarbeitet werden.

Durch das vorlogische Denken des Unbewußten werden abstrakte Gedanken in sinnliche Wahrnehmungen zurückverwandelt. Dadurch erscheinen Gedanken als Sinnbilder. Durch diese Regression und unbewußte Bearbeitung erfährt das Material der Traumgedanken eine Verdichtung und Zusammendrängung, die sich gerne der Mehrdeutigkeit von Worten bedient, welche in den tieferen Schichten der Sprache verborgen liegt. Weiters bewirkt die Traumarbeit an den Traumgedanken auch oft Verschiebungen. Was im erinnerten Traum zentral steht und mit großer sinnlicher Intensität auftritt, war im ursprünglichen Traumgedanken nur von geringer Bedeutung. Anders gesagt: Die Besetzungsenergie wird durch die Traumarbeit sehr stark verschoben. Und diese Verschiebung vollzieht sich am Gedankenmaterial, während es sich auf der Stufe der unbewußten Vorgänge befindet.

Die drei großen Leistungen oder Strategien der Traumarbeit bestehen in der Umwandlung abstrakter Gedanken in Sinn-Bilder, in der Verdichtung und in der Verschiebung.

Ein Beispiel: Vor Jahren hatte ich einen Priester in Therapie, der an Depressionen litt und sehr zwanghaft war. Kurz nach Beginn der Therapie hatte er folgenden Traum, der wie eine Karikatur wirkt und sein Über-Ich-Problem symbolstark zum Ausdruck bringt:

Der Priester steht mitten in einem großen Krankenzimmer. Links und rechts von ihm stehen jeweils sechs Betten. Auf jedem lag ein Kardinal in vollem Ornat, aber völlig verkalkt und verblödet.

Die Witzbildung erklärt Freud so: „*Ein vorbewußter Gedanke wird für einen Moment der unbewußten Bear-*

beitung überlassen und deren Ergebnis alsbald von der bewußten Wahrnehmung erfaßt."

Durch die Einsichten in die Prozesse der Traumarbeit bekam Freud ein wichtiges Instrumentarium für das Verständnis der Witzarbeit. Schließlich hat er die grundlegenden Begriffe Verdichtung, Verschiebung und indirekte Darstellung für das Verständnis des Witzes geprägt.

Für die Entstehung des Witzes im Unbewußten sprechen einige Eigenarten: Der Witz hat in hervorragender Weise den Charakter eines ungewollten „Einfalls". Man weiß vorerst gar nicht, was geschieht, plötzlich ist der Einfall da. Dieses Phänomen erklärt, daß man bei der Witzbildung einen Gedankengang für einen Moment fallen läßt, der dann plötzlich als Witz aus dem Unbewußten auftaucht. Auch assoziativ zeigen Witze ein besonderes Benehmen. Sie stehen unserem Gedächtnis oft nicht zur Verfügung, wenn wir sie wollen, sondern fallen uns plötzlich ungewollt ein, was ebenfalls für ihre Bildung im Unbewußten spricht.

Die Vernunft geht kurz im Unbewußten baden und entdeckt erstaunlich neue Ausdrucksweisen der Sprache und der Innenwelt. Die gewohnte Wahrnehmung fällt ein – im Sinne von einstürzen –, und es fällt einem ein witziger Zusammenhang ein und auf.

Weiters spricht die Kürze des Witzes als Ausdruck der Verdichtung ebenfalls für die Bildung im Unbewußten, die auch für den Traum sehr typisch ist. Das Spiel mit Worten, mit dem Gleichklang und die mehrfache Verwendung desselben Materials ist mit Lust verbunden und ergibt sich leicht durch Eintauchen in das „Kindesalter der Vernunft", das sich im Unbewußten befindet. Das Denken regrediert auf die kindliche Stufe und erreicht die alte Lustquelle des Spielens mit Worten und Klängen. Wie in den Träumen ereignet sich eine „Rückkehr des Seelenlebens auf den embryonalen Standpunkt". Es ist übrigens auffällig, daß auch Patienten das Aufdecken unbewußter

Zusammenhänge als komisch erleben, obwohl es oft nicht erfreulich ist.

Das Unbewußte ist nach Freud mit dem Infantilen wesenhaft verbunden: „*Das Infantile ist nämlich die Quelle des Unbewußten, die unbewußten Denkvorgänge sind keine anderen, als welche im frühen Kindesalter einzig und allein hergestellt werden. Der Gedanke, der zum Zwecke der Witzbildung ins Unbewußte eintaucht, sucht dort nur die alte Heimstätte des einstigen Spieles mit Worten auf. Das Denken wird für einen Moment auf die kindliche Stufe zurückversetzt, um so der kindlichen Lustquelle wieder habhaft zu werden.*" (183)

Die Techniken der Darstellung durch das Gegenteil und die Verwendung des Widersinnes sind für Traum- und Witzarbeit typisch. Das Wesen der Ironie besteht ja darin, das Gegenteil von dem zu sagen, was man mitteilen will, was meist durch Tonfall, Gestik oder stilistische Anzeichen signalisiert wird, aber auch mißverständlich bleiben kann. Im Traum werden besonders häufig Gegensätze durch ein einziges Mischgebilde dargestellt, wodurch die Deutungsarbeit sehr erschwert wird.

Im Witz dagegen ist der Unsinn Selbstzweck, weil er Lust aus den infantilen Quellen freisetzen kann. Auch Karikaturen, Übertreibungen, Parodien und Travestie bedienen sich oft des Unsinns, um komische Lust zu verschaffen. Sie müssen nicht unbedingt witzig sein. Oder gilt die Annahme, daß die Witzbildung im Unbewußten geschieht, nur für bestimmte Witze, die im Dienste unbewußter Tendenzen stehen, etwa für zynische Witze? Freud stellt selbstkritisch fest, daß er diese Aussage nur als Hypothese versteht, die noch mancher Einsicht bedarf. Und er faßt seine Einsichten so zusammen:

Der größte Unterschied zwischen Traum und Witz liegt in ihrem sozialen Verhalten. Der Traum ereignet sich innerhalb einer einzigen Person. Er ist ein völlig asoziales Produkt, das sich sogar noch hüten muß, verstanden zu werden. Er ist den unbewußten Denkvorgängen ausgeliefert.

„Der Witz dagegen ist die sozialste aller auf Lustgewinn zielenden seelischen Leistungen. Er benötigt oftmals dreier Personen und verlangt seine Vollendung durch die Teilnahme eines anderen an dem von ihm angeregten seelischen Vorgang. Er muß sich also an die Bedingung der Verständlichkeit binden ... Im übrigen sind die beiden, Witz und Traum, auf ganz verschiedenen Gebieten des Seelenlebens erwachsen ... Der Traum ist immer noch ein, wiewohl unkenntlich gemachter, Wunsch; der Witz ist ein entwickeltes Spiel ... Der Traum dient vorwiegend der Unlustersparnis, der Witz dem Lusterwerb; in diesen beiden Zielen treffen aber alle unsere seelischen Tätigkeiten zusammen.“ (192f.)

6. Der Witz und die Arten des Komischen

Freuds Ziel besteht darin, das Verhältnis des Witzes zum viel umfassenderen Phänomen des Komischen zu klären. „Der Witz wird gemacht, die Komik wird gefunden“, an Personen und Situationen. Das ist ein wesentlicher Unterschied. Aber Freud ist bescheiden:

„An das Problem des Komischen selbst wagen wir uns nur mit Bangen heran. Es wäre vermessen zu erwarten, daß unsere Bemühungen etwas Entscheidendes zu dessen Lösung beitragen könnten, nachdem die Arbeiten einer großen Reihe von ausgezeichneten Denkern eine allseitig befriedigende Aufklärung nicht ergeben haben. Wir beabsichtigen wirklich nichts anderes als jene Gesichtspunkte, die sich uns als wertvoll für den Witz erwiesen haben, eine Strecke weit ins Gebiet des Komischen zu verfolgen.“ (201)

Das Komische wird an Personen gefunden und zwar an deren Bewegungen, Formen, Handlungen und Charakterzügen, ursprünglich an den körperlichen, später auch an den seelischen Eigenschaften derselben, beziehungsweise an deren Äußerungen. Der folgende Witz ist urkomisch und makaber:

> Vor dem Missionar steht plötzlich ein riesiger Löwe. Da der Gottesmann nicht bewaffnet ist, fällt er auf die Knie und betet. Als er aufblickt, sieht er den Löwen mit gefalteten Pfoten sitzen. Der Missionar will erleichtert aufstehen. Da hört er das Gebet des Löwen: „Komm, Herr Jesus, sei unser Gast, und segne, was du uns bescheret hast."

Das Naive steht als Gattung des Komischen dem Witz nahe und findet sich meistens beim Kind.

> Ein vierjähriges Mädchen warnt seinen Bruder: „Iß nicht soviel von dieser Speise, sonst wirst du krank werden und mußt Bubizin nehmen". Fragt die Mutter: „Bubizin, was ist denn das?" – „Wie ich krank war", sagt das Mädchen, „habe ich ja auch Mädizin nehmen müssen."

Mit dem Witz stimmt die naive Rede im Wortlaut und im Inhalt überein, bringt einen Unsinn oder eine Zote zustande, aber ohne Absicht und Lustgewinn. Nur in der Auffassung der anhörenden Person ergibt sich die Komik. Beim Kind fehlt die Hemmung, und das wirkt auf den Erwachsenen, der diese Hemmung hat, komisch. Auf die rezeptive Person wirkt das Naive deshalb wie ein Witz. Durch das Sich-Hineinversetzen ins Kind kommt es zur Ersparung der Hemmung, die wir dann ablachen.

Die folgenden Stilblüten stammen aus Schulaufsätzen:

> *„Schiller bearbeitete die Jungfrau von Orleans zehn Jahre lang auf seinem Schreibtisch."*
> *Die Ritterzeit: „Sehnsüchtig warteten die Burgfräulein auf ihre ausgezogenen Ritter."*
> *Am Bahnhof: „Der Zug fuhr ein, und langsam entleerten sich sämtliche Fahrgäste."*

Aber wir finden das Komische nicht nur vor, wir können es auch herstellen: „*Die Mittel, die zum Komischmachen dienen, sind: die Versetzung in komische Situationen, die Nachahmung, Verkleidung, Entlarvung, Karikatur, Parodie und Travestie u. a. Wie selbstverständlich können diese Techniken in den Dienst feindseliger und aggressiver Tendenzen treten.*“ (202)

Eine Null in Leitungsfunktion kann bestehende Probleme verzehnfachen!

Ein Politiker hält eine Wahlrede und verspricht das Blaue vom Himmel. Plötzlich bekommt er so starken Schluckauf, daß er nicht mehr weitersprechen kann.

Dann schildert Freud die Komik der Bewegung beim Clown: „*Wir lachen über einen allzu großen Aufwand … Die Bewegungen des Kindes erscheinen uns nicht komisch, obwohl das Kind zappelt und springt. Komisch ist es dagegen, wenn das Kind beim Schreibenlernen die herausgestreckte Zunge die Bewegungen des Federstiels mitmachen läßt; wir sehen in diesen Mitbewegungen einen überflüssigen Bewegungsaufwand, den wir uns bei der gleichen Tätigkeit ersparen würden.*“

Zum Lachen gelangen wir durch den Vergleich sowohl des physischen Aufwandes als auch der Vorstellungsinhalte. Wenn man sich eine Bewegung, Mimik oder Gestik vorstellt, werden die entsprechenden Muskeln innerviert. Zu viel oder zu wenig Aufwand wirkt komisch. Der Ursprung der komischen Lust liegt also im Vergleich der anderen Person mit dem eigenen Ich.

Stolz sitzt der junge Abteilungsleiter in seinem neuen Büro. Als ein Mann hereinkommt, greift er demonstrativ zum Telefon: „Aber ja, Herr Direktor! Wirklich reizender Abend gestern!“ hört man ihn sagen. Er legt auf und wendet sich an den Besucher: „Was kann ich für Sie tun?" – „Danke, nichts weiter. Ich wollte nur ihr Telefon anschließen!"

Und Freud wird wieder ganz tiefenpsychologisch: „*Die Quelle der Lust des Witzes mußten wir in das Unbewußte verlegen; keine Veranlassung zur gleichen Lokalisation ist für das Komische erfindlich. Vielmehr deuten alle Analysen, die wir bisher angestellt haben, darauf hin, daß die Quelle der komischen Lust die Vergleichung zweier Aufwände ist, die wir beide dem Vorbewußten zuordnen müssen. Witz und Komik unterscheiden sich vor allem in der psychischen Lokalisation; der Witz ist sozusagen der Beitrag der Komik aus dem Bereich des Unbewußten.*" (220f.)

Bergson sieht das Wesen des Komischen in der Mechanisierung des Verhaltens. Ursache für das Lachen wäre demnach die Degradierung des Lebendigen zu etwas leblos Automatischen. Ausdrucksweisen dafür sind die komische Erstarrung, die professionelle Gewohnheit, eine fixe Idee.

Freud erwähnt zwei Bedingungen, welche die Entstehung der komischen Wahrnehmung und Lust sehr fördern: eine allgemein heitere Stimmung und die Erwartung des Komischen, die Einstellung auf die komische Lust. Ungünstig wirken dagegen abstraktes, ernsthaftes Denken und das Vorhandensein starker Affekte:

„*Bei toxischer Heiterstimmung erscheint fast alles komisch, wahrscheinlich durch den Vergleich mit dem Aufwand in normaler Verfassung. Witz, Komik und alle ähnlichen Methoden des Lustgewinnes aus seelischer Tätigkeit sind ja weiter nichts als Wege, um diese heitere Stimmung – Euphorie –, wenn sie nicht als allgemeine Disposition der Psyche vorhanden ist, von einem einzelnen Punkte aus wiederzugewinnen.*" (231)

Ein betrunkener Atheist wankt am Sonntag vormittag in die Dorfkirche. Dort wird ein Hochamt abgehalten, und der

Priester schreitet mit dem Weihrauchfaß durch die Gänge und segnet die Gläubigen. Da wankt der Besoffene zu ihm hin und sagt. „Entschuldigen S' Fräulein, Ihr Handtascherl brennt!"

Auch Bergson hat in seinem „schönen und lebensfrischen Buch" über das Lachen die infantilen Spuren der Genese des Komischen aufgedeckt. Automatik, Mechanisierung des Lebendigen und die Erinnerungen an Kinderspielzeug wiesen ihm den Weg. *„Da wir nun den Witz bis auf ein durch die verständige Kritik versagtes Kinderspiel mit Worten und Gedanken zurückverfolgt haben, muß es uns verlocken, auch diesen von Bergson vermuteten infantilen Wurzeln des Komischen nachzuspüren."*

Und Freud kann diese Vermutung bestätigen:

„Die Nachahmung ist aber die beste Kunst des Kindes und das treibende Motiv der meisten seiner Spiele", vor allem die Nachahmung der Großen. *„Komisch ist das, was sich für den Erwachsenen nicht schickt ... Ich mag nicht entscheiden, ob die Herabsetzung zum Kinde nur ein Spezialfall der komischen Herabsetzung ist, oder ob alle Komik im Grunde auf einer Herabsetzung zum Kinde beruht."* (240)

Abschließend faßt Freud seine Einsichten in das Wesen von Witz, Komik und Humor zusammen: *„Die Lust des Witzes schien uns aus erspartem Hemmungsaufwand hervorzugehen, die der Komik aus erspartem Vorstellungs-(Besetzungs-)aufwand und die des Humors aus erspartem Gefühlsaufwand. In allen drei Arbeitsweisen unseres seelischen Apparats stammt die Lust von einer Ersparung; alle drei kommen darin überein, daß sie Methoden darstellen, um aus der seelischen Tätigkeit eine Lust wiederzugewinnen, welche eigentlich erst durch die Entwicklung dieser Tätigkeit verlorengegangen ist."* (249)

Und wieder landet der große Tiefenpsychologe im tiefen Keller der Kindheit: *„Denn die Euphorie, welche wir* *auf diesen Wegen zu erreichen streben, ist nichts anderes als die Stimmung einer Lebenszeit, in welcher wir unsere psychische Arbeit überhaupt mit geringem Aufwand zu bestreiten pflegten, die Stimmung unserer Kindheit, in der wir das Komische nicht kannten, des Witzes nicht fähig waren und den Humor nicht brauchten, um uns im Leben glücklich zu fühlen.*“ (249)

LITERATUR

Adler Alfred (1982): Trick und Neurose. In: Alfred Adler, Psychotherapie und Erziehung. Ausgewählte Aufsätze. Bd. 2, Frankfurt a. M., 149–158

Adler Alfred (1973): Der Sinn des Lebens. Frankfurt a. M.

Adorno Theodor W. (1987): Studien zum autoritären Charakter. Frankfurt a. M.

Balint Michael (1968): Therapeutische Aspekte der Regression. Stuttgart

Bataille Georges (1974): Der heilige Eros. München

Baudelaire Charles (1978): Über das Wesen des Lachens und des Komischen in der plastischen Kunst im allgemeinen. In: Intime Tagebücher und Essays. Schaffhausen

Bautze Hanna (1987): Witzbuch für Kinder. Ravensburger Taschenbuch 444, o. O.

Ben Gershom Ezra (2000): Der Esel des Propheten. Eine Kulturgeschichte des jüdischen Humors. Darmstadt

Berger Peter L. (1998): Erlösendes Lachen. Das Komische in der menschlichen Erfahrung. Berlin

Bergson Henri (1988): Das Lachen. Ein Essay über die Bedeutung des Komischen. Darmstadt

Bernhardt Juan Andres (1985): Humor in der Psychotherapie. Weinheim

Best Otto F. (1989): Der Witz als Erkenntniskraft und Formprinzip. Darmstadt

Best Otto F. (1993): Volk ohne Witz. Über ein deutsches Defizit. Frankfurt a. M.

Boberski Heiner (2004): Adieu, Spaßgesellschaft. Wollen wir uns zu Tode amüsieren? Wien–Klosterneuburg

Brecht Bertold (1981): Die Gedichte von Bertold Brecht in einem Band. Frankfurt a. M.

Bremmer Jan/Herman Roodenburg (Hg. 1999): Kulturgeschichte des Humors. Von der Antike bis heute. Darmstadt

Bönsch-Kauke Marion (2003): Psychologie des Kinderhumors. Schulkinder unter sich. Opladen

Bronner Gerhard (1999): Tränen gelacht. Der jüdische Humor. Wien

Bühler Walter/Dorothea Rapp (1990): Lach dich gesund! Die Heilkraft des Humors. Bad Liebenzell–Unterlengenhardt

Comfort Alex (1968): Der aufgeklärte Eros. Plädoyer für eine menschenfreundliche Sexualmoral. Reinbek

Dachs Gisela (2004 Hg.): Humor. Jüdischer Almanach des Leo Baeck Instituts. Frankfurt a. M.
Danimann Franz (2002): Flüsterwitz und Spottgedichte in der Hitlerzeit. Wien
Dönhoff Marion Gräfin (1997): Zivilisiert den Kapitalismus. Stuttgart

Eco Umberto (1986): Der Name der Rose. München
Erdheim Mario (1982): Die gesellschaftliche Produktion von Unbewußtheit. Eine Einführung in den ethnopsychoanalytischen Prozeß. Frankfurt a. M.
Escriva Josemaria (1967): Der Weg. Köln
Etymologisches Wörterbuch des Deutschen, Leitung Wolfgang Pfeiffer: 3 Bände. Berlin 1989

Flora Paul (2003): Zeichnungen 1938–2001. Zürich
Freud Sigmund (1974): Sigmund Freud Studienausgabe 10 Bde., Bd. IX. Frankfurt a. M.
Freud Sigmund (1992): Der Witz und seine Beziehung zum Unbewußten. Der Humor. Einleitung von Peter Gay. Frankfurt a. M.
Freud Sigmund/Oskar Pfister (1980): Briefe 1909–1939. Frankfurt a. M.
Fried Anette M./Joachim Ph. Keller (1991): Identität und Humor. Eine Studie über den Clown. Frankfurt a. M.
Frings Willi (1996): Humor in der Psychoanalyse. Stuttgart
Fritsch Sibylle (2001): Worüber Frauen lachen. Der Geschlechterkampf im Spiegel des Witzes. Wien

Galli Johannes (1999): Clown. Die Lust am Scheitern. Freiburg i. B.
Galli Johannes (1999): Der Clown als Heiler. Freiburg
Gelfert Hans-Dieter (1998): Max und Monty. Kleine Geschichte des deutschen und englischen Humors. München
Grabner-Haider Anton (1970 Hg.): Recht auf Lust. Freiburg i. Br./Wien

Haag Herbert/Katharina Elliger (1998): Zur Liebe befreit. Sexualität in der Bibel und heute. Zürich
Heer Friedrich (1983): Aus-gesprochen. Wien
Heine Heinrich (1968): Sämtliche Schriften. München
Heisterkamp Günter (1999): Zur Freude in der analytischen Psychotherapie. In: Psyche 53. Jg. H. 12, 1247–1265
Heisterkamp Günter (1999): Indizes fehlender Freude in der Tiefenpsychologie. In: Zeitschrift für Individualpsychologie 24. Jg. H. 4, 381– 402
Henseler Heinz (1973): Die Entwicklung der menschlichen Sexualität. In: D. Ohlmeier (Hg.) Psychoanalytische Entwicklungspsychologie. Freiburg. S. 69–84

Hirsch Eike Christian (1993, 2001): Der Witzableiter oder Schule des Gelächters. München
Holl Adolf (2005): Der lachende Christus. Wien
Huizinga Johan (1969): Homo ludens. Reinbek
Hussein Abdelhamid (2004): Arabische Witze. München

Jean Paul (1990): Vorschule der Ästhetik. Hamburg
Jones Ernest (1969): Sigmund Freud. Leben und Werk. Frankfurt a. M.
Jung Carl Gustav (1985): Die Lebenswende. In: Grundwerk Bd. 9. 61–77, Olten
Jung Carl Gustav (1985): Vom Werden der Persönlichkeit. In: Grundwerk Bd. 9, 7–26. Olten
Jung Carl Gustav (2001): Die Flamme des Eros. Textauswahl von Franz Alt. Düsseldorf

Kamper Dietmar/Christoph Wulf (Hg. 1986): Lachen – Gelächter – Lächeln. Frankfurt a. M.
Kast Verena (1984): Paare. München
Kast Verena (1991): Freude, Inspiration, Hoffnung. Olten
Kästner Erich (1953): Humor – das ernsteste Thema der Welt. In: Freude an Büchern. 3. Jg. H.1, 25f.
Kästner Erich (1995): Die kleine Freiheit. Chansons und Prosa 1949–1952. München
Kernberg Otto F. (1998): Dreißig Methoden zur Unterdrückung der Kreativität von Kandidaten der Psychoanalyse. In: Psyche 52. Jg. 199–213
Kirchmayr Alfred (1992): Mit Zorn, Gelassenheit und Humor. Widerstand ist alles oder Wie leidende „Patienten" zu aktiven „Agenten" ihres Lebens werden. In: Publik-Forum-Extra. Widerstehen: Wer, wenn nicht ich? Wann, wenn nicht jetzt? Oberursel, 22–24
Kirchmayr Alfred (1995): Wider den tierischen Ernst. Ein Essay über Spiel, Witz, Humor und den heiligen Eros. Brennglas-Dokumentation (Wien), Heft 4, 1–7
Kirchmayr Alfred (2000): Rettet die Purzelbäume! „Herr Doktor, mein Mann denkt Tag und Nacht nur ans Geld ...!" In: Publik-Forum-Extra. Glück als Lebenskunst. Oberursel, 13–16
Kirchmayr Alfred (2003) Politische Witzlandschaft 2003 in Österreich. In: Kritisches Christentum, Nr. 270/271, 30–35
Kirchmayr Alfred (2004): „Laß dich aus der Rolle fallen, damit du aus der Falle rollst!" Der innere Clown erheitert das Bewußtsein oder Vom Starksein und vom Schwachsein. In: Publik-Forum-Extra: Entdecke den Clown in dir. Chancen für ein lebendiges Leben. Oberursel, S. 3–5
Kohut Heinz (1975): Die Zukunft der Psychoanalyse. Aufsätze zu allgemeinen Themen und zur Psychologie des Selbst. Frankfurt a. M.

Kohut Heinz (1976): Narzißmus. Eine Theorie der psychoanalytischen Behandlung narzißtischer Persönlichkeitsstörungen. Frankfurt a. M.
Kohut Heinz (1981): Die Heilung des Selbst. Suhrkamp, Frankfurt a. M.
Koopmann Helmut (2005): Humor und Ironie. In: Helmut Koopmann (Hg.) Thomas Mann Handbuch, Frankfurt a. M., 836–853
Kuhlmann Wolfgang/Lutz Röhrich (Hg. 1993): Witz, Humor und Komik im Volksmärchen. Regensburg
Kraus Karl (1986): Aphorismen. Sprüche und Widersprüche. Pro domo et mundo. Nachts. Frankfurt a. M.
Kunz Johannes (2005): Lachendes Österreich. Witze und Anekdoten seit 1945. Vorwort von Gerhard Bronner. Wien

Landmann Salcia (2003): Der jüdische Witz. Düsseldorf
Lauer Werner (1974): Humor als Ethos. Eine moralpsychologische Untersuchung. Bern
Lenk Hans (1987): Kritik der kleinen Vernunft. Frankfurt a. M.
Lichtenberg Georg Christoph (1997): Aphorismen. Frankfurt a. M.
Lindgren Astrid (2002): Das entschwundene Land. München
Lixfeld Hannjost (1980 Hg.): Witz. Arbeitstexte für den Unterricht. Stuttgart
Loewenthal Elena (1999): Ein Hering im Paradies. Eine Enzyklopädie des jüdischen Witzes. München
Lüthi Kurt (2001): Christliche Sexualethik. Wien

Meyer-Abich Klaus Michael (1997): Praktische Naturphilosophie. München
Meyers Grosses Taschenlexikon in 24 Bänden (1981): Mannheim
Mieth Dietmar (1988): Lust und Verzicht. Eine Moral der Phantasie und des Abenteuers. In: Hartmut Meesmann (Hg.): Zwischen Lust und Last. Mit Gegensätzen leben. Freiburg i. Br. 62–74
Müller-Scherz Hannelore (2003): 888 tolle Kinderwitze. Ravensburg

Neuberger Oswald (1988): Was ist denn da so komisch? Thema: Der Witz in der Firma. Weinheim
Nietzsche Friedrich (1954): Werke in drei Bänden. Hgg. v. Karl Schlechta. München

Ott Elfriede (1994): Hans Weigel quergelesen. Graz

Popper Karl R. (1994): Alles Leben ist Problemlösen. München
Preisendanz Wolfgang/Rainer Warning (Hg. 1976): Das Komische. München

Quaknin Marc-Alain/Dory Rotnemer (1998): Die große Welt des jüdischen Humors. Stuttgart

Rabinovici Doron (2004): Hundertundsiebzehn oder Eine kurze Anleitung zum jüdischen Witz. In: Dachs Gisela, a. a. O. 119–125
Rahner Hugo (1952): Der spielende Mensch. Einsiedeln
Rahner Karl (1973): Strukturwandel der Kirche als Aufgabe und Chance. Freiburg i. Br.
Rattner Josef (1972): Alfred Adler in Selbstzeugnissen und Bilddokumenten. Reinbek
Rattner Josef (1981): Psychotherapie und Humor. In: Miteinander leben lernen 6, Nr. 1
Reichensperger Richard (Hg.1995): Vorfreude Wien. Literarische Warnungen 1945–1995. Frankfurt a. M.
Ringel Erwin/Alfred Kirchmayr (1985, 2004): Religionsverlust durch religiöse Erziehung. Tiefenpsychologische Ursachen und Folgerungen. Wien. 1985 (2004 Neuauflage)
Robinson Vera M. (2002): Praxishandbuch Therapeutischer Humor. Bern
Rosten Leo (2002): Jiddisch. Eine kleine Enzyklopädie. München

Schmid Wilhelm (1999): Philosophie der Lebenskunst. Eine Grundlegung. Frankfurt a. M.
Schmidt-Hidding Werner (1963): Humor und Witz. Europäische Schlüsselwörter Bd. 1. München
Sloterdijk Peter (1983): Kritik der zynischen Vernunft. 2 Bde. Frankfurt a. M.
Staininger Otto (1995): WiderWITZIG. Wortwitz und Karikatur nach der Wende. Mit einem Vorwort von Milo Dor. Wien
Strotzka Hans (1982): Witz und Humor. In: Dieter Eicke (Hg.) Sigmund Freud – Leben und Werk. Kindlers „Psychologie des 20. Jahrhunderts“ Bd. 1 Tiefenpsychologie. Weinheim 299–315
Strotzka Hans (1983): Fairneß, Verantwortung, Fantasie. Eine psychoanalytische Alltagsethik. Wien
Stier Fridolin (1981): Vielleicht ist irgendwo Tag. Aufzeichnungen. Freiburg i. Br.

Thielicke Helmut (1988): Das Lachen der Heiligen und Narren. Stuttgart
Titze Michael (1985): Heilkraft des Humors. Therapeutische Erfahrungen mit Lachen. Freiburg i. Br.
Titze Michael (1995): Die heilende Kraft des Lachens. Mit therapeutischem Humor frühe Beschämungen heilen. München
Titze Michael/Christof T. Eschenröder (1998): Therapeutischer Humor. Grundlagen und Anwendungen. Frankfurt a. M.

Vilar Esther (1998): Der betörende Glanz der Dummheit. München
Vogel Thomas (Hg. 1992): Vom Lachen. Einem Phänomen auf der Spur. Tübingen

Von der Lippe Jürgen (1999): Witzparade. München

Weigel Hans (1985): Blödeln für Anfänger. Zürich
Weinrich Harald (1976): Was heißt „Lachen ist gesund"? In: Preisendanz u. a.: Das Komische 402–408
Weinrich Harald (1976): Blödeln, bummeln, gammeln. In: Preisendanz u. a.: Das Komische 452–455
Wellershoff Dieter (1976): Infantilismus als Revolte oder das ausgeschlagene Erbe – Zur Theorie des Blödelns. In: Preisendanz u. a. Das Komische 335–357
Wiegand Wolfgang (Hg. 1989): Über Chaplin. Zürich
Willi Jürg (1975): Die Zweierbeziehung. Reinbek
Wittgenstein Ludwig (1971): Philosophische Untersuchungen. Frankfurt a. M.

Zorn Fritz (1977): Mars. München
Zuckmayer Carl (1953): Humor und Liebe. In: Freude an Büchern. 3. Jg. H. 1, 27